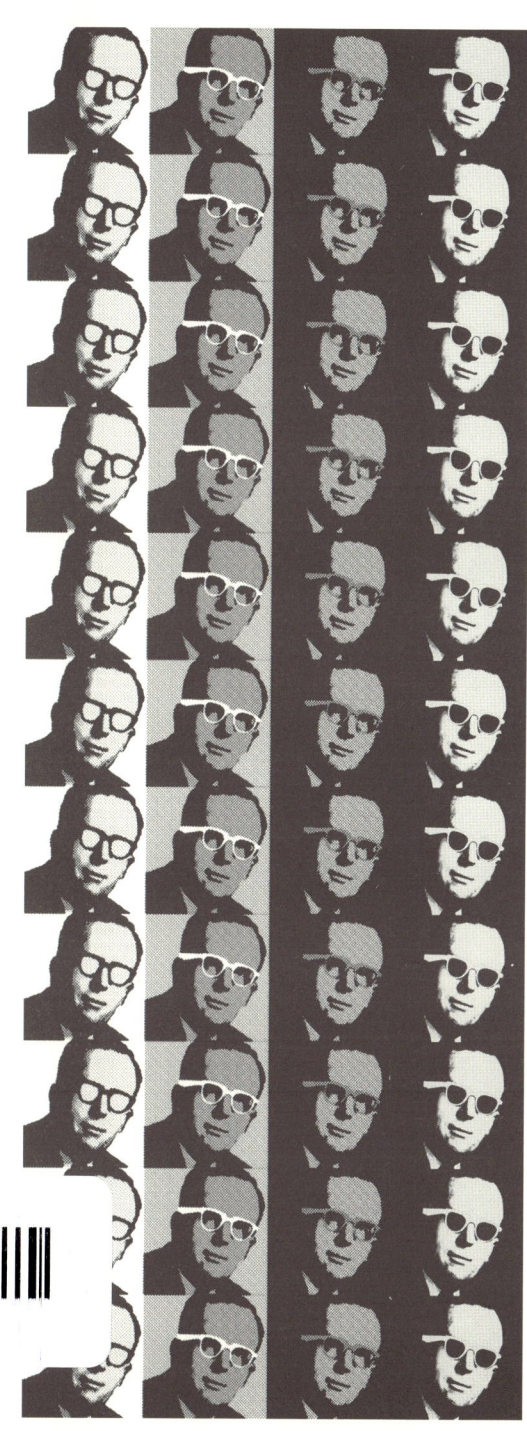

KATIE HAFNER & MATTHEW LYON

ONDE OS MAGOS NUNCA DORMEM

A incrível história da internet e dos gênios por trás de sua criação

TRADUÇÃO_SEBASTIAN RIBEIRO & RENATA GOMES

RIO DE JANEIRO
2019

r.ed

Índice

> Prólogo 009

> O milhão de dólares
  mais rápido de todos 013

> Um bloco aqui,
  umas pedras ali 051

> A terceira universidade 093

> De cabeça nos bits 117

> Manda Ver, Truett 155

> Hackeando e berrando 181

> E-mail 211

> Um foguete em nossas mãos 247

> Epílogo 289

© Matthew Lyon, Katie Hafner, 1999
© Red Tapioca, 2019

Todos os direitos reservados.
Esta tradução é publicada sob acordo com a Simon & Schuster.

Título original:
Where Wizards Stay Up Late

1ª Edição

r.ed
R-ED.NET.BR

Coordenação editorial:
Gustavo Horta Ramos

Tradução:
Sebastian Ribeiro
Renata Gomes

Revisão:
Renata Gomes
Daniela Ferreira
Leticia Eboli
Leonardo Ganem
Beatriz Perez
Maria Eugenia Ramos
Wanderley Abreu Jr.

Projeto gráfico e diagramação:
Natalli Tami Kussunoki

Dados Internacionais de Catalogação na Publicação (CIP)
[Câmara Brasileira do Livro, SP, Brasil]

Hafner, Katie
Onde os magos nunca dormem : a história da origem da Internet e
  dos magos por trás de sua criação / Katie Hafner, Matthew Lyon;
  tradução de Sebastian Ribeiro – Rio de Janeiro:Red Tapioca, 2019.

Título original:
Where wizards stay up late : the origins of the Internet

ISBN 978-65-80174-12-6

1. Internet (Rede de computadores)
2. Internet (Rede de computadores) - História
I. Lyon, Matthew. II. Título.

19-31036   CDD-004.678

Índices para catálogo sistemático:
1. Internet : Rede de computadores : Ciência da computação 004.678

Cibele Maria Dias - Bibliotecária - CRB-8/9427

ONDE OS MAGOS NUNCA DORMEM

_Prólogo

>Setembro de 1994

Eles chegaram a Boston de lugares tão distantes como Londres e Los Angeles, dezenas de homens de meia-idade reunidos em um fim de semana do outono em 1994 para celebrar o que haviam feito vinte e cinco anos antes. Eram os cientistas e engenheiros que projetaram e construíram a ARPANET, a rede de computadores que revolucionou as comunicações e deu origem à Internet global. Eles haviam trabalhado em relativa obscuridade na década de 1960; alguns ainda eram apenas estudantes de pós-graduação quando fizeram contribuições significativas para a rede. Outros eram mentores. A maioria nunca ganhou grande reconhecimento pela conquista.

Bolt Beranek & Newman, ou simplesmente BBN, uma empresa de computadores sediada em Cambridge, havia sido o seu centro de gravidade, tendo empregado muitos deles, construído e operado a rede original da ARPA[1], e então também entrado na obscuridade à medida que a Internet crescia como uma cidade que ofusca seu

---

[1] Sigla para "Advanced Research Projects Agency", ou Agência de Projetos de Pesquisa Avançada

bairro mais antigo. Agora, um quarto de século depois de instalar a primeira conexão da rede, a BBN convidava todos os pioneiros da ARPANET a se reunirem, esperando melhorar sua própria imagem ao promover uma festa de luxo para celebrar a data.

Muitos dos que estavam no reencontro não tinham se visto ou entrado em contato por anos. Enquanto adentravam o saguão do Copley Plaza para uma coletiva de imprensa na sexta-feira à tarde, dando início à comemoração, examinaram a sala em busca de rostos familiares.

Bob Taylor, diretor de um centro de pesquisa corporativa no Vale do Silício, comparecera à festa pelos velhos tempos, mas tinha também uma missão pessoal: corrigir uma imprecisão de longa data. Durante anos, correram rumores de que a ARPANET fora construída para proteger a segurança nacional no caso de um ataque nuclear. Era um mito que ficou tanto tempo sem ser questionado que acabou sendo amplamente aceito como fato.

Taylor fora o jovem diretor do escritório responsável pela pesquisa computacional dentro da Agência de Projetos de Pesquisa Avançada do Departamento de Defesa, e foi ele quem iniciou a ARPANET. O projeto incorporou as intenções mais pacíficas — conectar computadores em laboratórios científicos em todo o país, para que os pesquisadores pudessem compartilhar recursos digitais. Taylor sabia que a ARPANET e sua descendente, a Internet, não tinham nada a ver com apoiar ou sobreviver à guerra — e nunca tiveram. No entanto, ele se sentia bastante solitário carregando esse conhecimento.

Nos últimos tempos, a imprensa tradicional havia captado o sombrio mito de um cenário de sobrevivência nuclear e o apresentara como uma verdade estabelecida. Quando a revista Time cometeu o erro, Taylor escreveu uma carta ao editor, mas a revista não a publicou. O esforço para corrigir a história era como perseguir o vento; Taylor estava começando a se cansar disso.

Do outro lado da sala, no jantar daquela noite no Copley, Taylor avistou um homem idoso e corpulento, com um bigode grosso. Ele o reconheceu imediatamente como a única pessoa que poderia convincentemente corroborar sua história. Era seu antigo chefe, Charlie Herzfeld, que era o diretor da ARPA quando Taylor trabalhava lá. Já haviam se passado anos desde a última vez em que os dois homens tinham se visto, e isso foi antes de qualquer um se importar com a história do início da rede. Vendo Herzfeld agora, Taylor animou-se. Ele estava novamente em meio às pessoas que conheciam a verdadeira história. Agora eles poderiam endireitar as coisas.

O milhão de dólares mais rápido de todos

>Fevereiro de 1966

Bob Taylor normalmente dirigia para o trabalho, trinta minutos pela paisagem rural a nordeste de Washington, sobre o rio Potomac até o Pentágono. Lá, toda manhã, ele entrava em um dos imensos estacionamentos, onde tentava colocar seu bem mais valioso, uma BMW 503, em algum lugar de que pudesse se lembrar. Havia poucos pontos de controle de segurança nas entradas do Pentágono em 1966, se é que havia algum. Taylor usava seu traje habitual: paletó esportivo, gravata, camisa de manga curta e calças folgadas. Trinta mil outras pessoas atravessavam diariamente o nível do saguão, de farda ou à paisana, passando pelas lojas e subindo às suas salas no enorme prédio.

  O escritório de Taylor ficava no terceiro andar, o nível mais prestigiado do Pentágono, perto dos escritórios do secretário de defesa e do diretor da Agência de Projetos de Pesquisa Avançada, ARPA. Os escritórios dos funcionários de mais alto escalão do Pentágono ficavam no lado externo, ou E-ring. Suas salas tinham vista para o rio e para os monumentos nacionais. O chefe de Taylor, Charles Herzfeld, o diretor da ARPA, estava entre os que tinham essa vista privilegiada, na sala 3E160. O diretor da ARPA ostentava os mais altos símbolos de poder do Departamento de Defesa, até as bandeiras oficiais ao lado de sua mesa. Taylor era diretor do Setor de Técnicas de Processamento da Informação, ou IPTO[2], a apenas um corredor de distância, uma seção extraordinariamente independente da ARPA, encarregada de apoiar os projetos mais avançados do pais em pesquisa e desenvolvimento de computadores.

A sala do diretor do IPTO, onde Taylor pendurou seu casaco de 1965 a 1969, estava localizada no D-ring. O que seu escritório não tinha em vista era compensado por seu conforto e tamanho. Era uma sala luxuosa, acarpetada e ricamente mobiliada, com uma escrivaninha grande, uma pesada mesa de reuniões toda em carvalho, estantes de vidro, confortáveis poltronas de couro e todos os outros adornos, que o Pentágono mediu cuidadosamente, até à qualidade dos cinzeiros. (Viajando em negócios militares, Taylor tinha a patente de general de uma estrela.) Em uma das paredes de seu escritório havia um grande mapa do mundo; uma imagem emoldurada de um templo da Tailândia pendia proeminentemente em outra parede.

Dentro da unidade, ao lado do escritório de Taylor, havia outra porta que levava a um pequeno espaço chamado sala terminal. Lá, lado a lado, havia três terminais de computador, todos de modelos diferentes, e cada um deles conectado a um computador mainframe localizado em um ponto diferente do país. Havia um terminal de máquina de escrever IBM Selectric modificado conectado a um computador no Massachusetts Institute of Technology (MIT), em Cambridge. Um terminal do Teletype Model 33, parecido com uma mesa de metal com uma máquina de escrever grande e barulhenta embutida, estava ligado a um computador da Universidade da Califórnia, em Berkeley. E outro terminal Teletype, um Model 35, foi dedicado a um computador em Santa Mônica, Califórnia, chamado, misteriosamente, de AN/FSQ 32XD1A, apelidado de Q-32, uma máquina pesada construída pela IBM para o Comando Aéreo Estratégico. Cada um dos terminais

---

[2] Iniciais de "Information Processing Techniques Office"

da sala de Taylor era uma extensão de um ambiente de computação diferente — diferentes linguagens de programação, sistemas operacionais e similares — dentro de cada um dos mainframes distantes. Cada um tinha um procedimento de login diferente; Taylor conhecia todos eles. Mas ele achava cansativo ter que lembrar qual procedimento de login usar em qual computador. E era ainda mais penoso, depois que ele fazia o login, ser forçado a lembrar quais comandos pertenciam a qual ambiente de computação. Essa era uma rotina particularmente frustrante quando ele estava com pressa, o que acontecia na maior parte do tempo.

A presença de três terminais diferentes no escritório de Taylor no Pentágono refletia a forte conexão do IPTO com a comunidade de pesquisa computacional, situada em algumas das melhores universidades e centros técnicos do país. Ao todo, havia cerca de vinte pesquisadores principais, apoiando dezenas de estudantes de pós-graduação, trabalhando em vários projetos, todos financiados pelo pequeno escritório de Taylor, que consistia apenas no próprio Taylor e uma secretária. A maior parte do orçamento de US$ 19 milhões do IPTO estava sendo enviada para os laboratórios universitários em Boston e Cambridge, ou para a Califórnia, para apoiar o trabalho que prometia avanços revolucionários na computação. Sob o guarda-chuva da ARPA, um crescente senso de comunidade estava emergindo na pesquisa computacional em meados da década de 1960. Apesar da grande variedade de projetos e sistemas de computação, laços estreitos estavam começando a se formar entre os membros da comunidade. Os pesquisadores se viam em conferências técnicas e conversavam por telefone; já em 1964, alguns começaram a usar uma forma de correio eletrônico para trocar comentários, dentro da proximidade muito limitada de seus computadores mainframe.

A comunicação com essa comunidade a partir da sala do terminal, ao lado do escritório de Taylor, era um processo tedioso. O equipamento era de última geração, mas ter uma sala repleta de terminais de computador variados era como ter um escritório cheio de vários aparelhos de televisão, cada um dedicado a um canal diferente. "Ficou óbvio", disse Taylor muitos anos depois, "que deveríamos encontrar uma maneira de conectar todas essas máquinas diferentes."

Um santuário de pesquisa

O fato de sequer existir uma agência dentro do Pentágono capaz de apoiar o que alguns poderiam considerar uma pesquisa acadêmica esotérica era um tributo à sabedoria dos primeiros fundadores da ARPA. A agência havia sido formada pelo presidente Dwight "Ike" Eisenhower no período de crise nacional após o lançamento do primeiro satélite soviético, Sputnik, em outubro de 1957. A agência de pesquisa deveria ser um mecanismo de resposta rápida intimamente ligado ao presidente e ao secretário de defesa, para garantir que os americanos nunca mais fossem pegos de surpresa na fronteira tecnológica. O presidente Eisenhower viu a ARPA encaixando-se perfeitamente em sua estratégia para conter as intensas rivalidades entre as forças armadas em relação aos programas de pesquisa e desenvolvimento. A ideia da ARPA começou com um homem que não era nem cientista nem soldado, mas sim vendedor de sabão.

Aos cinquenta e dois anos, Neil McElroy era um recém-chegado à área da defesa. Ele nunca havia trabalhado no governo, nunca morara em Washington e não tinha experiência militar, exceto na guarda nacional. Por trinta e dois anos, ele subiu na escada corporativa da Procter&Gamble (P&G), a gigante fabricante de sabonetes, em Cincinnati.

Formado em Harvard, McElroy conseguiu seu primeiro trabalho na P&G, dividindo envelopes como encarregado de correspondências no departamento de publicidade por vinte e cinco dólares por semana. Era para ser um trabalho de verão; ele pretendia ingressar na faculdade de administração no outono. Mas decidiu continuar e após algum tempo passou a vender sabão de porta em porta. Logo se tornou gerente de promoção. De lá, ele progrediu abrindo caminho para a venda de sabão no rádio e na televisão. A telenovela (em inglês, soap opera, algo como "novela de sabão", pois eram usadas para mostrar propagandas do produto) foi ideia de McElroy, sobre a qual ele disse uma vez, sem remorso: "melhorar o gosto literário é problema das escolas. As novelas vendem muito sabão." Em 1957, a P&G estava vendendo cerca de US$ 1 bilhão em seus principais produtos a cada ano. Ele havia aperfeiçoado a estratégia de promover a concorrência de marcas — como se houvesse diferenças reais — entre produtos semelhantes feitos pela mesma empresa. E nos últimos nove anos, o alto e bonito "Mac", como era conhecido pela maioria (ou "Mac Ensaboado de Cinci"[3] para alguns), havia sido o presidente da empresa — até que Eisenhower o recrutou para seu gabinete.

Na noite de sexta-feira, 4 de outubro de 1957, o novo secretário de defesa de Eisenhower, McElroy, estava em Huntsville, Alabama. Ele já havia sido confirmado pelo senado e estava visitando instalações militares antes de seu juramento. Um grande séquito de funcionários do Pentágono juntou-se à visita de McElroy ao Redstone Arsenal, lar do programa de foguetes do exército. Por volta das seis da tarde no clube dos oficiais, McElroy estava conversando com o emigrado alemão Wernher von Braun, o pai dos foguetes modernos, quando um assessor se adiantou e anunciou que os russos tinham conseguido lançar um satélite na órbita da Terra. Agora, de repente, mesmo antes de tomar posse, McElroy viu-se envolvido em uma crise de enormes proporções. Em uma noite, a conquista soviética reduziu a crescente confiança e otimismo do país no pós-guerra, ampliando o medo e o desespero. De repente, "o espectro da destruição em massa", nas palavras do presidente, chegou à mente coletiva americana.

Cinco dias depois, McElroy foi empossado, com o governo totalmente consumido pela polêmica a respeito da questão de quem deixara os soviéticos roubar a liderança da ciência e tecnologia americanas. Algumas pessoas previram que os soviéticos lançariam um satélite em homenagem ao Ano Geofísico Internacional. "Suas

---

[3] "Soapy Mac from Cinci-O"

observações aparentemente amalucadas do passado foram redimidas pelos feitos soviéticos", comentou um observador. "Elas agora possuíam a aura de uma verdade revelada." "Eu avisei" se tornou um símbolo de status. Medo genuíno, previsões sinistras e duras críticas circulavam em torno da questão central da nova ameaça soviética à segurança nacional. Profecias histéricas de dominação soviética e da destruição da democracia eram comuns. O Sputnik era a prova da capacidade da Rússia de lançar mísseis balísticos intercontinentais, disseram os pessimistas, e era apenas uma questão de tempo até que os soviéticos ameaçassem os Estados Unidos. Os americanos com menos pânico se resignaram ao desapontamento com a liderança da Rússia na corrida para explorar o espaço.

Eisenhower não queria um especialista militar experiente no comando do Pentágono; ele mesmo era um. O presidente desconfiava do complexo militar-industrial e dos feudos das forças armadas. Sua atitude para com eles às vezes beirava o desprezo.

Por outro lado, ele amava a comunidade científica. Ele encontrou cientistas inspirados — suas ideias, sua cultura, seus valores e sua importância para o país — e se cercou das melhores mentes científicas da nação. Eisenhower foi o primeiro presidente a organizar um jantar na Casa Branca especificamente para homenagear as comunidades científica e de engenharia como convidados de honra, assim como os Kennedy mais tarde abrigariam artistas e músicos.

Centenas de proeminentes cientistas americanos serviram diretamente à administração de Eisenhower em vários painéis. Ele se referia a eles orgulhosamente como "meus cientistas." Ike "gostava de pensar em si mesmo como um de nós", observou Detlev W. Bronk, presidente da Academia Nacional de Ciências.

Dois cientistas proeminentes uma vez tomaram café da manhã com o presidente, e quando estavam saindo da Casa Branca, Eisenhower comentou que o Comitê Nacional Republicano estava reclamando que os cientistas próximos a ele não estavam lá fora "gritando" o suficiente para o Partido Republicano.

"Você não sabe, Sr. Presidente?", respondeu um dos homens com um sorriso. "Todos os cientistas são democratas."

"Eu não acredito", disparou Eisenhower. "Mas, de qualquer maneira, gosto de cientistas por sua ciência e não por sua política."

Quando a crise do Sputnik chegou, Eisenhower puxou seus cientistas ainda mais para o seu círculo. Primeiro, ele realizou várias reuniões privadas com cientistas proeminentes de fora do governo. Onze dias após a notícia do satélite soviético, em 15 de outubro de 1957, Eisenhower sentou-se para uma longa discussão com seu Comitê Consultivo Científico, um time completo das melhores mentes da nação. Nem ele nem qualquer de seus cientistas estava tão preocupado com o real significado do Sputnik quanto com aqueles que estavam usando o assunto contra Ike. Em primeiro lugar, Eisenhower sabia muito mais do que poderia dizer publicamente sobre o status dos programas de mísseis russos; ele tinha visto as fotografias de espionagem incrivelmente detalhadas feitas a partir de um avião espião U-2. Ele sabia que não havia uma diferença significativa entre os mísseis dos dois países. Ele também sabia que os militares americanos e seus fornecedores tinham interesse na ameaça soviética. Ainda assim, ele pediu a seus assessores de ciências que estimassem a capacidade soviética. Eisenhower ouviu atentamente enquanto avaliava sobriamente o significado do lançamento do Sputnik. Seus assessores disseram que os russos haviam de fato adquirido um ritmo impressionante de progresso técnico e que os Estados Unidos perderiam sua liderança científica e tecnológica a menos que se mobilizassem.

Muitos dos cientistas em torno de Eisenhower vinham se preocupando desde o início dos anos 1950 que o governo teria abusado ou entendido mal a ciência e a tecnologia modernas. Eles pediram a Eisenhower para nomear um único assessor de ciência presidencial de alto nível, "uma pessoa com quem ele poderia conviver facilmente", para ajudá-lo a tomar decisões envolvendo tecnologia. O lançamento do Sputnik II apenas um mês após o primeiro Sputnik aumentou a pressão. O primeiro satélite, um objeto de 45 quilos do tamanho de uma bola de basquete, já era ruim o suficiente. Seu companheiro de viagem pesava meia tonelada e era quase do tamanho de um Fusca.

Poucos dias depois da notícia do Sputnik II, Eisenhower disse à nação que encontrara seu homem para a ciência em James R. Killian Jr., presidente do MIT. Killian não era cientista, mas falava efetivamente em nome da ciência. Em 7 de novembro de 1957, no primeiro de vários comunicados para tranquilizar o povo americano e reduzir o pânico, o presidente anunciou a nomeação de Killian como assessor científico. Foi no final do comunicado, mas virou notícia de primeira página no dia seguinte. O presidente havia costurado ligações entre ciência e defesa, e disse que Killian "seguiria em frente na melhoria científica de nossa defesa". A imprensa apelidou Killian de "Czar dos Mísseis" dos Estados Unidos.

Durante a reunião de 15 de outubro com seus conselheiros científicos, o presidente falou de sua preocupação com a gestão da pesquisa no governo. "Com grande entusiasmo e determinação, o presidente queria que os cientistas lhe dissessem qual o lugar da pesquisa científica na estrutura do governo federal", disse Sherman Adams, assistente executivo do presidente. Além disso, Eisenhower disse a eles que o Secretário de Defesa McElroy era um excelente profissional e instou os cientistas a se encontrarem com o novo secretário, o que eles fizeram naquele mesmo dia.

O grupo descobriu que o secretário McElroy tinha um apreço semelhante por eles. Um aspecto de sua carreira na P&G de que muito se orgulhava era a quantidade de dinheiro que a empresa dedicava à pesquisa. Ele acreditava no valor da ciência sem restrições, em sua capacidade de produzir resultados notáveis, se não sempre previsíveis. McElroy e a P&G criaram um grande laboratório de pesquisa, o financiaram bem e raramente ou nunca pressionaram seus cientistas a justificar seu trabalho. Foi uma das primeiras operações de pesquisa corporativa do tipo, uma em que os cientistas eram livres para buscar quase qualquer coisa e tinham todo o apoio da administração.

Avanços tecnológicos significativos vieram de um arranjo semelhante entre universidades e governo durante a Segunda Guerra Mundial: radar, armas nucleares e grandes máquinas de calcular resultaram do que Killian chamou de "métodos sem restrições de cientistas e engenheiros notáveis mantidos livres de uma orquestração ou uma organização inibidora".

Com pensamento alinhado ao de Killian, cujo apoio foi crucial, McElroy começou a discutir a ideia de estabelecer uma agência independente para pesquisa. Talvez McElroy estivesse ciente de que a Câmara de Comércio dos EUA havia lançado a ideia de criar uma única agência de pesquisa e desenvolvimento para o governo federal, durante as audiências no Congresso, meses antes do Sputnik. Tal conversa estava no ar. A ideia foi aventada agora em discussões com um comitê consultivo informal de industriais que se reunia regularmente com o secretário de defesa.

Nos dias imediatamente seguintes ao lançamento soviético, dois homens foram ver McElroy: o eminente físico nuclear Ernest O. Lawrence e Charles Thomas, ex CEO da Monsanto Chemical Company e assessor ocasional do presidente. Em uma reunião que durou várias horas, eles discutiram a ideia de uma forte agência avançada de pesquisa e desenvolvimento que se reportaria ao secretário, e ambos os visitantes pediram a McElroy que apoiasse a ideia. O físico Herbert York, diretor do Laboratório Livermore e confidente próximo de Eisenhower e Killian, juntou-se às conversas. Ao mesmo tempo, o próprio McElroy estava conversando frequentemente com Killian e o presidente. Na visão de Killian, as missões tradicionais dos serviços armados haviam sido superadas pela ciência e tecnologia modernas. Ali estava uma maneira de mover o Pentágono para a nova era. Uma das principais atrações do conceito de agência de pesquisa, na mente de McElroy, era a capacidade que ele lhe daria para administrar a feroz concorrência dentro do ministério da defesa pelos programas e orçamentos de P&D. A competição estava atingindo alturas absurdas. Os comandantes do Exército, da Marinha e da Aeronáutica trataram o Sputnik como a arma inicial em uma nova corrida, cada um competindo contra o outro pela maior parte dos gastos com P&D.

McElroy acreditava que uma agência centralizada para projetos de pesquisa avançada reduziria a rivalidade entre serviços, ao colocar substanciais orçamentos federais de P&D sob sua estreita supervisão. Além disso, a ideia quase certamente seria aprovada pelo presidente, já que os pedidos muitas vezes egoístas e o alarmismo interesseiro dos militares eram geralmente recebidos com desdém na Casa Branca.

Eisenhower gostou da proposta do secretário. A administração tinha planos ainda maiores — a criação da Administração Nacional de Aeronáutica e Espaço (NASA[4]), a aprovação de uma Lei de Reorganização da Defesa e o estabelecimento do cargo de Diretor de Pesquisa e Engenharia de Defesa. Mas essas coisas levariam tempo e o conceito de uma agência de projetos de pesquisa avançada foi uma resposta que o presidente poderia implementar imediatamente. E daria a Eisenhower uma agência ágil de P&D da qual ele e seus cientistas poderiam fazer uso no futuro.

Em 20 de novembro de 1957, McElroy foi para o Capitólio pela primeira vez como secretário. Ao testemunhar sobre os programas de mísseis balísticos dos EUA, ele mencionou que havia decidido criar um novo cargo de "gerente único" para toda a pesquisa de defesa. No curto prazo, ele disse ao Congresso, a nova agência lidaria com programas de P&D para satélites e exploração espacial. No dia seguinte, ele circulou para a Junta do Estado-Maior um esboço de carta e diretiva para a nova agência, pedindo sua revisão e comentários.

Os militares se irritaram com a crítica implícita. Uma coisa era ter consultores de ciência e tecnologia civis, mas McElroy agora estava claramente invadindo seu território, planejando administrar e operar um escritório central que controlaria programas de P&D de defesa e futuros projetos de armas. Eles estavam preparados para revidar. O secretário da Força Aérea, James Douglas, escreveu: "A Força Aérea reconhece que as propostas são sugestões." Isto é, mensagem recebida e não aceita. O Exército, a Marinha e a Junta do Estado-Maior retornaram o rascunho da carta com várias revisões. Eles fizeram ajustes na linguagem a respeito da autoridade da nova agência, suas revisões recheadas de mudanças subversivas de palavras, acréscimos engenhosos e cortes maliciosos, todos projetados para enfraquecer e confinar a agência.

---

[4] Sigla em inglês para National Aeronautics and Space Administration

McElroy admitiu alguns pontos menores, mas deixou claras duas coisas: o diretor da agência teria autoridade para contratação e o escopo da pesquisa da agência seria ilimitado.

Em 7 de janeiro de 1958, Eisenhower enviou uma mensagem ao Congresso solicitando fundos para a criação da Agência de Projetos de Pesquisa Avançada, a ARPA. Dois dias depois, levantou a questão novamente em seu Discurso sobre o Estado da União. "Eu não estou tentando hoje emitir um julgamento sobre as acusações de rivalidades perniciosas entre as forças armadas. Mas uma coisa é certa. O que quer que sejam, a América quer que parem."

Eisenhower também afirmou "a necessidade de controle único em alguns de nossos projetos de desenvolvimento mais avançados", e depois desferiu seu golpe de misericórdia aos generais: "Outra exigência da organização militar é uma clara subordinação dos serviços militares à autoridade civil devidamente constituída. Esse controle deve ser real; não apenas na superfície."

No início de 1958, Roy Johnson, vice-presidente da General Electric, foi nomeado primeiro diretor da ARPA; cinco dias após a nomeação, o financiamento foi aprovado pelo Congresso (como um item em um projeto de lei de dotações da Força Aérea), e a ARPA entrou em atividade.

No pânico pós-Sputnik, a corrida pelo espaço sideral tomou conta da vida americana, gerando uma nova ênfase na ciência nas escolas, piorando as relações entre a Rússia e os Estados Unidos e abrindo uma comporta para gastos em P&D. Os gastos com P&D de "desafio externo" de Washington aumentaram de US$ 5 bilhões por ano para mais de US$ 13 bilhões anuais entre 1959 e 1964. O Sputnik lançou uma era de ouro para a ciência e tecnologia militares. (Em meados da década de 1960, os gastos totais em P&D do país representariam 3% do produto interno bruto, um índice de referência que era tanto um símbolo de progresso quanto uma meta para outros países.)

Todos os olhos estavam voltados para a ARPA quando esta abriu suas portas com orçamento inicial de US$ 520 milhões e um plano orçamentário de US$ 2 bilhões. Ela passou a dirigir todos os programas espaciais dos EUA e toda a pesquisa avançada sobre mísseis estratégicos. Em 1959, uma equipe de cerca de setenta pessoas havia sido contratada para o escritório central, um número que permaneceria relativamente constante durante anos. Eram principalmente gerentes de projetos científicos que analisavam e avaliavam propostas de P&D, supervisionando o trabalho de centenas de contratados. Roy Johnson, o primeiro diretor da ARPA, era, como seu chefe, um homem de negócios. Aos cinquenta e dois anos, ele havia sido pessoalmente recrutado por McElroy, que o convenceu a trocar um emprego de US$ 160 mil na General Electric por um de US$ 18 mil em Washington.

Como esperado, Johnson abordou a agenda de pesquisa e desenvolvimento dos Estados Unidos como um problema de gestão. Habilidades gerenciais eram seu forte. Seu trabalho, em sua visão, era instigar as pessoas a fazerem o necessário para conseguir vantagem sobre os soviéticos. Ele argumentava com frequência e vigor em salas cheias de generais e almirantes, e confrontou agressivamente a Força Aérea. Logo ficou claro que Johnson era um sério e vociferante defensor de uma forte presença militar no espaço sideral.

Mas é claro que Killian e outros cientistas em torno de Eisenhower queriam alguém bem versado em questões científicas e tecnológicas para o comando da ARPA. Johnson fora instruído a contratar um oficial militar de alta patente como seu vice e selecionar um cientista-chefe para completar sua equipe de liderança. O posto científico quase foi para Wernher von Braun, até que ele insistiu em trazer toda a sua equipe de uma dúzia de associados para o Pentágono. Assim, Herbert York, de quem Killian gostava muito, recebeu o emprego e mudou-se do Laboratório Lawrence Livermore para a ARPA. Quando chegou ao terceiro andar do Pentágono, York prontamente pendurou uma grande foto da lua na parede do escritório. E ao lado dela, uma moldura vazia. Ele dizia aos visitantes que logo seria preenchida com a primeira foto do outro lado da lua.

O restante da equipe da ARPA foi recrutado a partir de talentos técnicos de alto nível da indústria em locais como Lockheed, Union Carbide, Convair e outros fornecedores do Pentágono.

Os dias da equipe eram gastos peneirando ouro em um fluxo incessante de propostas de P&D não solicitadas.

O sucesso da ARPA dependia da postura extremamente vocal de Johnson sobre o papel da América no espaço sideral e sua visão simplista das tensões soviético-americanas. Ele erroneamente definiu a missão da ARPA quase inteiramente em termos militares, delineando o tipo de projetos espaciais que imaginou: satélites de vigilância global, veículos interceptadores de defesa espacial, sistemas de armas orbitais estratégicas, satélites de comunicação estacionários, estações espaciais tripuladas e uma base lunar.

Eisenhower e seus cientistas civis haviam avançado com o restante de sua agenda e, no final do verão de 1958, a criação da NASA havia sido transformada em lei. Quase da noite para o dia, enquanto Johnson disputava uma presença militar no espaço, os projetos espaciais e de mísseis foram retirados da ARPA e transferidos para a NASA ou de volta para os serviços militares, deixando o orçamento da ARPA reduzido a míseros US$ 150 milhões. O portfólio da ARPA foi estripado, sua equipe ficou praticamente sem função. A Aviation Week chamou a jovem agência de "um gato morto pendurado no armário de frutas."

Johnson pediu demissão. Antes de partir, no entanto, ele encarregou sua equipe de redigir um trabalho que avaliava quatro alternativas: abolir a ARPA, expandi-la, não fazer mudanças ou redefinir sua missão. Seus analistas se lançaram na construção de um caso para a quarta alternativa, e foi sua tenacidade que salvou a agência do esquecimento. Eles elaboraram um conjunto de metas para distanciar a ARPA do Pentágono, mudando o foco da agência para os esforços de longo prazo da "pesquisa básica." Os serviços militares nunca se interessaram por projetos de pesquisa abstrata; o mundo deles era impulsionado por metas de curto prazo e relações próximas com fornecedores industriais. A equipe da ARPA viu uma oportunidade de redefinir a agência como um grupo que assumiria a pesquisa avançada "de vanguarda."

O mais importante de tudo é que os funcionários da ARPA reconheceram o maior erro da agência: ela não estava buscando as universidades, onde muito do melhor trabalho científico estava sendo feito. A comunidade científica, previsivelmente, apoiou o pedido de uma reinvenção da ARPA como uma patrocinadora de pesquisa de "alto risco e alto ganho" — o tipo de catalisador de P&D com o qual eles sonhavam desde sempre. O sonho foi realizado; a ARPA recebeu sua nova missão.

À medida que a nova ARPA tomava forma, uma característica aparente da agência era que seu tamanho relativamente pequeno permitia que a personalidade de seu diretor se tornasse a cara da organização. Com o tempo, o "estilo ARPA" — de movimento rápido, disposto a tomar altos riscos, ágil — seria elogiado. Outros burocratas de Washington chegaram a invejar o modus operandi da ARPA. A agência terminou por atrair um grupo altamente qualificado de defensores de P&D das melhores universidades e laboratórios de pesquisa, que se dedicaram a construir uma comunidade das melhores mentes técnicas da América.

A nova pesquisa básica da agência e a orientação para projetos especiais eram ideais para a mudança na atmosfera de Washington causada pela eleição de John F. Kennedy. Com vigor, as estruturas do governo em Washington responderam ao carisma de Kennedy. No Pentágono, Robert S. McNamara, o novo secretário de defesa, liderou o afastamento da filosofia de "retaliação maciça" na postura estratégica dos EUA e a aproximação rumo a uma estratégia de "resposta flexível" às ameaças internacionais à supremacia americana. A ciência era a nova fronteira.

No início de 1961, o diretor da ARPA, General de Brigada Austin W. Betts, renunciou e foi substituído por Jack P. Ruina, o primeiro cientista a dirigir a agência. Ruina veio com fortes credenciais acadêmicas, bem como alguns antecedentes militares. Treinado como engenheiro elétrico, ele havia sido professor universitário e também atuou como vice-secretário assistente da Força Aérea. E ainda tinha bom relacionamento com os membros dos painéis de aconselhamento científico da Casa Branca.

Uma era de ouro para a ARPA estava apenas começando. Ruina trouxe um estilo de gestão descontraído e estrutura descentralizada para a agência. Detalhes não lhe interessavam; encontrar grandes talentos, sim. Ele acreditava em escolher as melhores pessoas e deixá-las escolher a melhor tecnologia, e em dar liberdade a seus diretores de programa. Seu trabalho, em sua visão, era conseguir o máximo de apoio e financiamento que pudesse para qualquer projeto selecionado. Ruina tinha uma teoria de que pessoas verdadeiramente talentosas normalmente não escolheriam ficar por muito tempo em uma burocracia do governo, mas poderiam ser convencidas a gastar um ano ou dois se lhes oferecessem flexibilidade e orçamentos suficientes. O volume de negócios não o incomodou. A agência, ele acreditava, se beneficiaria da exposição frequente a novos pontos de vista. De acordo com tudo isso, ele se via como um temporário também.

Com o tempo, Ruina elevou o orçamento anual da ARPA para US$ 250 milhões. Projetos em defesa de mísseis balísticos e detecção de testes nucleares, formulados em termos de pesquisa básica, eram as principais prioridades. Houve também programas como pesquisa comportamental e comando e controle militares que, embora interessantes, não tiveram tanta atenção de Ruina.

Então, em maio de 1961, um computador, muito grande, exigiu sua atenção. Um programa em questões de comando e controle militar havia sido iniciado na ARPA usando fundos de emergência do Departamento de Defesa. Para o trabalho, a Força Aérea havia comprado o enorme e caro Q-32, uma máquina gigante que funcionaria como apoio para o sistema de alerta antecipado de defesa aérea do país. A máquina havia sido instalada em um prédio em Santa Mônica, Califórnia, em um dos principais fornecedores da Força Aérea, a System Development Corporation (SDC), onde deveria ser usada para treinamento de operadores e como uma ferramenta de desenvolvimento de software.

Em seguida, a Força Aérea foi forçada a reduzir, o que deixou a empresa de Santa Mônica implorando por alguma forma de manter seus funcionários trabalhando com o computador. A Força Aérea, que já havia afundado milhões no contrato da SDC, de repente tinha um embaraçoso elefante branco em suas mãos, na forma de uma máquina de computação volumosa e deselegante.

Licklider

A relação entre os estabelecimentos militares e computacionais começou com a própria indústria de computadores. Durante a Segunda Guerra Mundial, em meio à percepção da necessidade de uma capacidade de cálculo mais rápida do que a fornecida pelos bancos de calculadoras mecânicas operadas por humanos, os militares financiaram dezenas de experimentos de computação. A Marinha apoiou Howard Aiken, o professor de matemática de Harvard que sonhava em construir uma calculadora em grande escala, o que deu origem à Mark I, uma central telefônica de dois metros de altura e quinze de largura que podia realizar operações aritméticas sem intervenção de um operador. O Exército também apoiou o famoso projeto ENIAC[5] da Universidade da Pensilvânia. Mais tarde, no MIT, primeiro a Marinha e depois a Força Aérea apoiaram um computador chamado Whirlwind.

No início dos anos 1950, computação significava fazer aritmética rapidamente. As empresas, especialmente os bancos, colocavam suas máquinas para trabalhar em cálculos de larga escala. Em 1953, a International Business Machines Corporation (IBM), já a maior fabricante de relógios de ponto do país, bem como de equipamentos de tabulação eletromecânica, entrou no ramo dos grandes computadores eletrônicos. Estas eram as máquinas de negócios do futuro. As máquinas da IBM não eram necessariamente melhores do que a Univac (a sucessora da ENIAC), mas a equipe de vendas da IBM tornou-se lendária, e suas vendas de máquinas superaram as da Univac.

Então, no final dos anos 1950, quando a IBM ultrapassava a marca do bilhão de dólares, Ken Olsen, um engenheiro individualista e franco, deixou o Lincoln Laboratory do Massachusetts Institute of Technology (MIT) com US$ 70.000 em capital de risco para explorar comercialmente a tecnologia desenvolvida em torno de uma nova máquina: a TX-2. Ele formou a Digital Equipment Corporation para fabricar e vender componentes de computadores, e

5 Sigla em inglês para Electronic Numerical Integrator and Calculator

então construiu algo radicalmente diferente do que existia antes: um computador menor chamado minicomputador que interagia diretamente com o usuário. A ideia de Olsen para um computador interativo veio de um grupo pioneiro de pesquisadores de computadores do MIT. Um grupo diferente, um pouco mais jovem, surgiu com outro conceito radical em computação que estava começando a pegar, particularmente em instituições acadêmicas. Eles o chamavam de "compartilhamento de tempo" e tinha um apelo óbvio como uma alternativa ao método tradicional lento e desajeitado de processamento "em lote".

O processamento em lote era um modelo pouco eficiente de computação. Até mesmo para as menores tarefas de programação, era necessário ter o código relevante gravado nos cartões de programa, que eram então combinados com "cartões de controle" para cuidar das funções administrativas do computador. Um operador de computador colocava os cartões no computador ou na fita magnética para processamento, um lote de cada vez. Dependendo da duração da fila e da complexidade dos programas e problemas, a espera podia ser longa. Não era incomum esperar um dia ou mais por resultados.

O compartilhamento de tempo era, como o termo sugere, um novo método de dar a muitos usuários acesso interativo a computadores de terminais individuais. O aspecto revolucionário do compartilhamento de tempo foi que ele eliminou grande parte da tediosa espera que caracterizava a computação ede processo em lote. O compartilhamento de tempo deu aos usuários terminais que lhes permitiram interagir diretamente com o computador mainframe e obter seus resultados imediatamente. "Nós realmente acreditávamos que era uma maneira melhor de operar", lembrou Fernando Corbató, cientista da computação do MIT. "Suponho que, se alguém tivesse dito: 'Eu lhe darei uma máquina grátis', poderíamos ter dito: 'Não precisamos de compartilhamento de tempo.'" Mas os computadores naqueles dias eram coisas enormes. Eles ocupavam grandes salas e exigiam manutenção contínua porque havia muitos componentes.

"Eles não eram apenas uma coisa qualquer", continuou Corbató. "Você normalmente não pensava em ter uma máquina pessoal naqueles dias — uso exclusivo, talvez, mas não pessoal. Então, nós realmente vimos a necessidade de tentar mudar isso. Ficamos frustrados". A valorização do compartilhamento de tempo foi diretamente proporcional à quantidade de acesso direto que se tinha ao computador. E geralmente isso significava que quanto mais você programasse, melhor você entenderia o valor do acesso direto.

O que o compartilhamento de tempo não podia fazer era eliminar a necessidade de coordenar demandas concorrentes na máquina por diferentes usuários. Por sua natureza, o compartilhamento de tempo encorajava os usuários a trabalhar como se eles tivessem a máquina inteira sob seu comando, quando na verdade eles tinham apenas uma fração do poder total de computação. A distribuição de custos entre vários usuários significava que quanto mais usuários, melhor. É claro se houvesse usuários demais, a máquina travaria, já que uma alta porcentagem dos recursos era alocada para coordenar os comandos de vários usuários. À medida que o número de usuários aumentava, mais recursos do computador eram dedicados à função de coordenação, o que reduzia o tempo real de processamento utilizável. Se os programadores tivessem que fazer trabalhos muito pequenos (como depurar um código ou corrigir pequenos erros em um programa), eles não precisariam de uma máquina poderosa. Mas quando chegava a hora de executar os programas na íntegra, muitos dos quais usavam muitos recursos das máquinas, ficava claro que os usuários ainda estavam competindo entre si pelo tempo de computação. Assim que um grande programa exigindo muitos cálculos se misturava ao conjunto de trabalhos sendo realizados, o processamento de todos desacelerava.

* * *

Quando a Força Aérea passou o Q-32 para a ARPA em 1961, Ruina não tinha ninguém para administrar o contrato. Ruina tinha em mente um trabalho com um potencial de expansão muito além do único contrato que havia no momento: Computadores, com suas funções de comando e controle, poderiam um dia fornecer informações confiáveis e de alta velocidade sobre as quais basear importantes decisões militares. Esse potencial, em grande parte não cumprido, parecia infinitamente promissor.

Coincidentemente, Ruina também procurava alguém que pudesse dirigir um novo programa em ciências comportamentais que o Departamento de Defesa queria que a ARPA administrasse. No outono de 1962, Ruina encontrou o candidato que poderia preencher os dois cargos, um eminente psicólogo chamado J. C. R. Licklider.

Licklider era uma escolha óbvia para chefiar um escritório de ciências do comportamento, mas um psicólogo não era uma escolha óbvia para supervisionar um escritório do governo com foco no desenvolvimento de tecnologia de ponta para computadores. No entanto, os interesses amplos e interdisciplinares de Licklider o tornavam adequado para o trabalho. Licklider tinha se envolvido de maneira intensa com computadores. "Ele costumava me dizer como gostava de passar muito tempo em um console de computador", lembrou Ruina. "Ele me contou como ia sendo absorvido pela máquina até se viciar." Licklider era muito mais do que um entusiasta de computadores, no entanto. Durante vários anos, ele vinha defendendo uma noção radical e visionária: que os computadores não estavam apenas adicionando máquinas. Os computadores tinham o potencial de atuar como extensões de todo o ser humano, como ferramentas que poderiam ampliar o alcance da inteligência humana e de nossos poderes analíticos.

Joseph Carl Robnett Licklider nasceu em St. Louis em 1915. Um filho único e muito querido, ele passou seus primeiros anos nutrindo uma fascinação por modelos de aviões. Ele sabia que queria ser um cientista, mas perdeu o foco durante a maior parte de seus dias de faculdade na Universidade de Washington. Mudou de curso várias vezes, da química à física, às artes plásticas e, finalmente, à psicologia. Quando se formou em 1937, ele tinha diplomas em psicologia, matemática e física. Para uma dissertação de mestrado em psicologia, ele decidiu testar o slogan popular "Durma mais, é bom para você" em uma população de ratos. Ao se aproximar de seu doutorado, os interesses de Licklider restringiram-se à psicoacústica, a psicofisiologia do sistema auditivo.

Para sua tese de doutorado, Licklider estudou o córtex auditivo de gatos e, quando se mudou para o Swarthmore College, trabalhou no quebra-cabeça da localização sonora, tentando analisar a capacidade do cérebro de determinar a distância e a direção de um som. Se você fechar os olhos e pedir a alguém para estalar os dedos, seu cérebro lhe dirá aproximadamente de onde vem o estalo e a que distância ele está. O quebra-cabeça da localização sonora também é ilustrado pelo fenômeno "coquetel": em uma sala lotada onde várias conversas estão ocorrendo dentro do alcance auditivo, é possível isolar qualquer conversa que se escolha, focando em certas vozes e ignorando o resto.

Em 1942, Licklider foi para Cambridge, Massachusetts, para trabalhar como pesquisador associado no Laboratório Psicoacústico da Universidade de Harvard. Durante os anos da Segunda Guerra Mundial, ele estudou os efeitos da altitude na comunicação e os efeitos de ruído estático e outros em receptores de rádio. Licklider conduziu experimentos em bombardeiros B-17 e B-24 a 35 mil pés. As aeronaves não eram pressurizadas, e as temperaturas a bordo estavam frequentemente abaixo do ponto de congelamento. Durante um teste de campo, o colega e melhor amigo de Licklider, Karl Kryter, viu Licklider ficar branco. Kryter entrou em pânico. Ele aumentou o oxigênio e gritou para o amigo: "Lick! Fale comigo!" Assim que Kryter estava prestes a pedir ao piloto para descer, a cor voltou ao rosto de Licklider. Estava com uma tremenda dor, ele disse, mas tinha passado. Depois disso, ele parou com seu café da manhã favorito, Coca-Cola, antes de participar de missões em grandes altitudes.

Por essa época, Licklider havia se juntado ao corpo docente de Harvard e estava ganhando reconhecimento como um dos principais teóricos do mundo sobre a natureza do sistema nervoso auditivo, que ele descreveu como "o produto de um arquiteto excelente e um operário desleixado." A psicologia em Harvard naqueles anos foi fortemente influenciada pelo behaviorista B. F. Skinner e outros que sustentavam que todo comportamento é aprendido, que os animais nascem como folhas em branco a serem escritas por acaso, experiência e condicionamento. Quando Skinner foi longe a ponto de colocar seu próprio filho em uma caixa para testar teorias behavioristas e outros membros do corpo docente começaram a fazer experimentos similares (embora menos radicais), Louise Licklider bateu o pé. Nenhum filho dela entraria numa caixa, e o marido concordou.

Louise era geralmente a primeira pessoa a ouvir as ideias do marido. Quase todas as noites após o jantar, ele retornava ao trabalho por algumas horas, mas quando chegava em casa por volta das onze da noite, ele normalmente passava uma hora ou mais contando a Louise seus últimos pensamentos. "Eu presenciei suas ideias", ela disse, "desde quando as sementes foram plantadas pela primeira vez, até que de alguma forma ele as viu dar frutos."

Todos adoravam Licklider e, por sua insistência, quase todos o chamavam de "Lick." Seu gênio inquieto e versátil deu origem, através dos anos, a um culto eclético de admiradores.

Lick tinha cerca de 1,80 m de altura, cabelos castanhos claros e grandes olhos azuis. Sua característica mais pronunciada era seu suave sotaque do Missouri, que contrastava com sua mente aguda. Quando ele dava palestras ou conduzia colóquios, ele nunca preparava um discurso. Em vez disso, ele se levantava e fazia comentários extensos sobre um determinado problema em que ele estava trabalhando. O pai de Lick tinha sido um ministro batista, e Louise ocasionalmente o repreendeu ao notar traços de pastor nele. "Lick brincando com um problema em um briefing ou um colóquio, falando com aquele suave sotaque caipira, era um espetáculo", lembrou Bill McGill, um ex-colega. "Ele falava com esse sotaque do Missouri, dos Montes Ozark, e se você encontrasse ele na rua, você se perguntaria: quem diabos é esse caipira? Mas se você estivesse trabalhando no mesmo problema e ouvindo sua formulação, ouvi-lo seria como ver o brilho do amanhecer."

Muitos dos colegas de Lick ficavam impressionados com sua capacidade de resolver problemas. Ele já foi descrito como tendo a intuição mais refinada do mundo. "Ele podia ver a resolução de um problema técnico antes que o resto de nós pudesse calculá-lo", disse McGill. "Isso o tornava bastante extraordinário." Lick não era formalista em nenhum aspecto e raramente mostrava dificuldade ao lidar com teoremas obscuros. "Ele era como uma criança de olhos arregalados, indo de problema em problema, consumido pela curiosidade. Quase todos os dias ele tinha alguma nova teoria sobre um problema em que estávamos pensando."

Mas viver com Lick também tinha suas frustrações. Ele era humilde, na visão de muitos, além da conta. Muitas vezes sentou-se em reuniões lançando ideias para quem quisesse levar o crédito. "Se alguém roubasse uma ideia dele", lembrou Louise, "eu iria bater na mesa e dizer que não é justo, e ele diria: 'Não importa quem recebe o crédito; importa que seja feito.'" Ao longo dos muitos anos em que foi professor, ele inspirou todos os seus alunos, até mesmo os de graduação, a se sentirem colegas juniores. Sua casa estava aberta para eles, e os estudantes muitas vezes apareciam na porta da frente com um capítulo de uma tese ou apenas uma pergunta para ele. "Eu só apontava para cima e eles iam direto pro escritório do terceiro andar", conta Louise.

Nos anos do pós-guerra, a psicologia ainda era uma disciplina jovem, atraindo o escárnio daqueles nas ciências mais tradicionais, com pouca paciência para um novo campo que lidava com entidades enigmáticas como a mente, ou "o fator humano." Mas Licklider era um psicólogo no sentido mais rigoroso da palavra. Como disse um colega, ele pertencia àqueles "cuja preocupação autoconsciente com a legitimidade de sua atividade científica os tornou mais resistentes do que muitos de seus colegas nos campos mais bem estabelecidos."

Em 1950, Lick havia se mudado para o MIT para trabalhar no laboratório de acústica do instituto. No ano seguinte, quando o MIT criou o Lincoln Laboratory como um laboratório de pesquisa dedicado à defesa aérea, Lick assinou contrato para iniciar o grupo de engenharia humana da instituição. A Guerra Fria passara a dominar praticamente toda a vida intelectual da instituição. O Lincoln Laboratory foi uma das manifestações mais visíveis da aliança do MIT com Washington durante a Guerra Fria.

No início da década de 1950, muitos teóricos militares temiam um ataque nuclear surpresa de bombardeiros soviéticos sobre o Polo Norte. E assim como os cientistas se uniram durante a década de 1940 para lidar com a possibilidade de armamento nuclear alemão, uma equipe semelhante se reuniu em 1951 no MIT para lidar com a ameaça soviética percebida. O estudo foi chamado de Projeto Charles. Seu resultado foi uma proposta à Força Aérea para um centro de pesquisa dedicado à tarefa de criar tecnologia para defesa contra ataques aéreos. Assim, o Lincoln Laboratory foi formado rapidamente, dotado de equipe e logo estava pronto para trabalhar sob o seu primeiro diretor, o físico Albert Hill. Em 1952, o laboratório mudou-se para Lexington, a cerca de 16 quilômetros a oeste de Cambridge. Seus principais projetos centraram-se em torno do conceito de Aviso Rápido à Distância — a linha DEW[6]: conjuntos de radares que se estendem, idealmente, do Havaí ao Alasca, do arquipélago canadense à Groenlândia e, finalmente, à Islândia e às Ilhas Britânicas. Problemas de comunicação, controle e análise para uma estrutura tão extensa e complexa poderiam ser manipulados apenas por um computador. Para satisfazer esse requisito, o Lincoln Laboratory assumiu pela primeira vez o Whirlwind, um projeto de computador no MIT, e desenvolveu um projeto sucessor chamado Ambiente Semiautomático do Solo, ou SAGE[7].

Baseado em um grande computador da IBM, o SAGE era tão gigantesco que seus operadores e técnicos literalmente entravam na máquina. O sistema cumpria três funções principais: receber dados de vários radares de detecção e rastreamento, interpretar dados relativos a aeronaves não identificadas e apontar armas defensivas contra aeronaves hostis. O SAGE era apenas "semiautomático",

---

[6] Sigla em inglês para Distant Early Warning

[7] Sigla em inglês para Semi-Automatic Ground Environment

já que o operador humano continuava sendo uma parte importante do sistema. Na verdade, o SAGE foi um dos primeiros sistemas de computadores interativos em tempo real e totalmente operacionais. Operadores se comunicavam com o computador através de monitores, teclados, interruptores e pistolas de luz. Os usuários podiam solicitar informações do computador e receber uma resposta em alguns segundos. Novas informações fluíam diretamente para a memória do computador através de linhas telefônicas, tornando-as imediatamente disponíveis para os usuários.

O sistema SAGE inspirou alguns pensadores, incluindo Licklider, a ver a computação de uma forma inteiramente nova. SAGE foi um dos primeiros exemplos do que Licklider mais tarde chamaria de "simbiose" entre humanos e máquinas, onde a máquina funciona como um parceiro de solução de problemas. Implícita nessa relação simbiótica estava a interdependência de humanos e computadores trabalhando em uníssono como um sistema único. Por exemplo, em um cenário de batalha, operadores humanos sem computadores seriam incapazes de calcular e analisar ameaças com rapidez suficiente para defender-se de um ataque. Por outro lado, computadores trabalhando sozinhos não poderiam tomar decisões cruciais.

Em 1953, o MIT decidiu criar um grupo de fatores humanos na seção de psicologia do departamento de economia, e Lick foi encarregado. Ele recrutou alguns de seus alunos e colegas mais brilhantes. Lick contratou pessoas com base não em seu trabalho de doutorado ou em suas aulas, mas em um teste simples que ele aplicou: o Teste de Analogias de Miller. Este teste cobre todos os campos, desde a geologia até história e artes; requer tanto um bom conhecimento geral quanto uma capacidade de aplicar esse conhecimento a relacionamentos. "Eu tinha uma espécie de regra", disse ele. "Qualquer um que pudesse fazer 85 ou mais no Teste de Analogias de Miller eu contratava, porque essa pessoa seria muito boa em alguma coisa."

Em 1954, o grupo de Lick moveu-se para junto dos psicólogos sociais e especialistas em administração de mão de obra da Sloan

School of Management. Mas as ideias do grupo estavam muito distantes dos problemas de gerenciamento. Como McGill, um dos primeiros recrutas de Licklider, descreveu, ele e seus colegas estavam muito mais interessados em computadores e dispositivos de memória de computador como modelos para a versatilidade da cognição humana. A primeira dissertação produzida pelo departamento sob orientação de Lick veio do doutorando Tom Marill, que havia examinado o assunto de detecção auditiva ideal. Como outras pessoas que entraram na esfera de Licklider, Marill deixaria sua marca no desenvolvimento de redes de computadores nos anos seguintes. "Nada assim havia sido visto antes, pelo menos não em um departamento de psicologia", disse McGill. Aquele foi o primeiro departamento de ciências cognitivas da história. "O trabalho foi baseado na psicologia cognitiva de base experimental, como seria definido hoje, mas na época não tínhamos uma linguagem ou nomenclatura adequada."

Porém, eventualmente os administradores do MIT quiseram algo mais tradicional, e Lick falhou em seus esforços para expandir seu novo departamento através de posições permanentes. Como resultado, todos os seus protegidos, jovens e de alta empregabilidade, se afastaram. "Não tínhamos a sofisticação para promover o que fizemos e não sabíamos que havia algo de especial naquilo. Então o MIT deixou tudo escapar", disse McGill. Lick era um dissidente, afinal, e um pouco vanguardista, talvez demais para o MIT.

No entanto, Lick não lamentou o fim do grupo, pois ele não se prendia no mesmo assunto por muito tempo. Seus interesses mudaram radicalmente e com frequência ao longo dos anos. Certa vez, ele aconselhou um jovem amigo a nunca assinar um projeto que durasse mais de cinco a sete anos, para que ele pudesse sempre passar para outras coisas. E qualquer coisa em que Lick se interessasse, ele mergulhava de corpo e alma.

Talvez o incidente que mais despertou o interesse de Lick em computadores e seu potencial como instrumentos interativos foi um encontro que ele teve na década de 1950 com um jovem e inteligente engenheiro do Lincoln Laboratory chamado Wesley

Clark. Clark era um pesquisador trabalhando na máquina TX-2, o estado da arte em computação digital e o sucessor de um computador chamado TX-0. Ele havia construído o TX-0 com Ken Olsen antes de Olsen sair para a Digital Equipment Corporation.

O escritório de Clark ficava no porão do Lincoln Laboratory. Um dia, ao voltar do almoxarifado do outro lado do corredor, Clark decidiu se aventurar em um quarto que sempre parecera vagamente fora dos limites. A maioria das portas do laboratório ficava aberta, mas esta estava sempre fechada. Clark tentou abrir a porta, ficou surpreso ao encontrá-la destrancada, e entrou na sala. "Eu entrei e contornei um pequeno labirinto", lembrou Clark. "De um lado havia esse laboratório muito escuro, e depois de sondar na escuridão por um tempo, encontrei um homem sentado em frente a alguns monitores. Ele estava fazendo algum tipo de psicometria, e era claramente um sujeito interessante. Interessei-me no que estava fazendo e em seu aparato, e lembro-me de ter sugerido que ele poderia obter os mesmos resultados usando um computador." O homem era Licklider. Clark convidou Lick para ver o TX-2, um pouco adiante no corredor, e aprender alguns fundamentos.

Na verdade, ensinar Lick a programar a máquina teria sido muito difícil. Programar um computador como o TX-2 era uma espécie de arte oculta. O TX-2, que continha 64.000 bytes de memória, ocupava algumas salas. O que muitos anos depois se tornaram minúsculos microchips para a unidade de processamento central do computador eram, naquela época, enormes racks de muitas unidades plug-in separadas, cada uma consistindo em dezenas de transistores e peças eletrônicas associadas. Ainda mais espaço foi ocupado com grandes consoles cobertos com interruptores e luzes indicadoras para ajudar o operador ou técnico a entender o que o sistema estava fazendo. Todo esse equipamento exigia vários racks; apenas uma minúscula fração — a tela de vídeo e o teclado — pode ser reconhecida hoje como peças comuns de computador. "Sentar-se no TX-2 com Lick significava ser absorvido em uma confusão de coisas aparentemente irrelevantes", disse Clark. Tornar-se um "usuário" do TX-2 teria sido um exercício difícil, mesmo para alguém tão rápido quanto Licklider.

Por um lado, não havia ferramentas de ensino, nenhuma instrução ou menus de ajuda. Por outro lado, o sistema operacional, que padronizaria a programação para a máquina, ainda tinha que ser escrito.

Uma coisa que o TX-2 fazia muito bem era exibir informações nas telas de vídeo. Isso fez dele uma das primeiras máquinas capazes de mostrar trabalhos gráficos interativos. Foi esse recurso que ajudou Clark a demonstrar para Lick as principais ideias de uso interativo.

As sessões com Clark criaram uma impressão indelével em Lick. Ele se afastou ainda mais da psicologia e em direção à ciência da computação. À medida que seus interesses mudaram, a crença de Lick no potencial dos computadores para transformar a sociedade tornou-se uma espécie de obsessão. Sucumbindo à atração da computação, ele começou a passar horas a fio no console de exibição interativo. Louise acreditava que, se não estivesse sendo pago por esse trabalho, ele teria pagado para fazer isso.

A ideia em torno da qual girava a visão de mundo de Lick era a de que o progresso tecnológico salvaria a humanidade. O processo político foi um exemplo favorito dele. Em uma visão McLuhanesca[8] do poder da mídia eletrônica, Lick viu um futuro em que, graças em grande parte ao alcance dos computadores, a maioria dos cidadãos seria "informada, interessada e envolvida no processo do governo." Ele imaginou o que chamou de "consoles de computadores domésticos" e televisores conectados em uma rede massiva. "O processo político", escreveu ele, "seria essencialmente uma teleconferência gigante, e uma campanha seria uma série de comunicações entre candidatos, marqueteiros, comentaristas, grupos de ação política e eleitores. A chave é a alegria auto motivadora que acompanha a interação verdadeiramente eficaz com a informação através de um bom console e uma boa rede para um bom computador."

---

[8] Herbert Marshall McLuhan foi um destacado educador, intelectual, filósofo e teórico da comunicação canadense, conhecido por vislumbrar a Internet quase trinta anos antes de ser inventada. Ficou também famoso por sua máxima de que "O meio é a mensagem" e por ter cunhado o termo aldeia global.

As ideias de Lick sobre o papel que os computadores poderiam ter na vida das pessoas atingiram um ápice em 1960 com a publicação de seu seminal artigo "Man-Computer Symbiosis". Nesse artigo, ele destilou muitas de suas ideias numa tese central: um acoplamento entre humanos e "os membros eletrônicos da parceria" eventualmente resultaria em tomada de decisão cooperativa. Além disso, as decisões seriam tomadas por humanos, usando computadores, sem o que Lick chamava de "dependência inflexível de programas predeterminados". Ele defendia que os computadores continuariam naturalmente a ser usados para o que fazem melhor: todo o trabalho mecânico. E isso libertaria os humanos para dedicar energia a tomar melhores decisões e desenvolver insights mais claros do que seriam capazes sem computadores. Juntos, sugeriu Lick, o homem e a máquina executariam com muito mais competência do que cada um conseguiria sozinho. Além disso, atacar problemas em parceria com computadores poderia economizar o mais valioso dos recursos pós-modernos: o tempo. "A esperança", escreveu Licklider, "é que em não muitos anos, cérebros humanos e máquinas de computação serão acoplados... e que a parceria resultante pensará como nenhum cérebro humano jamais pensou e processará dados de uma forma que não é abordada pelas máquinas de gestão de informações que conhecemos hoje."

As ideias de Licklider, que tiveram o seu início apenas alguns anos antes, num encontro casual no porão do Lincoln Laboratory, representaram alguns dos pensamentos mais ousados e imaginativos da época. Um ex-aluno do MIT, Robert Rosin, que havia feito um curso de psicologia experimental ministrado por Lick em 1956 e depois entrou na ciência da computação, leu "Man-Computer Symbiosis" e ficou impressionado com a versatilidade intelectual do professor. "Eu não conseguia imaginar como um psicólogo que, em 1956, não tinha conhecimento aparente de computadores, poderia ter escrito um artigo tão profundo e perspicaz sobre 'meu campo' em 1960", disse Rosin. "O artigo de Lick me impressionou profundamente e refinou minha própria percepção de que uma nova era da computação estava chegando."

No momento em que Licklider publicou o artigo, sua reputação como cientista da computação foi confirmada para sempre. Ele largou o manto da psicologia e assumiu a computação. Não havia como voltar atrás. Alguns anos antes da publicação do artigo, Licklider deixara o MIT para trabalhar em uma pequena empresa de consultoria e pesquisa em Cambridge, chamada Bolt Beranek & Newman (BBN). A empresa concordara em comprar dois computadores para sua pesquisa, e ele estava tendo o melhor momento de sua vida.

Um dia, em 1962, o diretor da ARPA, Jack Ruina, ligou para Licklider com uma nova possibilidade de emprego. O que Lick acharia de assumir não apenas a divisão de comando e controle da ARPA, mas também uma nova divisão de ciências do comportamento? E haveria um enorme computador, o Q-32, incluído na proposta.

Ruina também ligou para Fred Frick, um amigo e colega de Lick no Lincoln Laboratory. Frick e Licklider se encontraram com Ruina juntos. Licklider foi preparado apenas para ouvir, mas logo começou a falar eloquentemente sobre o assunto. Os problemas de comando e controle, disse ele a Ruina, eram essencialmente problemas de interação humano-computador. "Achei que seria ridículo ter sistemas de comando e controle baseados no processamento em lote", lembrou ele anos depois. "Quem pode dirigir uma batalha quando tem que escrever o programa no meio da batalha?" Licklider e Frick concordaram que o trabalho parecia interessante, mas nenhum deles queria deixar o que estava fazendo. O discurso de vendas de Ruina era tão intenso, no entanto, e ele fez a missão parecer tão crítica, que Frick e Licklider decidiram que um deles deveria fazê-lo. Eles jogaram uma moeda, e Lick aceitou a posição sob a condição de que tivesse a liberdade de liderar o programa em qualquer direção que escolhesse. Ruina, em parte porque estava muito ocupado, e em parte porque não entendia os computadores, concordou com a condição sem hesitação.

Lick pertencia a um pequeno grupo de cientistas da computação que acreditava que as pessoas poderiam ser muito mais eficazes se tivessem na ponta dos dedos um sistema de computador com bons displays e bons bancos de dados. Antes de se mudar para Washington, no outono de 1962, Lick fez uma série de seminários sobre computadores no Pentágono, com a participação do Departamento de Defesa e de oficiais militares. Sua mensagem, que já era um mantra em Cambridge, mas ainda pouco conhecida de um público militar, era de que um computador deveria ser algo com o qual qualquer pessoa pudesse interagir diretamente, eliminando os operadores de computador como intermediários na solução de seus problemas.

Para este fim, Lick viu uma grande promessa no conceito de compartilhamento de tempo e foi um dos seus mais fervorosos defensores. O compartilhamento de tempo não colocou exatamente um computador na mesa de todo mundo, mas criou a ilusão disso. Trouxe o poder do computador para a ponta dos dedos de todos. Isso conferiu às pessoas uma forte atração pela máquina.

A promoção do compartilhamento de tempo não foi a única missão de Lick quando ele chegou à ARPA. Ele estava interessado em explorar as ideias que vinham se infiltrando no campo da interação homem-máquina por vários anos.

Quando Lick chegou ao seu primeiro dia de trabalho, em 1º de outubro de 1962, sua secretária disse: "Bem, Dr. Licklider, você tem apenas um compromisso hoje. Há alguns senhores vindo da Secretaria do Orçamento para revisar seu programa." Quando os agentes do orçamento chegaram, eles se divertiram ao descobrir que era o primeiro dia de Licklider. Não havia muita substância para discutir ainda. O programa de comando e controle consistia em um contrato de US$ 9 milhões — com a System Development Corporation — e os US$ 5 milhões restantes no orçamento ainda não haviam sido atribuídos. Em vez de uma revisão do orçamento, a reunião foi transformada em um colóquio privado, no qual Lick falou sobre tópicos como compartilhamento de tempo, computação interativa e inteligência artificial. Como muitos outros antes deles, os contadores foram contagiados pelo entusiasmo de Licklider. "Eu disse a eles sobre o que eu estava empolgado, e isso acabou funcionando muito a meu favor, porque eles se interessaram pelo assunto", disse ele mais tarde. "E quando tivemos uma reunião sobre isso, eles não reduziram meu orçamento."

A missão principal que ele recebeu foi sugerir usos diferentes para computadores, além de ferramentas para cálculos científicos numéricos. Lick desenvolveu novos programas em parte como uma reação contra algumas das aplicações que o Departamento de Defesa tinha em mente para grandes computadores. A inteligência da Força Aérea, por exemplo, queria aproveitar enormes mainframes para detectar padrões de comportamento entre altos funcionários soviéticos. O computador seria alimentado com informações de inteligência de uma variedade de fontes humanas, como boatos de coquetéis ou observações em uma parada de Primeiro de Maio, e tentaria desenvolver um cenário sobre o que os soviéticos poderiam estar fazendo. "A ideia era que você pegasse esse poderoso computador e alimentasse toda essa informação qualitativa, como 'O chefe da força aérea bebeu dois martinis' ou 'Khrushchev não está lendo o Pravda às segundas-feiras'", lembrou Ruina. "E o computador iria bancar o Sherlock Holmes e concluir que os russos deviam estar construindo um míssil MX-72 ou algo assim."

Primeiro Ruina, depois Licklider, tentaram pôr um fim a essas "coisas asininas", como Lick descreveu os projetos. Em seguida, Lick trabalhou em identificar os principais centros de computação do país e estabelecer contratos de pesquisa com eles. Em pouco tempo, ele procurou os melhores cientistas da computação da época, de Stanford, MIT, UCLA, Berkeley e um punhado de empresas, trazendo-os para a esfera da ARPA. No fim das contas, havia cerca de uma dúzia no círculo íntimo de Lick, que Ruina chamava de "o sacerdócio de Lick." De uma maneira típica, onde suas crenças mais passionais se disfarçavam de brincadeira, Licklider a apelidou de Rede de Computadores Intergaláctica.

Seis meses após sua chegada à ARPA, Lick escreveu um longo memorando aos membros da Rede Intergaláctica, no qual expressou sua frustração com a proliferação de linguagens de programação, sistemas de debugging, linguagens de controle do sistema de compartilhamento de tempo e esquemas de documentação.

Ao defender uma tentativa de padronização, Lick discutiu o problema hipotético de uma rede de computadores. "Considere a situação em que vários centros diferentes são agrupados, sendo cada centro altamente individualista e tendo sua própria linguagem especial e sua própria maneira de fazer as coisas", ele postulou. "Não é desejável ou mesmo necessário que todos os centros concordem em alguma língua ou, pelo menos, em algumas convenções para fazer perguntas como 'Em que língua você fala?'. Neste extremo, o problema é essencialmente o discutido por escritores de ficção científica: Como você faz com que comunicações entre seres sapientes totalmente não correlacionados funcionem?"

Dito isso, Lick cobriu suas apostas. "Será possível", ele continuou, "que apenas em raras ocasiões a maioria ou todos os computadores do sistema geral operem juntos em uma rede integrada. Parece-me importante, no entanto, desenvolver uma capacidade de operação de rede integrada." E aí estava a semente da maior visão de Licklider até agora. Ele estenderia o conceito da Rede Intergaláctica para significar não apenas um grupo de pessoas para quem ele estava enviando memorandos, mas um universo de computadores interconectados através dos quais todos poderiam enviar seus memorandos.

Licklider não foi uma exceção à regra de que as pessoas não passavam muito tempo na ARPA. Mas, até o momento em que saiu, em 1964, ele conseguiu mudar a ênfase em computação de P&D: de um laboratório de sistemas de comando que representava cenários de jogos de guerra para pesquisas avançadas em sistemas de compartilhamento de tempo, computação gráfica e linguagens de computação aprimoradas. O nome do escritório, Pesquisa de Comando e Controle, havia mudado para refletir essa tendência, tornando-se o Escritório de Técnicas de Processamento de Informação. Licklider escolheu seu sucessor, um colega chamado Ivan Sutherland, o maior especialista mundial em computação gráfica. Em 1965, Sutherland contratou um jovem chamado Bob Taylor, que logo se sentou no terminal da ARPA e se perguntou por que, com tantos computadores, eles não conseguiam se comunicar.

A ideia de Taylor

Bob Taylor começou a faculdade em Dallas aos dezesseis anos, pensando que seguiria os passos de seu pai e se tornaria pastor. Sua família nunca morou em um lugar por muito tempo, passando de uma igreja metodista para outra no Texas, em cidades com nomes como Uvalde, Victoria e Ozona. Mas, em vez do serviço religioso, Taylor entrou no serviço da Marinha dos EUA, quando sua unidade de reserva foi chamada para o serviço ativo na Guerra da Coreia.

Taylor passou a guerra na Estação Aérea Naval de Dallas — "o USS Neverfloat", apelido que deu à estação. No final da guerra, ingressou na Universidade do Texas, graças aos benefícios da G.I. Bill[9], sem nenhum curso específico em mente. Taylor finalmente se formou em 1957, graduado em psicologia e com cursos em matemática.

Taylor seguiu seu amor pela ciência na pós-graduação da Universidade do Texas e escreveu sua dissertação sobre psicoacústica, um campo no qual algumas pessoas estavam dando um salto para a computação. Ele pulou também. "Quando eu estava na pós-graduação, não havia ciência da computação", lembrou Taylor, "então eu realmente não tinha muita introdução à computação. Mas comecei a sentir que a pesquisa em computação seria muito mais gratificante."

Recém-saído da universidade, Taylor teve alguns empregos na indústria aeroespacial antes de conseguir um trabalho na NASA em 1961, onde foi gerente de programa em Washington, DC, no Setor de Pesquisa e Tecnologia Avançada. Um dia, em 1963, Taylor foi convidado a participar de um comitê não oficial de gerentes de programas governamentais, todos envolvidos no financiamento de pesquisas em computação. Era um grupo informal que simplesmente trocava informações sobre seus projetos, procurava maneiras de colaborar e tentava evitar duplicação ou sobreposição. O convite veio de alguém que havia sido o modelo intelectual

---

[9] G.I. Bill refere-se ao "Servicemen's Readjustment Act" de 1944, uma lei que proporcionou uma série de benefícios aos veteranos da 2a Guerra Mundial.

de Taylor em psicoacústica — J. Licklider, que vinha a ser o chefe do comitê. Os primeiros trabalhos de Licklider em psicoacústica influenciaram profundamente o próprio Taylor e ele aproveitou a oportunidade para conhecer o ilustre professor.

Taylor ficou impressionado com o quão despretensioso Licklider era. "Ele me lisonjeava dizendo que conhecia meu trabalho de tese", disse Taylor. Ali estava um homem com uma reputação gigante que provavelmente era uma das pessoas mais agradáveis e descontraídas que Taylor já conhecera.

Quando Taylor ingressou no comitê, Licklider estava reunindo a comunidade de ciência da computação da ARPA, a nova geração de pesquisadores atraídos pela computação interativa. Eles estavam ocupados modelando sua nova e ousada perspectiva, radicalmente diferente do pensamento dominante em pesquisa e desenvolvimento de computadores das duas décadas anteriores. Montanhas de dinheiro e anos de trabalho foram investidos na melhoria dos parâmetros técnicos de velocidade, confiabilidade e tamanho da memória dos computadores. Mas essa pequena vanguarda de pesquisadores concentrados no MIT e nos arredores de Boston começou a trabalhar para tornar o computador um amplificador do potencial humano, uma extensão da mente e do corpo.

Taylor era conhecido por ter uma boa intuição. Ele foi considerado um gerente de programas com uma boa visão de progresso, que possuía a habilidade de escolher vencedores com capacidade de inovar — tanto projetos quanto pesquisadores. Ele ingressou na ARPA no início de 1965, após a saída de Licklider, para trabalhar como vice de Ivan Sutherland, segundo diretor do IPTO. Meses depois, em 1966, aos 34 anos, Taylor tornou-se o terceiro diretor do IPTO, herdando a responsabilidade pela comunidade e grande parte da visão estabelecida por Licklider. A única diferença, que acabou sendo crucial, foi que a ARPA — agora liderada por Charles Herzfeld, um físico austríaco que havia fugido da Europa durante a guerra — era ainda mais rápida e mais flexível com seu dinheiro do que durante o mandato de Ruina. Uma piada circulava entre os diretores do programa: tenha uma boa ideia para um programa de pesquisa e você levará cerca de trinta minutos para obter o financiamento.

O "problema terminal", como Taylor o chamava, era uma fonte de frustração não apenas para ele, mas para Sutherland antes dele e para Licklider anteriormente. Um dia, pouco depois de se tornar diretor da IPTO, Taylor se viu pensando em uma ideia que Lick havia discutido com ele várias vezes, mas na verdade nunca seguira em frente. Agora que era sua responsabilidade, Taylor decidiu agir.

Taylor foi direto para o escritório de Herzfeld. Sem notas. Sem reuniões. Outros diretores do programa ficaram um pouco intimidados por Herzfeld, um homem grande com um forte sotaque vienense. Mas Taylor não viu nada a temer no homem. Na verdade, Taylor se comportou tão bem com seu chefe que alguém uma vez perguntou a ele: "Taylor, o que você tem com Herzfeld? Você deve ser parente do Lyndon Johnson. Vocês dois são do Texas, não são?"

Taylor disse ao diretor da ARPA que precisava discutir o financiamento de um experimento em rede que tinha em mente. Herzfeld já havia conversado um pouco sobre redes com Taylor, então a ideia não era nova para ele. Ele também visitou o escritório de Taylor, onde testemunhou o exercício irritante de fazer login em três computadores diferentes. E, alguns anos antes, ele havia caído sob o feitiço do próprio Licklider quando assistiu às palestras de Lick sobre computação interativa.

Taylor deu um breve resumo ao seu chefe: os contratados da IPTO, a maioria dos quais em universidades de pesquisa, estavam começando a solicitar cada vez mais recursos de informática. Todo pesquisador principal, ao que parecia, queria seu próprio computador. Não apenas havia uma duplicação óbvia de esforços em toda a comunidade de pesquisa, mas estava ficando muito caro. Os computadores não eram pequenos e não eram baratos. Por que não tentar conectá-los todos? Ao construir um sistema de links eletrônicos entre máquinas, os pesquisadores faziam trabalhos semelhantes em diferentes partes do país poderíam compartilhar recursos e resultados com mais facilidade. Em vez de espalhar meia dúzia de mainframes caros em todo o país, dedicados ao apoio à pesquisa gráfica avançada, a ARPA poderia concentrar recursos em um ou dois lugares e criar uma maneira para que todos os alcançassem. Uma universidade pode se concentrar em uma coisa, outro centro de pesquisa pode ser financiado para se concentrar em outro campo, mas, independentemente de onde você estivesse fisicamente localizado, você teria acesso a tudo. Ele sugeriu que a ARPA financiasse uma pequena rede de teste, começando com, talvez, quatro nós e construindo até uma dúzia.

O Departamento de Defesa era o maior comprador de computadores do mundo. Investir em uma determinada marca de computador não era uma decisão trivial e, com frequência, atrapalhava os diferentes serviços, principalmente quando confrontado com uma regra federal que determinava que todos os fabricantes tivessem a mesma oportunidade. Parecia não haver esperança de restringir a compra de toda uma variedade de máquinas. E as chances pareciam pequenas ou inexistentes de que o mundo da computação gravitasse tão cedo para um conjunto de padrões operacionais uniformes. Os patrocinadores de pesquisas como a ARPA precisariam apenas encontrar outra maneira de superar os problemas de incompatibilidade do setor. Se a ideia de rede funcionasse, Taylor disse a Herzfeld, seria possível a conexão de computadores de diferentes fabricantes, e o problema de escolher computadores seria bastante reduzido. Herzfeld ficou tão empolgado com essa possibilidade que apenas esses argumentos poderiam ter sido suficientes para convencê-lo. Mas havia outra vantagem, centrada na questão da confiabilidade. Poderia ser possível conectar computadores em uma rede de forma redundante, para que, se uma linha fosse interrompida, uma mensagem pudesse seguir outro caminho.

"Vai ser difícil de fazer?", Perguntou Herzfeld.

"Ah não. Já sabemos como fazer isso", respondeu Taylor com ousadia característica.

"Ótima ideia", disse Herzfeld. "Vá em frente. Você tem um milhão de dólares a mais em seu orçamento agora. Vai."

Taylor deixou o escritório de Herzfeld no E-Ring e voltou para o corredor que ligava ao D-Ring e ao seu próprio escritório. Ele olhou para o relógio. "Jesus Cristo", ele disse para si mesmo suavemente. "Isso levou apenas vinte minutos."

Um bloco aqui, umas pedras ali

Quando Taylor assumiu a diretoria do IPTO em 1966, as manifestações da filosofia de Licklider eram evidentes por todo o establishment em pesquisa da computação. A quantidade de pesquisadores que esperavam promover o computador para além do status de um simples instrumento de cálculo continuou a crescer ao longo da década. Alguns dos primeiros e mais importantes trabalhos sobre gráficos interativos e realidade virtual estavam acontecendo na Universidade de Utah, com recursos da ARPA. O MIT, em particular, parecia gerar uma novidade após a outra. Marvin Minsky e Seymour Papert estavam envolvidos em importantes trabalhos iniciais em inteligência artificial. Programas de outras instituições se concentravam em técnicas avançadas de programação, compartilhamento de tempo e linguagens de computador.

Construir uma rede como um fim em si não era o principal objetivo de Taylor. Ele estava tentando resolver um problema que viu piorar a cada rodada em busca de financiamento. Pesquisadores estavam duplicando, e de forma isolada, recursos de computação dispendiosos. Cientistas de cada instituição estavam se engajando em mais pesquisas em computadores, mas suas demandas por recursos computacionais estavam crescendo mais rapidamente do que o orçamento de Taylor. Todo novo projeto demandava uma configuração nova e dispendiosa. Dependendo do computador utilizado e do número de estudantes de pós-graduação apoiados, as bolsas individuais do IPTO variavam de US$ 500 mil a US $3 milhões.

E nenhum dos recursos ou resultados era facilmente compartilhado. Se os cientistas que faziam gráficos em Salt Lake City quisessem usar os programas desenvolvidos pelo pessoal do Lincoln Laboratory, eles precisariam voar para Boston. Ainda mais frustrante, se depois de uma viagem a Boston, os cientistas de Utah quisessem iniciar um projeto semelhante em suas próprias máquinas, eles precisariam gastar um montante de tempo e de dinheiro consideráveis duplicando o que acabaram de ver em Boston. Naquela época, os programas de software eram como "filhos únicos", obras de arte originais, e não eram facilmente transferidos de uma máquina para outra. Taylor estava convencido da viabilidade técnica de compartilhar esses recursos em uma rede de computadores, embora isso nunca tivesse sido feito.

Além da redução de custos, a ideia de Taylor revelou algo muito profundo. A capacidade de uma máquina de amplificar o poder intelectual humano era exatamente o que Licklider tinha em mente quando escreveu seu artigo sobre simbiose homem-máquina seis anos antes. Obviamente, as ideias de Licklider sobre o compartilhamento de tempo já estavam dando frutos nas universidades de todo o país. Mas a ideia de rede era significativamente diferente do conceito de tempo compartilhado. Em uma rede de compartilhamento de recursos, muitas máquinas atenderiam a muitos usuários diferentes, e um pesquisador interessado em usar, digamos, um programa gráfico específico em uma máquina a mil quilômetros de distância, simplesmente faria login nessa máquina. A ideia de um computador tentando extrair recursos de outro, como colegas em uma organização colaborativa, representou a concepção mais avançada ainda a surgir da visão de Licklider.

Taylor tinha o dinheiro e tinha o apoio de Herzfeld, mas precisava de um gerente de programação que pudesse supervisionar o design e a construção de uma rede assim, alguém que não apenas conhecesse as ideias de Licklider, mas que acreditasse nelas. Essa pessoa tinha que ser um cientista da computação de primeira linha, capaz de lidar confortavelmente com uma ampla gama de questões técnicas.

O modo de conseguir isso não preocupava muito a Taylor, desde que a rede fosse confiável e rápida. Essas eram suas prioridades. A computação interativa significava que você receberia uma resposta rápida de um computador; portanto, no ambiente de computação moderno, fazia sentido que uma rede também fosse altamente responsiva. E, para ser útil, tinha que estar funcionando sempre que você precisasse. Quem quer que fosse escolhido para projetar uma rede assim, também precisava ser especialista em sistemas de telecomunicações. Não foi uma combinação fácil de encontrar. Mas Taylor já tinha alguém em mente: um jovem cientista da computação tímido e profundamente pensativo, encontrado no terreno fértil do Lincoln Laboratory, chamado Larry Roberts.

No início de 1966, Roberts estava no Lincoln Laboratory, trabalhando em gráficos. Mas ele também havia trabalhado bastante em comunicação. Havia acabado de concluir o teste de validação, um dos mais importantes até o momento, conectando dois computadores em lados opostos do continente. Taylor havia financiado o experimento de Roberts. Foi bem-sucedido o suficiente para criar confiança em Taylor e convencer tanto ele próprio quanto Herzfeld de que uma rede um pouco mais complexa era viável. E o conhecimento de Roberts sobre computadores foi mais a fundo. Filho de químicos de Yale, Roberts havia estudado no MIT e fora apresentado aos computadores no TX-0. Embora tenha sido o primeiro computador digital transistorizado, o TX-0 era limitado (a subtração não estava em seu repertório; era possível subtrair apenas adicionando um número negativo). Usando o TX-0, Roberts aprendeu sozinho o básico do design e da operação de computadores. De fato, Roberts foi quem escreveu, no Lincoln Laboratory, todo o sistema operacional do TX-2, sucessor do TX-0, que Wes Clark (criador do TX-0 com Ken Olsen) apresentou a Licklider.

Quando Clark deixou o Lincoln Laboratory em 1964, o trabalho de supervisionar o TX-2 havia sido direcionado para Roberts.

Taylor não conhecia Roberts muito bem. Parecia que ninguém conhecia Roberts muito bem. Ele era tão reservado quanto Taylor era aberto. As pessoas com quem Roberts trabalhava mais de perto não sabiam quase nada sobre sua vida pessoal. O que se sabia sobre ele era que, além da experiência em computação e telecomunicações, tinha um talento especial para o gerenciamento. O estilo de Roberts era simples, direto, inequívoco e tão eficaz que dava medo.

Roberts tinha uma reputação de ser uma espécie de gênio. Aos vinte e oito anos, ele havia feito mais no campo da computação do que muitos cientistas conseguiriam na vida inteira. Abençoado com uma resistência incrível, ele trabalhava até tarde de modo insano. Ele também aprendia rápido: várias pessoas tiveram a experiência de explicar a Roberts algo em que vinham trabalhando intensamente há anos, e descobriram que, em poucos minutos, ele tinha entendido, pensado sobre o conceito e já estava oferecendo novas ideias. Roberts fazia Taylor lembrar de Licklider um pouco — mas sem o senso de humor de Lick.

Roberts também era conhecido por sua capacidade quase obsessiva de mergulhar em um desafio, despejando um intenso poder de concentração em um problema. Um colega lembrou uma vez em que Roberts fez um curso de leitura rápida. Ele logo dobrou sua taxa de leitura já rápida, mas não parou por aí. Mergulhou na literatura profissional de leitura rápida e continuou se esforçando até ler a uma velocidade fenomenal de cerca de trinta mil palavras por minuto com 10% de "compreensão seletiva", como Roberts a descreveu. Depois de alguns meses, o fator limitante de Roberts não teve nada a ver com os olhos ou o cérebro, mas com a velocidade com que ele podia virar as páginas. "Ele pegava um livro e terminava em dez minutos", observou o amigo. "Típico Larry."

Taylor ligou para Roberts e disse que gostaria de ir a Boston para vê-lo. Alguns dias depois, Taylor estava sentado no escritório de

Roberts no Lincoln Laboratory, contando sobre o experimento que ele tinha em mente. Enquanto Taylor falava, Roberts murmurava um som nasal como se dissesse "por favor, continue". Taylor falou não apenas sobre o projeto, mas também sobre uma oferta de emprego. Roberts seria contratado como diretor do programa da rede experimental, com o entendimento de que seria o próximo na fila para a diretoria do IPTO. Taylor deixou claro que esse projeto tinha o apoio total do diretor da ARPA e que Roberts teria ampla liberdade para projetar e construir a rede da maneira que julgasse melhor. Taylor esperou por uma resposta. "Vou pensar sobre isso", disse Roberts categoricamente.

Taylor entendeu isso como a maneira educada de Roberts de dizer não, e ele foi embora de Boston desanimado. Sob qualquer outra circunstância, ele simplesmente tiraria Roberts da lista e chamaria sua segunda opção. Mas ele não tinha segunda opção. Roberts não apenas possuía o conhecimento técnico necessário, mas Taylor sabia que ele daria ouvidos a Licklider e Wes Clark, os quais estavam apoiando a ideia de Taylor.

Algumas semanas depois, Taylor fez uma segunda viagem ao Lincoln Laboratory. Dessa vez, Roberts foi mais além. Ele disse a Taylor educadamente, mas inequivocamente, que estava gostando de seu trabalho no Lincoln Laboratory e que não desejava se tornar um burocrata de Washington.

Desconsolado, Taylor foi a Cambridge visitar Lick, que agora estava de volta ao MIT, envolto em um esforço de pesquisa sobre compartilhamento de tempo chamado Projeto MAC. Eles discutiram quem mais poderia ser adequado para o trabalho. Lick sugeriu algumas pessoas, mas Taylor as rejeitou. Ele queria Roberts. A partir de então, a cada dois meses, mais ou menos, durante visitas a outros contratados da ARPA na área de Boston, Taylor visitava Roberts na tentativa de persuadi-lo a mudar de ideia.

Fazia quase um ano desde a conversa de vinte minutos de Taylor com Herzfeld, e a ideia de desenvolvimento de redes estava estagnada por falta de um gerente para o programa. Um dia, no final de 1966, Taylor voltou ao escritório do diretor da ARPA.

"Não é verdade que a ARPA está dando ao Lincoln pelo menos 51% do seu financiamento?" perguntou Taylor ao chefe.

"Sim, é", respondeu Herzfeld, um pouco intrigado.

Taylor então explicou a dificuldade que ele estava tendo para conseguir o engenheiro que ele queria para executar o programa de rede.

"Quem é?", Perguntou Herzfeld.

Taylor disse a ele. Então ele fez outra pergunta ao chefe. Será que Herzfeld ligaria para o diretor do Lincoln Laboratory e pediria que ele chamasse Roberts e lhe dissesse que seria do seu interesse — e do interesse do Lincoln Laboratory — concordar em aceitar o emprego em Washington?

Herzfeld pegou o telefone e ligou para o Lincoln Laboratory. Ele colocou o diretor na linha e disse exatamente o que Taylor havia pedido para ele dizer. Foi uma conversa curta, mas, pelo que Taylor sabia, Herzfeld não encontrou resistência. Herzfeld desligou, sorriu para Taylor e disse: "Bem, está feito. Vamos ver o que acontece." Duas semanas depois, Roberts aceitou o emprego.

Larry Roberts tinha vinte e nove anos quando entrou no Pentágono como o mais novo contratado da ARPA. Ele se adaptou rapidamente, e sua aversão ao tempo ocioso logo se tornou lendária. Em poucas semanas, ele memorizou o local — um dos maiores e mais labirínticos edifícios do mundo. Passear pelo prédio era complicado pelo fato de certos corredores serem bloqueados como áreas restritas. Roberts arranjou um cronômetro e começou a cronometrar várias rotas para seus destinos frequentes. A "Rota de Larry" logo se tornou conhecida como a distância mais rápida entre dois pontos do Pentágono.

Mesmo antes de seu primeiro dia na ARPA, Roberts tinha um esboço rudimentar da rede de computadores. Então, e durante anos depois do crescimento do projeto, Roberts desenhou diagramas de rede meticulosos, esboçando para onde as linhas de dados deveriam ir e o número de pulos entre os nós da rede. Em papel vegetal e bloco quadriculado, ele criou centenas de esboços conceituais e mapas de lógica como este:

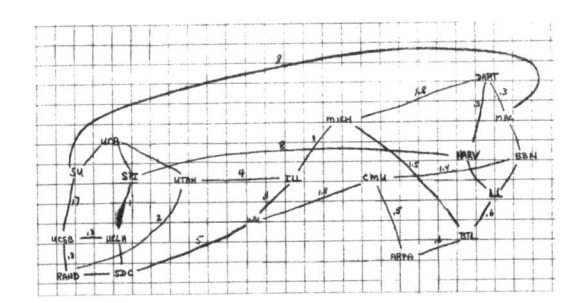

(Tempos depois, com o projeto em andamento, Roberts combinaria com Howard Frank, um especialista no campo da topologia de rede, a realização de análises baseadas em computação sobre como estabelecer a rede com a melhor relação custo-benefício. Mas, Robert teve por anos o layout da rede e os detalhes técnicos que a definiam nitidamente retratados em sua cabeça.)

Já se sabia muito sobre como construir redes de comunicação complicadas para transmitir voz, som e outros sinais mais elementares. A AT&T, é claro, tinha hegemonia absoluta quando se tratava da rede telefônica. Mas o transporte sistemático de informações antecedeu Ma Bell[10] por pelo menos alguns milhares de anos. Os sistemas de mensageiros datam pelo menos desde o reinado do rei egípcio Sesostris I, quase quatro mil anos atrás. O primeiro sistema de retransmissão, onde uma mensagem foi passada de um posto de guarda para o próximo, surgiu em 650 a.C. Por centenas de anos depois, a inovação foi impulsionada pela necessidade de maior velocidade, à medida que a transmissão de mensagens de um lugar para outro progredia através de pombos, bandeiras codificadas, espelhos, lanternas, tochas e balizas. Então, em 1793, as primeiras notícias foram trocadas usando telegrafia visual — palhetas giratórias em uma torre que lembrava uma pessoa segurando bandeiras de sinalização com braços estendidos.

---

[10] Ma Bell — Forma de popular de se referir, à época, às empresas de telefonia coligadas sob o sistema da AT&T, em alusão à Bell Company

Em meados do século XIX, as redes de telégrafo contavam com eletricidade, e a Western Union Telegraph Company começou a cobrir os Estados Unidos com uma rede de fios para transmitir mensagens na forma de pulsos elétricos. O telégrafo foi um exemplo clássico do que é chamado de "rede de armazenamento e encaminhamento". Por causa das perdas elétricas, os sinais precisavam ser encaminhados através de uma sequência de estações retransmissoras. Inicialmente, as mensagens que chegavam aos centros de comutação eram transcritas manualmente e encaminhadas via código Morse para a próxima estação. Posteriormente, as mensagens que chegavam eram armazenadas automaticamente em fitas de papel digitadas até que um operador pudesse redigitar a mensagem para a próxima etapa. Em 1903, as mensagens que chegavam eram codificadas em um trecho de fita de papel como uma série de pequenos orifícios, e a fita rasgada ficava pendurada em um gancho. As fitas eram retiradas dos ganchos pelos funcionários e alimentadas por um leitor de fita que as encaminhava automaticamente via código Morse.

Em meados do século XX, depois que o telefone havia substituído o telégrafo como principal meio de comunicação, a AT&T mantinha um monopólio completo — embora estritamente regulamentado — das comunicações de longa distância nos Estados Unidos.

A empresa era tenaz na proteção de seu mercado, tanto no serviço telefônico quanto no equipamento que possibilitava esse serviço. A conexão de equipamentos estrangeiros que não fossem do sistema Bell (de propriedade da AT&T) às linhas do sistema Bell foi proibida com o argumento de que dispositivos externos poderiam danificar todo o sistema telefônico. Tudo o que foi adicionado ao sistema teve que funcionar com o equipamento existente. No início dos anos 50, uma empresa começou a fabricar um dispositivo chamado Hush-A-Phone, uma tampa plástica de bocal projetada para permitir que um chamador falasse ao telefone sem ser ouvido. A AT&T conseguiu que a Federal Communications Commission banisse o dispositivo depois de apresentar testemunhas especializadas que descreveram como o Hush-A-Phone danificou o sistema telefônico, reduzindo a qualidade do aparelho. Em outro exemplo do zelo da AT&T, a empresa processou um agente funerário no Meio-Oeste que estava distribuindo capas plásticas gratuitas de listas telefônicas. A AT&T argumentou que as capas obscureciam os anúncios na capa das Páginas Amarelas e reduzia o valor da publicidade paga, receita que ajudava a reduzir o custo do serviço telefônico.

Quase não havia como trazer novas tecnologias radicalmente novas para o sistema Bell coexistindo com as antigas. Apenas em 1968, quando a Comissão Federal de Comunicações (FCC[11], a entidade governamental reguladora das comunicações nos EUA) permitiu o uso do Carterfone — um dispositivo para conectar rádios bidirecionais privados ao sistema telefônico — que o domínio implacável da AT&T do sistema de telecomunicações do país diminuiu. Não é de se surpreender que, no início da década de 1960, quando a ARPA começou a explorar uma maneira totalmente nova de transmitir informações, a AT&T não tenha querido participar.

Invenções coincidentes

Assim como os seres vivos evoluem através de um processo de mutação e seleção natural, as ideias na ciência e suas aplicações na tecnologia fazem o mesmo. A evolução na ciência, como na natureza — normalmente uma sequência gradual de mudanças — ocasionalmente dá um salto revolucionário rompendo com o curso do desenvolvimento. Novas ideias surgem simultaneamente, mas de forma independente. E assim aconteceu quando chegou a hora de inventar uma nova maneira de transmitir informações.

No início dos anos 60, antes de Larry Roberts começar a trabalhar na criação de uma nova rede de computadores, dois outros pesquisadores, Paul Baran e Donald Davies — completamente desconhecidos um do outro e trabalhando em continentes diferentes e com objetivos diferentes — chegaram praticamente à mesma

---

[11] Sigla em inglês para Federal Communications Commission

ideia revolucionária para um novo tipo de rede de comunicações. A realização de seus conceitos passou a ser conhecida como comutação de pacotes.

Paul Baran era um imigrante bem-humorado da Europa Oriental. Ele nasceu em 1926, no que era então a Polônia. Seus pais buscaram refúgio nos Estados Unidos dois anos depois, após uma longa espera por documentos de imigração. A família chegou em Boston, onde o pai de Paul foi trabalhar em uma fábrica de calçados e depois se estabeleceu na Filadélfia, onde abriu uma pequena mercearia. Quando menino, Paul entregou mantimentos para seu pai usando uma pequena carroça vermelha. Uma vez, quando ele tinha cinco anos, perguntou à mãe se eram ricos ou pobres. "Somos pobres", respondeu ela. Mais tarde, ele fez a mesma pergunta ao pai. "Somos ricos", respondeu o pai, fornecendo ao filho o primeiro de muitos desses enigmas existenciais em sua vida.

Paul frequentou uma escola a duas estações de bonde da sua casa, no Instituto de Tecnologia Drexel, que mais tarde se tornou a Universidade de Drexel. Ele não gostava muito da ênfase que a escola dava à solução rápida de problemas numéricos: bastavam dois erros aritméticos triviais em um teste, correndo contra o relógio, e você falhava, independentemente de ter entendido ou não os problemas. Na época, Drexel estava tentando criar uma reputação como uma escola séria e difícil, que se orgulhava de sua alta taxa de evasão. Os instrutores da Drexel diziam a seus futuros engenheiros que os empregadores queriam apenas aqueles que pudessem calcular rápida e corretamente. Para sua consternação, Baran viu muitos amigos brilhantes e imaginativos expulsos pela "atitude durona" da escola em relação à matemática. Mas ele se destacou e, em 1949, formou-se em engenharia elétrica.

Os empregos eram escassos, mas ele recebeu uma oferta da Eckert-Mauchly Computer Corporation. Como técnico, seu trabalho era banal: testava peças para tubos de rádio e diodos de germânio no primeiro computador comercial — o Univac. Baran logo se casou e se mudou com sua esposa para Los Angeles, onde conseguiu um emprego na Hughes Aircraft trabalhando em sistemas de processamento de dados por radar. Ele fez aulas noturnas na UCLA em computadores e transistores e, em 1959, obteve um mestrado em engenharia.

Baran saiu da Hughes Aircraft no final de 1959 para ingressar no departamento de ciência da computação na divisão de matemática da RAND Corporation enquanto continuava a ter aulas na UCLA. Baran tinha dúvidas sobre seus próprios planos, mas seu orientador na UCLA, Jerry Estrin, pediu que ele continuasse seus estudos em busca de um doutorado. Logo, uma agenda pesada de viagens o obrigou a perder as aulas. Mas foi finalmente a intervenção divina, disse ele, que desencadeou sua decisão de abandonar o trabalho de doutorado. "Eu estava dirigindo um dia para a UCLA, saindo da RAND, e não consegui encontrar uma única vaga de estacionamento em toda a UCLA nem em todo o distrito adjacente de Westwood", lembrou Baran. "Naquele instante, concluí que era a vontade de Deus que eu parasse com a escola. Por que mais Ele teria achado necessário encher todos os estacionamentos naquele exato momento?"

Logo depois que Baran chegou à RAND, desenvolveu um interesse na capacidade de sobrevivência de sistemas de comunicações sob ataque nuclear. Foi motivado principalmente pelas tensões da Guerra Fria, não pelos desafios de engenharia envolvidos. Tanto os Estados Unidos quanto a União Soviética estavam em processo de construção de arsenais de mísseis balísticos nucleares. Em 1960, a escalada da corrida armamentista entre os Estados Unidos e a União Soviética aumentou a ameaça de um apocalipse — aniquilação nuclear — na vida cotidiana nos dois países.

Baran sabia, como todos os que entendiam armas nucleares e tecnologia de comunicações, que os primeiros sistemas de comando e controle para o lançamento de mísseis eram perigosamente frágeis. Para os líderes militares, a parte "comando" da equação significava ter todas as armas, pessoas e máquinas das modernas forças armadas a sua disposição e ser capaz de "mandá-los fazer o que você quer que eles façam", como explicou um analista. "Controle" significava exatamente o oposto — "fazê-los não fazer o que você não quer que eles façam". A possibilidade de algum país ter seus sistemas de comando destruídos em um ataque e ficar incapaz de lançar uma retaliação ou ação defensiva deu origem ao que Baran descreveu como "uma tentação perigosa para qualquer das partes entender mal as ações da outra e atirar primeiro".

Na opinião dos estrategistas da RAND, era uma condição necessária que os sistemas de comunicação de armas estratégicas pudessem sobreviver a um ataque, para que a capacidade de retaliação do país ainda pudesse funcionar. Na época, as redes de comunicações de longa distância do país eram mesmo extremamente vulneráveis e incapazes de resistir a um ataque nuclear. No entanto, a capacidade do presidente de solicitar ou cancelar o lançamento de mísseis americanos (chamada "comunicação essencial mínima") dependia fortemente dos sistemas de comunicações vulneráveis do país. Baran achava que trabalhar no problema de construir uma infraestrutura de comunicações mais estável — ou seja, uma rede mais robusta — era o trabalho mais importante que ele poderia estar realizando.

Baran não foi o primeiro na RAND a pensar sobre esse problema. De fato, era a missão da RAND estudar essas coisas. A RAND foi criada em 1946 para preservar a capacidade de pesquisa operacional da nação desenvolvida durante a Segunda Guerra Mundial. A maior parte de seus contratos vinha da Força Aérea. O problema da capacidade de sobrevivência do sistema de comunicações era algo em que a divisão de comunicações da RAND estava trabalhando, mas com sucesso limitado. Baran foi um dos primeiros a determinar, pelo menos em nível teórico, que o problema era realmente solucionável. E ele foi sem dúvida o primeiro a ver que o caminho era por meio da aplicação da tecnologia de computação digital.

Poucos especialistas em eletrônica de outros departamentos da RAND sabiam muito sobre o campo emergente da tecnologia de computação digital e menos ainda pareciam interessados. Baran lembrou a noção de o quão diferente era seu pensamento em relação aos outros: "Muitas das coisas que eu pensava que eram possíveis pareceriam absurdas, ou impraticáveis, dependendo da generosidade de espírito daqueles criados em um mundo mais antigo."

E não foram apenas seus colegas da RAND que lançaram um olhar cético ao pensamento de Baran. A comunidade de comunicações tradicional rapidamente descartou suas ideias como não apenas atrevidas, mas insustentáveis.

Em vez de se esquivar, Baran apenas mergulhou mais fundo em seu trabalho. A RAND deu aos pesquisadores liberdade suficiente para buscar suas próprias ideias e, no final de 1960, o interesse e o conhecimento de Baran em redes haviam se transformado em um pequeno projeto independente. Convencido do mérito de suas ideias, ele começou a escrever uma série de artigos técnicos abrangentes para responder às objeções levantadas anteriormente e explicar com mais detalhes o que estava propondo. O trabalho, como ele explicou anos depois, não foi feito por curiosidade intelectual nem por qualquer desejo de publicar. "Foi feito em resposta à situação mais perigosa que já existiu", disse ele.

No Pentágono, Baran encontrou planejadores que pensavam em termos não emocionais sobre os cenários pós-ataque e faziam estimativas quantitativas da destruição que resultaria de um ataque de míssil balístico nuclear soviético. "Existe a possibilidade de uma guerra, mas há muito que pode ser feito para minimizar as consequências", escreveu Baran. "Se a guerra não significa o fim definitivo do mundo, então devemos fazer as coisas que possam amenizar ao máximo a situação: planejar agora para minimizar a destruição potencial e fazer todas essas coisas necessárias para permitir que os sobreviventes do holocausto enterrem as cinzas e reconstruam a economia rapidamente."

O primeiro artigo de Baran revelou vislumbres de suas ideias revolucionárias e emergentes sobre a teoria e a estrutura das redes de comunicação. Ele chegou provisoriamente à noção de que uma rede de dados poderia ser mais robusta e confiável, introduzindo níveis mais altos de redundância. Os computadores eram fundamentais. Independentemente de Licklider e de outros da vanguarda da computação, Baran viu muito além da computação convencional, e olhou para o futuro das tecnologias digitais e a simbiose entre humanos e máquinas.

Baran estava trabalhando no problema de como construir estruturas de comunicação cujos componentes sobreviventes poderiam continuar a funcionar como uma entidade coesa depois que outras peças fossem destruídas. Ele teve longas conversas com Warren McCulloch, um eminente psiquiatra do Laboratório de Pesquisa Eletrônica do MIT. Eles discutiram o cérebro, suas estruturas de redes neurais e o que acontece quando uma parte está doente, particularmente como as funções cerebrais às vezes podem se recuperar, desviando as conexões de uma região disfuncional. "Bem, você sabe", Baran lembrou-se de pensar, "o cérebro parece ter algumas das propriedades necessárias para uma estabilidade real". Pareceu-lhe significativo que as funções cerebrais não dependessem de um único conjunto dedicado de células. É por isso que as células danificadas podem ser contornadas à medida que as redes neurais se recriam através de novos caminhos no cérebro.

A noção de dividir uma única estrutura vulnerável em várias partes, como mecanismo de defesa, pode ser vista em muitas outras aplicações. O conceito não é totalmente diferente da ideia de estruturas segmentadas ou compartimentadas usadas em cascos modernos de navios ou caminhões-tanque a gasolina. Se apenas uma ou duas áreas da pele são rompidas, somente uma seção da estrutura geral perde sua utilidade, e não a coisa toda. Alguns grupos terroristas e operações de espionagem empregam um tipo semelhante de organização compartimentalizada para frustrar as autoridades, que podem eliminar uma célula sem comprometer o grupo inteiro.

Teoricamente, seria possível configurar uma rede com inúmeras conexões redundantes, e você "começaria a obter estruturas como redes neurais", disse Baran. Mas havia uma limitação técnica, pois todos os sinais na rede telefônica eram analógicos. O plano de comutação telefônica não permitia que mais de cinco links fossem conectados simultaneamente, porque a qualidade do sinal se deteriorava rapidamente com o aumento deste número. Em cada link comutado, o sinal seria ligeiramente distorcido e a qualidade degradada gradualmente. É semelhante ao que acontece quando se faz cópias de cópias de fitas de áudio. A cada nova geração, a qualidade se deteriora, tornando-se irremediavelmente distorcida.

Ao contrário dos sistemas analógicos, as tecnologias digitais essencialmente convertem informações de todos os tipos, incluindo som e imagem, em um conjunto de 1s e 0s. As informações digitalizadas podem ser armazenadas com eficiência e replicadas um número ilimitado de vezes nos circuitos de um dispositivo digital, reproduzindo os dados com precisão quase perfeita. Em um contexto de comunicação, as informações codificadas digitalmente podem ser passadas de um comutador para o seguinte com muito menos degradação do que na transmissão analógica.

Como Baran escreveu em seu artigo inicial: "O momento para esse pensamento é particularmente apropriado agora, pois estamos apenas começando a traçar projetos para o sistema de transmissão de dados digitais do futuro." Os tecnólogos poderiam imaginar novos sistemas onde os computadores conversariam entre si, permitindo uma rede com links sequencialmente conectados suficientes para criar níveis adequados de redundância. Essas estruturas interligadas se assemelham — de uma maneira muito modesta — aos bilhões de ligações surpreendentemente complicadas entre os neurônios no cérebro. E os computadores digitais ofereciam velocidade. Os interruptores telefônicos mecânicos da época demoravam vinte ou trinta segundos apenas para estabelecer uma única conexão de longa distância através de uma linha telefônica típica.

Ao falar com vários comandantes militares, Baran descobriu que a comunicação adequada em tempo de guerra requer a transmissão de muito mais dados do que as "comunicações essenciais mínimas." Exatamente o quanto mais, era difícil de saber, então Baran mudou o objetivo para uma rede capaz de apoiar quase qualquer volume de tráfego imaginável. A configuração básica da rede teórica de Baran era tão simples quanto dramaticamente diferente e nova. As redes telefônicas sempre foram construídas usando pontos de comutação central. As mais vulneráveis são aquelas redes centralizadas com todos os caminhos levando a um único centro nervoso. Outro projeto comum é o de uma rede descentralizada com vários centros nervosos principais em torno dos quais os links são agrupados, com algumas linhas longas conectando-se entre grupos; é basicamente assim que o sistema telefônico de longa distância ainda se parece em termos esquemáticos hoje em dia.

A ideia de Baran constituiu uma terceira abordagem para o design de rede. Ele chamou de rede distribuída. Evite ter um comutador de comunicação central, disse ele, e construa uma rede composta por muitos nós, cada um redundantemente conectado ao seu vizinho. Seu diagrama original mostrava rabiscos de redes de nós interconectados que se assemelhavam a uma rede distorcida ou uma rede de pesca.

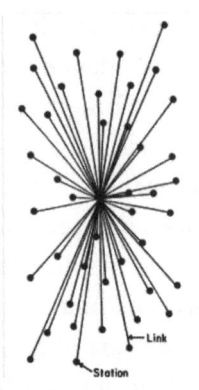

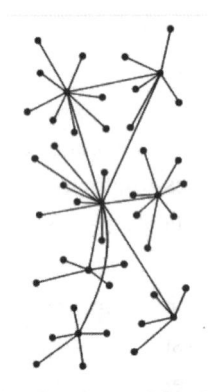

(a) Centralizada   (b) Descentralizada   (c) Redes distribuídas

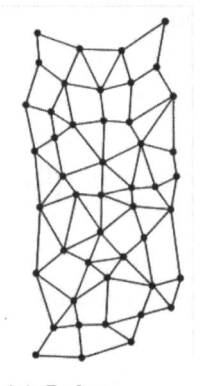

A questão permaneceu: quanta redundância nas interconexões entre nós vizinhos seria necessária para a capacidade de sobrevivência? "Nível de redundância" foi o termo de Baran para o grau de conectividade entre os nós na rede. Uma rede distribuída com o número mínimo absoluto de links necessários para conectar cada nó tinha um nível de redundância de 1 e era considerada extremamente vulnerável. Baran executou inúmeras simulações para determinar a probabilidade de sobrevivência da rede distribuída em vários cenários de ataque. Ele concluiu que um nível de redundância aparentemente baixo quanto 3 ou 4 — cada nó se conectando a três ou quatro outros nós — proporcionaria um nível excepcionalmente alto de robustez e confiabilidade. "Um nível de redundância de talvez três ou quatro já permitiria uma rede quase tão robusta quanto o limite teórico", disse ele. Mesmo após um ataque nuclear, deve ser possível encontrar e usar algum caminho através da rede restante.

"Essa foi uma descoberta muito feliz, porque significava que não precisaríamos ter uma enorme quantidade de redundância para construir redes sobreviventes", disse Baran. Mesmo links não confiáveis e de baixo custo seriam suficientes desde que houvesse pelo menos três vezes o número mínimo deles.

A segunda grande ideia de Baran foi ainda mais revolucionária: quebrar as mensagens também. Ao dividir cada mensagem em partes, você pode inundar a rede com o que ele chamou de "blocos de mensagens", todos correndo por diferentes caminhos até o destino. Após a chegada, um computador receptor remontaria os bits da mensagem em forma legível.

Conceitualmente, essa era uma abordagem mais pertinente ao mundo dos transportadores de carga do que ao mundo dos especialistas em comunicação. Pense em cada mensagem como se fosse uma grande casa e pergunte-se como você faria a mudança dessa casa pelo país, digamos, de Boston para Los Angeles. Teoricamente, você pode mover toda a estrutura de uma vez. Empresas de mudanças de casa fazem isso em distâncias mais curtas o tempo todo — devagar e com cuidado. No entanto, é mais eficiente desmontar a estrutura, colocar as peças em caminhões e enviar esses caminhões pelas rodovias do país — outro tipo de rede distribuída.

Nem todo caminhão seguirá a mesma rota; alguns motoristas podem passar por Chicago e outros por Nashville. Se um motorista descobrir que a estrada é ruim em Kansas City, por exemplo, ele poderá seguir uma rota alternativa. Contanto que cada motorista tenha instruções claras dizendo onde entregar sua carga e que seja orientado a seguir o caminho mais rápido que puder, há uma grande probabilidade de que todas as peças cheguem ao seu destino em Los Angeles e que a casa possa ser montada no novo local.

Em alguns casos, o último caminhão a deixar Boston pode ser o primeiro a chegar a Los Angeles, mas se cada parte da casa carregar uma etiqueta indicando seu lugar na estrutura geral, a ordem de chegada não importará. Os reconstrutores poderão encontrar as peças certas e montá-las nos lugares certos.

No modelo de Baran, essas peças eram o que ele chamava de "blocos de mensagens" e deveriam ter um determinado tamanho, assim como (na analogia do caminhão) a maioria dos veículos semi-reboque tem a mesma configuração. A vantagem da técnica de mensagens em pacotes foi percebida principalmente em uma rede distribuída que oferecia muitas rotas diferentes.

A inovação de Baran também forneceu uma solução muito necessária para a natureza "explosiva" das comunicações de dados. Na época, todas as redes de comunicação eram comutadas por circuito, o que significava que uma linha de comunicação era reservada para uma chamada por vez e mantida aberta durante toda a sessão. Uma ligação telefônica entre adolescentes emperraria uma fila enquanto eles ficassem horas conversando sobre escola e namorados. Mesmo durante as pausas na conversa, a linha permanece dedicada a essa conversa até que ela termine. E tecnicamente isso faz muito sentido, já que as pessoas tendem a manter um fluxo bastante constante de conversas durante uma ligação.

Mas um fluxo de dados é diferente. Em geral, ele se espalha em breves ondas, seguidas de pausas vazias, que deixam a linha ociosa a maior parte do tempo, desperdiçando sua "largura de banda" ou capacidade. Um conhecido cientista da computação gostava de usar o exemplo de uma padaria com um atendente, onde os clientes costumam chegar em ondas aleatórias. O funcionário tem que ficar no balcão o dia todo, às vezes ocupado, às vezes ocioso. No contexto da rede de comunicação de dados, é uma maneira altamente ineficiente de utilizar uma conexão de longa distância.

Seria muito mais econômico, então, enviar dados em "blocos" e alocar largura de banda de modo que mensagens diferentes pudessem compartilhar a linha. Uma mensagem seria dividida em blocos específicos, que seriam enviados individualmente pela rede através de vários locais e remontados no seu destino. Como havia vários caminhos pelos quais os diferentes blocos podiam ser transmitidos, eles podiam chegar fora de sequência, o que significava que, uma vez que uma mensagem completa chegasse, por mais descontrolada que fosse, ela precisava ser remontada na ordem correta. Cada bloco precisaria, portanto, conter informações identificando a parte da mensagem à qual ele pertencia.

O que Baran imaginou era uma rede de nós não operados por humanos — computadores independentes, essencialmente — que encaminhavam mensagens empregando o que ele chamava de "política de autoaprendizagem em cada nó, sem necessidade de um ponto de controle central possivelmente vulnerável." Ele criou um esquema para o envio de informações que chamava de "roteamento de batata quente", que era essencialmente um sistema rápido de armazenamento e encaminhamento que trabalha quase instantaneamente, em contraste com o antigo procedimento de teletipo.

No modelo de Baran, cada nó de comutação continha uma tabela de roteamento que se comportava como uma espécie de coordenador de transporte ou despachante. A tabela de roteamento em cada nó refletia quantos saltos, ou links, eram necessários para alcançar todos os outros nós da rede. A tabela indicava as melhores rotas a percorrer e era constantemente atualizada com informações sobre nós, distâncias e atrasos vizinhos — como despachantes ou caminhoneiros que usam seus rádios para manter um ao outro informado sobre acidentes, obras, desvios e radares. A atualização contínua das tabelas também é conhecida como roteamento "adaptativo" ou "dinâmico."

Como o termo "batata quente" sugere, assim que um bloco de mensagens entra em um nó, ele é jogado para fora da porta novamente o mais rápido possível. Se o melhor caminho de saída estava ocupado — ou destruído — o bloco de mensagens é enviado automaticamente para a próxima melhor rota. E se esse outro link estiver ocupado ou inoperante, segue-se para a melhor rota seguinte e assim por diante. E se as escolhas acabassem, os dados poderiam até ser enviados de volta ao nó do qual se originaram.

Baran, o inventor do esquema, também se tornou seu principal lobista. Ele esperava convencer a AT&T de suas vantagens. Mas não foi fácil. Ele descobriu que convencer algumas pessoas da RAND da viabilidade de suas ideias já era bem difícil. Os conceitos eram totalmente inéditos nos círculos tradicionais de telecomunicações. Eventualmente, ele ganhou o apoio de seus colegas. Mas conquistar a gerência da AT&T, que seria necessária se uma rede desse tipo fosse construída, mostrou-se quase impossível.

A primeira tarefa de Baran foi mostrar que o sistema de comunicações de longa distância do país (que consistia em quase nada além das linhas da AT&T) falharia em um primeiro ataque soviético. Os funcionários da AT&T não apenas se recusaram a acreditar nisso, mas também se recusaram a deixar a RAND usar seus mapas de circuitos de longa distância. A RAND recorreu ao uso de um conjunto roubado de mapas das linhas específicas da AT&T para analisar a vulnerabilidade do sistema telefônico.

Não obstante a vulnerabilidade, a ideia de dividir dados em blocos de mensagens e enviar cada bloco para encontrar seu próprio caminho através de uma matriz de linhas telefônicas pareceu totalmente absurda aos funcionários da AT&T. O mundo deles era um lugar onde as comunicações eram enviadas como um fluxo de sinais através de um cano. Enviar dados em pequenas parcelas parecia tão lógico quanto enviar petróleo por um oleoduto, um copo de cada vez.

Os funcionários da AT&T concluíram que Baran não tinha a mínima noção de como o sistema telefônico funcionava. "A atitude deles era que eles sabiam tudo e ninguém fora do sistema Bell sabia nada", disse Baran. "E ninguém de fora poderia entender ou apreciar a complexidade do sistema. Então algum idiota aparece e fala sobre algo ser muito simples, ele obviamente não deve entender como o sistema funciona."

A resposta da AT&T foi educar. A empresa iniciou uma série de seminários sobre telefonia, realizada para um pequeno grupo de pessoas de fora, incluindo Baran. As aulas duraram várias semanas. "Foram necessários noventa e quatro palestrantes diferentes para descrever o sistema inteiro, já que nenhum indivíduo parecia conhecer mais do que uma parte do sistema", disse Baran. "Provavelmente, a maior decepção deles foi que, depois de tudo isso, eles disseram: 'Agora você vê por que não funciona?' E eu disse: 'Não'".

Com exceção de alguns apoiadores do Bell Labs[12] que entendiam tecnologia digital, a AT&T continuou a resistir à ideia. Os céticos mais sinceros foram alguns dos técnicos mais experientes da AT&T. "Depois de muito ouvir a palavra 'besteira'", recordou Baran, "fiquei motivado a ir embora e escrever uma série de documentos detalhados de memorandos, para mostrar, por exemplo, que eram possíveis algoritmos que permitiam uma mensagem curta conter todas as informações necessárias para encontrar seu próprio caminho através da rede. Com cada objeção respondida, outra era levantada e outra parte de um relatório teve que ser escrita. Quando Baran respondeu a todas as preocupações apontadas pelas comunidades de defesa, comunicação e ciência da computação, quase quatro anos haviam se passado e seus documentos já tinham onze volumes.

Apesar da intransigência da AT&T, Baran acreditava estar envolvido no que chamou de "desacordo honesto" com os funcionários da companhia telefônica. "O pessoal da sede da AT&T sempre optou por acreditar que suas ações eram do melhor interesse da 'rede', que era por definição o mesmo que era melhor para o país", disse ele.

Em 1965, cinco anos após o embarque no projeto, Baran contou com o apoio total da RAND e, em agosto, a RAND enviou uma recomendação formal à Força Aérea para a construção de uma rede de comutação distribuída, primeiro como um programa de pesquisa e desenvolvimento e depois como um sistema totalmente operacional: "A necessidade um sistema de comunicação resistente e flexível, de usuário para usuário, é de extrema importância. Não conhecemos propostas de sistemas alternativos comparáveis para atingir essa capacidade e acreditamos que a Força Aérea deve agir rapidamente para implementar o programa de pesquisa e desenvolvimento proposto neste documento."

---

[12] Laboratório de pesquisa e desenvolvimento ligado à AT&T e Western Eletrics nessa época.

A Força Aérea concordou. Então, as únicas pessoas que faltavam eram os funcionários da AT&T. A Força Aérea disse à AT&T que pagaria à companhia telefônica para construir e manter a rede. Mas a companhia tinha ainda que ser convencida.

A Força Aérea, determinada a não deixar o plano morrer nas pranchetas, decidiu que deveria prosseguir sem a cooperação da AT&T. Mas o Pentágono decidiu encarregar a recém-criada Agência de Comunicações de Defesa (DCA[13]), e não a Força Aérea, da construção da rede. Baran sentiu que problemas poderiam surgir. A agência era administrada por um grupo de oficiais de comunicação antiquados de cada um dos vários serviços militares, sem experiência em tecnologia digital. Para piorar a situação, o entusiasmo da DCA pelo projeto estava em pé de igualdade com a resposta da AT&T. "Então eu disse aos meus amigos no Pentágono para abortar todo esse programa — porque eles não fariam bem feito", lembrou Baran. "Seria um tremendo desperdício de dinheiro do governo e atrasaria as coisas. A DCA estragaria tudo e, em seguida, ninguém mais poderia tentar, dado o histórico de fracasso que seria criado."

Baran achou que era melhor esperar até que "uma organização competente aparecesse". E com isso, após cinco anos de luta, Paul Baran voltou sua atenção para outras coisas. Foi, em grande parte, uma volta à pergunta "Somos ricos ou somos pobres?", que ele colocara décadas antes para seus pais, e cujas respostas contrastantes o ajudaram a entender que a maioria das coisas na vida é uma questão de perspectiva.

* * *

Em Londres, no outono de 1965, logo após Baran interromper o trabalho em seu projeto, Donald Watts Davies, físico de 41 anos do Laboratório Nacional de Física da Inglaterra (NPL[14]), escreveu

---

[13] Sigla em inglês para Defense Communications Agency
[14] Sigla em inglês para National Physical Laboratory

a primeira de várias notas pessoais que expuseram algumas ideias que ele estava considerando para uma nova rede de computadores muito parecida com a de Baran. Ele enviou seu conjunto de anotações para algumas pessoas interessadas, mas certo de que encontraria forte resistência das autoridades responsáveis pelo monopólio dos serviços de telefonia dos Correios Britânicos, manteve na maioria das vezes suas ideias para si. Davies queria tempo para validar seus conceitos. Na primavera seguinte, confiante de que suas ideias eram boas, ele deu uma palestra pública em Londres, descrevendo o conceito de envio de pequenos blocos de dados — que ele chamou de "pacotes" — através de uma rede digital de armazenamento e envio. Quando a reunião terminou, um homem da plateia se aproximou de Davies e disse que era do Ministério da Defesa. Ele contou sobre algum trabalho notavelmente semelhante que havia sido divulgado na comunidade de defesa americana por um homem chamado Paul Baran. Davies nunca tinha ouvido falar de Baran ou de seus estudos da RAND.

Donald Davies era filho de pais da classe trabalhadora. Seu pai, funcionário de uma mina de carvão no País de Gales, morreu no ano seguinte ao nascimento de Donald e de sua irmã gêmea. Sua mãe mudou com sua jovem família para a cidade portuária de Portsmouth, onde foi trabalhar como balconista nos correios. Donald conheceu o rádio ainda bem novo e teve um interesse precoce pela física. Ele ainda não tinha catorze anos no dia em que sua mãe trouxe para casa um livro, algo que um engenheiro havia abandonado nos correios, com tudo sobre telefonia. O volume técnico descreveu a lógica e o design dos sistemas de comutação telefônica e "proporcionou horas de leitura fascinante", recordou Davies anos depois.

Um aluno excepcional, Davies recebeu bolsas de estudos para várias universidades. Para comemorar seu aluno brilhante, sua escola declarou um feriado de meio dia. "Por um curto período, eu era o garoto mais popular da escola", lembrou. Davies escolheu o Imperial College da Universidade de Londres e com 23 anos havia se formado em física e matemática. Em 1947, ele se juntou a uma equipe de cientistas liderada pelo matemático Alan Turing no NPL e desempenhou um papel importante na construção do computador digital mais rápido da Inglaterra na época, o Pilot ACE. Em 1954, Davies ganhou uma bolsa para passar um ano nos Estados Unidos e em parte daquele ano, ele esteve no MIT em parte deste período. Retornou então à Inglaterra, subiu rapidamente nos escalões do NPL e, em 1966, após descrever seu trabalho pioneiro sobre a comutação de pacotes, foi nomeado chefe da divisão de ciência da computação.

A semelhança técnica entre os trabalhos de Davies e Baran era impressionante. Suas ideias não eram apenas paralelas no conceito, mas, por coincidência, eles haviam escolhido o mesmo tamanho de pacote e taxa de transmissão de dados. Davies também apresentou um esquema de roteamento adaptável, como o de Baran, mas diferente em detalhes.

Havia apenas uma grande diferença em suas abordagens. A motivação que levou Davies a conceber uma rede de comutação de pacotes não tinha nada a ver com as preocupações militares que haviam impulsionado Baran. Davies simplesmente queria criar uma nova rede de comunicações públicas. Ele queria explorar os pontos fortes técnicos que viu em computadores digitais, para obter uma computação altamente interativa e responsiva a longas distâncias. Essa rede teria maior velocidade e eficiência do que os sistemas existentes. Davies estava preocupado com o fato de as redes comutadas por circuitos não corresponderem aos requisitos dos computadores que interagiam. As características irregulares e explosivas do tráfego de dados gerados por computador não se encaixavam bem na capacidade uniforme dos canais do sistema telefônico. Combinar o design da rede aos novos tipos de tráfego de dados se tornou sua principal motivação.

Em vez de conduzir o tipo de estudos de redundância e confiabilidade aos quais Baran dedicou tanto tempo, Davies se concentrou em trabalhar nos detalhes da configuração dos blocos de dados. Ele também previu a necessidade de superar as diferenças nas linguagens computacionais e nos procedimentos operados pelas máquinas — diferenças de hardware e software — que existiriam em uma grande rede pública. Ele imaginou o dia em que alguém se sentaria em um tipo de computador e poderia interagir com uma máquina de um tipo diferente em outro lugar. Para preencher a lacuna entre os sistemas de computadores amplamente divergentes da época, ele começou a descrever os recursos de um dispositivo intermediário — um novo computador — que serviria como tradutor, montando e desmontando mensagens digitais para as outras máquinas.

A ideia de dividir as mensagens em "pacotes" uniformes de dados — em todo o comprimento de uma linha de texto típica — foi algo que Davies encontrou depois de estudar sistemas avançados de compartilhamento de tempo e como eles alocavam o tempo de processamento para vários usuários. Em uma viagem aos Estados Unidos em 1965, observou o sistema de compartilhamento de tempo do Project MAC, do MIT. Poucos meses depois, o NPL havia hospedado em Londres um grupo do MIT, incluindo Larry Roberts, para discussões adicionais sobre o compartilhamento de tempo. Foi nessas reuniões que a ideia do pacote surgiu para Davies. Diferentemente da reação fria da AT&T a Baran, o sistema de telecomunicações britânico abraçou as ideias de Davies. Ele foi incentivado a buscar financiamento para uma rede experimental no NPL.

Os sistemas de compartilhamento de tempo já haviam resolvido o problema persistente do tempo de resposta lento no processamento em lote, dando a cada usuário uma fatia do tempo de processamento do computador. Várias pessoas poderiam estar executando trabalhos de uma só vez sem perceber nenhum atraso significativo em seu próprio trabalho. Analogamente, em uma rede de comunicações digitais, um computador pode dividir as mensagens em pequenos pedaços ou pacotes, despejá-las no caminho eletrônico e permitir que os usuários compartilhem a capacidade total da rede. Davies, como Baran, via na era digital a viabilidade de um novo tipo de rede de comunicações.

A escolha de Davies pela palavra "pacote" foi deliberada. "Eu senti que era importante ter uma nova palavra para um dos pequenos pedaços de informação que viajavam separadamente", explicou. "Isso tornaria mais fácil falar sobre eles." Havia muitas outras possibilidades — bloco, unidade, seção, segmento. "Eu pensei na palavra pacote", disse ele, "no sentido de embalagem pequena." Antes de se decidir pela palavra, ele pediu a dois linguistas de uma equipe de pesquisa em seu laboratório para confirmar que havia cognatos em outras línguas. Quando eles relataram que era uma boa escolha, ele se fixou nela. Comutação de pacotes. Era preciso, econômico e muito britânico. E foi muito mais fácil para os ouvidos do que a "troca distribuída de bloco de mensagens adaptável" de Baran. Davies só foi conhecer Baran pela primeira vez vários anos depois. Ele disse a Baran que tinha ficado completamente envergonhado ao ouvir o trabalho de Baran depois que ele terminou o seu próprio, e acrescentou: "Bem, você pode ter chegado lá primeiro, mas eu acertei o nome."

Mapeando

Em dezembro de 1966, quando Larry Roberts chegou ao Pentágono, ele já conhecia Donald Davies de sua viagem a Londres no ano anterior, mas não sabia sobre o trabalho subsequente de Davies na comutação de pacotes. E ele nunca ouvira o nome Paul Baran.

Alguns anos antes, Roberts havia decidido que a computação estava ficando velha e tudo o que valia a pena fazer dentro de um computador já havia sido feito. Isso veio a ele como uma revelação em uma conferência de 1964 realizada em Homestead, Virgínia, onde Roberts, Licklider e outros ficaram acordados até as primeiras horas da manhã conversando sobre o potencial das redes de computadores. Roberts deixou a reunião resolvido a começar o trabalho de comunicação entre computadores.

Sua primeira oportunidade surgiu um ano depois, quando ele supervisionou uma das primeiras experiências reais na união de máquinas diferentes a longas distâncias. Em 1965, o psicólogo Tom Marill, que estudara com Licklider e estava igualmente fascinado por computadores, abriu uma pequena empresa de computação focada em compartilhamento de tempo, a Computer Corporation of America (CCA). Quando o maior investidor de Marill desistiu no último minuto, Marill procurou algum trabalho de pesquisa e desenvolvimento. Ele propôs à ARPA que realizasse um experimento de rede que ligasse o computador TX-2 do Lincoln Laboratory ao SDC Q-32 em Santa Monica. A empresa de Marill era tão pequena, no entanto, que a ARPA recomendou a realização de seu experimento sob o nome do Lincoln Laboratory. Os funcionários do Lincoln Laboratory gostaram da ideia e encarregaram Larry Roberts de supervisionar o projeto.

O objetivo era claro. Como Marill argumentou em uma carta a Roberts em 1965, a computação havia atingido um estado infeliz; os projetos de compartilhamento de tempo estavam proliferando, mas não havia "um terreno comum para o intercâmbio de programas, pessoal, experiência ou ideias". Sua impressão da comunidade de ciência da computação era de "vários projetos essencialmente similares, cada um em sua própria direção, com total desprezo pelos outros." Por que desperdiçar tantos recursos?

Até onde chegou, o experimento TX-2 era ambicioso. O link entre os dois computadores foi feito usando um serviço especial full-duplex de quatro fios da Western Union (um "full duplex" fornece transmissão simultânea em ambas as direções entre dois pontos). Para isso, Marill anexou uma forma grosseira de modem, operando a 2.000 bits por segundo, que ele chamou de discador automático. Ao vincular diretamente as máquinas, Marill contornou o problema de incompatibilidade entre elas. A ideia era conectar os computadores como um par de gêmeos siameses, executando programas in situ. Embora não tenha transferido arquivos, a experiência permitiu que as máquinas enviassem mensagens umas para as outras. Marill configurou um procedimento para agrupar caracteres em mensagens, enviando-os pelo link e verificando se as mensagens chegaram. Se nenhum aviso apareceu, a mensagem foi retransmitida. Marill chamou de "protocolo" este procedimento de enviar informação de um lado para o outro como mensagens, fazendo com que um colega que indagasse: "Por que você usa esse termo? Eu pensava que tinha a ver com diplomacia."

Em um relatório de 1966, resumindo os resultados iniciais do experimento, Marill escreveu que podia "prever que não havia mais nenhum obstáculo que não pudesse ser superado por um esforço razoável de diligência." Apesar de tudo, quando Marill e Roberts realmente conectaram as duas máquinas, os resultados tiveram pontos bons e ruins. A conexão em si funcionou como planejado. Mas a confiabilidade da conexão e o tempo de resposta eram, como Roberts os descreveria vários anos depois, simplesmente péssimos.

Reunir dois computadores diferentes era uma coisa, mas o projeto para o qual Roberts havia sido retirado do Lincoln Laboratory para trabalhar na ARPA era um desafio muito maior. Interconectar uma matriz de máquinas, cada uma com características distintas, seria extremamente complicado. Provavelmente seria necessário recorrer a todos os especialistas que Roberts conhecia em todas as áreas da computação e das comunicações. Felizmente, o círculo de colegas de Roberts era amplo.

Um de seus melhores amigos do Lincoln Laboratory, com quem havia trabalhado no TX-2, era Leonard Kleinrock, um engenheiro inteligente e ambicioso que havia frequentado o MIT com uma bolsa de estudos completa. Se alguém influenciou Roberts em seu pensamento inicial sobre redes de computadores, foi Kleinrock.

A dissertação de Kleinrock, apresentada em 1959, foi um importante trabalho teórico que descreveu uma série de modelos analíticos de redes de comunicação. E em 1961, enquanto trabalhava com Roberts, Kleinrock havia publicado um relatório no MIT que analisava o problema do fluxo de dados nas redes. Kleinrock também trabalhou em procedimentos de roteamento aleatório e teve algumas ideias iniciais sobre a divisão de mensagens em blocos para o uso eficiente dos canais de comunicação. Agora, Kleinrock estava na UCLA e Roberts assinou um contrato com a ARPA para estabelecer o Centro de Medição de Rede (Network Measurement Center) oficial, um laboratório dedicado aos testes de desempenho de rede.

A amizade entre Roberts e Kleinrock foi muito além dos interesses profissionais que eles compartilhavam. Ambos gostavam de desafios de lógica. Também se interessavam por esquemas de dinheiro rápido. Um aguçava a disposição do outro a assumir riscos fiscais. Aqueles que pensavam que Roberts era só trabalho e nenhuma diversão, nunca o viram em ação com seus amigos.

Roberts e Kleinrock eram jogadores de casino inveterados. Roberts desenvolveu um esquema de contagem "alto-baixo" para o blackjack e o ensinou a Kleinrock. Eles nunca entraram na lista negra dos contadores de cartas, mas mais de uma vez foram abordados por detetives de cassinos e convidados a sair.

Em outro episódio ousado, Roberts e Kleinrock elaboraram um plano para lucrar com a física da roleta. A ideia era prever, empregando leis rudimentares do movimento, exatamente quando a bola cairia em sua trajetória. Para fazer isso, eles precisavam saber a velocidade da bola, que viajava em uma direção, e a velocidade da roda, que viajava na outra. Eles decidiram construir uma pequena máquina que faria as previsões, mas precisavam de alguns dados. Então Roberts pegou um gravador, colocou um microfone na mão e fez uma tala falsa para parecer que ele estava com o pulso quebrado. Os dois se sentaram à mesa e Roberts colocou a mão ao lado da roleta para gravar o som da bola que passava, da qual eles poderiam mais tarde extrapolar sua velocidade. O trabalho de Kleinrock era distrair o funcionário do cassino, jogando várias rodadas de roleta. "Tudo estava funcionando bem, exceto por uma coisa", disse Kleinrock. Comecei a ganhar. Isso chamou atenção para mim. O funcionário olha e vê esse cara com um braço quebrado, com a mão perto da roleta, e ele agarra o braço de Larry e diz: 'Deixe-me ver seu braço!' Larry e eu sumimos dali."

* * *

Roberts concordava com Taylor que ter um tempo de resposta rápido na rede era um fator crítico, porque um baixo tempo de atraso de mensagens era crucial para a interatividade. Qualquer pessoa que usasse sistemas de compartilhamento de tempo que passassem dados através de linhas de comunicação padrão sabia quão lentos poderiam ser. Os dados viajavam de e para o computador principal a taxas terrivelmente lentas de algumas centenas de bits por segundo. Recuperar ou enviar até uma pequena quantidade de informações era um processo tão lento que dava tempo de servir uma xícara de café ou até mesmo preparar uma refeição inteira enquanto o modem fazia o seu trabalho. Ninguém queria uma rede lenta.

Durante uma reunião inicial do grupo de consultores que Roberts havia reunido, alguém bateu com o punho na mesa e disse: "Se essa rede não puder me dar uma resposta de um segundo, ela não serve pra nada." De forma otimista, um tempo de resposta de meio segundo foi estabelecido nos requisitos. A segunda prioridade, é claro, era a confiabilidade. Para que uma rede fosse eficaz, os usuários precisavam de total confiança em sua capacidade de enviar e receber dados sem que nada desse errado.

Outra fonte de consternação foi a questão de como a rede seria mapeada. Várias pessoas propuseram que o compartilhamento de recursos fosse feito em um único computador centralizado, por exemplo, em Omaha, um local que era popular para comutadores telefônicos de longa distância porque fica no centro geográfico do país. Se a centralização fazia sentido para uma rede telefônica, por que não para uma rede de computadores? Talvez a rede devesse usar linhas telefônicas dedicadas — uma questão que ainda não havia sido resolvida — que ajudariam a manter os custos uniformes. Baran havia evitado um sistema centralizado porque isso aumentava sua vulnerabilidade. Roberts também se opôs a uma abordagem centralizada, mas decidiu adiar sua decisão final até que pudesse abordar o assunto com um grande grupo. Sua chance finalmente chegou em uma reunião para os principais pesquisadores da ARPA em Ann Arbor, Michigan, no início de 1967.

Taylor havia convocado a reunião, e o principal item da agenda era o experimento em rede. Roberts apresentou seu plano inicial. A ideia, como ele a descreveu, era conectar todos os computadores de compartilhamento de tempo entre si diretamente, através de linhas telefônicas discadas. As funções de rede seriam tratadas pelos computadores receptores (simplesmente denominados "host") em cada local. Portanto, em outras palavras, os hosts cumpririam o dever duplo, como computadores de pesquisa e roteadores de comunicação. A ideia foi recebida com pouco entusiasmo. As pessoas dos locais cujo computador ocuparia a função de host previam todo tipo de problema. Ninguém queria abrir mão de uma parte desconhecida de recursos valiosos de computação para administrar uma rede na qual eles não estavam tão interessados. E ainda havia as dezenas de variações idiossincráticas para lidar, entre as quais estava o fato de que cada máquina falava uma linguagem substancialmente diferente das outras. Parecia quase impossível padronizar em torno de um conjunto de protocolos.

A reunião de Ann Arbor revelou a falta de entusiasmo, para não dizer hostilidade, à proposta de Taylor e Roberts. Poucos dos pesquisadores principais da ARPA queriam participar do experimento. Essa atitude foi especialmente pronunciada entre os pesquisadores das universidades da Costa Leste, que não viam razão para se relacionar com os campi do Oeste. Eles eram como a mulher em Beacon Hill que, quando disseram que o serviço telefônico de longa distância para o Texas estava disponível, ecoou a famosa frase de Thoreau: "Mas o que eu teria a dizer a alguém no Texas?"

Douglas Engelbart, cientista da computação do Stanford Research Institute (SRI), em 1967, lembrava-se claramente da reunião. "Uma das primeiras reações foi: 'Oh, diabos, aqui tenho esse computador de compartilhamento de tempo, e meus recursos são escassos'. Outra reação foi: 'Por que eu deixaria meus alunos de pós-graduação serem sugados para algo assim?'" No entanto, rapidamente ficou claro o quão empenhado Roberts estava. Primeiro, ele tentou acalmar o ceticismo sobre o compartilhamento de recursos, salientando que todos tinham algo de interesse em seu computador que outros poderiam desejar. "Lembro-me de um cara se virando para o outro e dizendo: 'O que você conseguiu no seu computador que eu poderia usar?'" Engelbart lembrou, "E o outro cara respondeu: 'Bem, você não lê meus relatórios?'"

Ninguém comprou a ideia. "As pessoas pensavam: 'Por que eu precisaria do computador de outra pessoa quando tenho tudo aqui?'", lembrou Jon Postel, então estudante de graduação da UCLA. "O que eles têm que eu iria querer, e o que eu teria para querer que mais alguém olhe?"

Um problema ainda mais difícil estava em superar as barreiras de comunicação entre computadores diferentes. Como alguém poderia programar o TX-2, por exemplo, para conversar com o Sigma-7 na UCLA ou com o computador no SRI? As máquinas, seus sistemas operacionais, suas linguagens de programação eram todos diferentes, e ninguém sabia que outras possíveis incongruências os dividiriam.

Pouco antes da reunião terminar, Wes Clark passou uma nota para Roberts. Ela dizia: "Você pensou a rede ao contrário". Roberts ficou intrigado e queria ouvir mais; no entanto, a reunião estava terminando e as pessoas já estavam saindo. Roberts, Taylor e alguns outros se juntaram a Clark depois, e um pequeno grupo decidiu continuar a discussão durante a viagem de volta ao aeroporto. No carro, Clark esboçou sua ideia: deixe o computador host de fora o máximo possível e, em vez disso, insira um pequeno computador entre cada computador host e a rede de linhas de transmissão. (Foi, por coincidência, precisamente o que Davies concluiu separadamente na Inglaterra.)

Do jeito que Clark explicou, a solução era óbvia: uma sub-rede com pequenos nós idênticos, todos interconectados. A ideia resolveu vários problemas. Colocou muito menos demandas em todos os computadores host e, por sua vez, menos demandas nas pessoas encarregadas deles. Todos os computadores menores que compõem essa rede interna falam o mesmo idioma, é claro, e eles, e não os computadores host, seriam responsáveis por todo o roteamento. Além disso, os computadores host precisariam ajustar o idioma apenas uma vez — para falar com a sub-rede. A ideia de Clark não apenas fazia sentido tecnicamente, como também era uma solução administrativa. A ARPA poderia ter toda a rede sob seu controle direto e não se preocupar muito com as características de cada host. Além disso, fornecer para cada local seu próprio computador idêntico daria uniformidade ao experimento.

O mais curioso da ideia foi que Clark pensou nela. Ele não estava prestando muita atenção aos debates em Ann Arbor. Na verdade, ele estava um pouco entediado com tudo aquilo. Ele já havia dito a Roberts, em termos inequívocos, que não desejava colocar seu computador da Universidade de Washington, em St. Louis, na rede. Clark não era favorável ao compartilhamento de tempo ou mesmo ao compartilhamento de recursos. Ele trabalhava em computadores projetados para uso individual e não via nenhuma razão específica para compartilhar suas instalações com pessoas em uma rede. Mas quando ele ouviu a discórdia sobre como o experimento da ARPA deveria ser implantado, ele não pôde deixar de arriscar uma sugestão. Talvez tenha sido a antipatia de Clark pelo tempo compartilhado que o permitiu pensar nisso. Ao atribuir a tarefa de roteamento aos computadores host, Roberts e outros estavam adicionando outra função de compartilhamento de tempo. A ideia de Clark era poupar aos hosts essa carga extra e criar uma rede de computadores idênticos e não compartilhados, dedicados ao roteamento.

Durante a viagem para o aeroporto, a discussão ficou animada. Uma sub-rede inteira composta de computadores individuais não seria proibitivamente cara e derrotaria o objetivo original de economizar dinheiro? E quem, Roberts queria saber, Wes Clark achava que poderia construir uma coisa dessas? "Há apenas uma pessoa no país que pode fazer isso", respondeu Clark. "Frank Heart."

* * *

Larry Roberts conhecia Frank Heart. Os dois haviam trabalhado juntos no Lincoln Laboratory, e Roberts havia compartilhado um escritório com a esposa de Heart, Jane, uma programadora também do Lincoln Laboratory. Roberts e Heart nunca haviam trabalhado juntos diretamente, mas Roberts sabia que Heart era um engenheiro de sistemas minucioso. Ele era especialista em sistemas em tempo real criados para quando o mundo físico exige uma resposta em frações de segundos — ou pelo menos antes que o próximo conjunto de dados chegue. Qualquer coisa que lide com informações recebidas de maneira crítica, como dados de rastreamento de radar enviados ao sistema SAGE e informações sísmicas geradas durante um terremoto, é considerado um sistema em tempo real e, na década de 1960, poucas pessoas entendiam este tipo de sistema tão bem quanto Heart.

Roberts também sabia que Heart e Clark haviam se tornado bons amigos no Lincoln Laboratory, onde Heart havia mostrado a Clark os rudimentos de programação mais de uma década antes. Agora, de acordo com o que Roberts sabia, Heart estava na Bolt Beranek & Newman (BBN), em Cambridge, para onde ele havia se mudado em 1966 para trabalhar no uso de computadores na medicina.

A rede da ARPA não fora concebida como um sistema em tempo real, não no sentido da palavra como os verdadeiros defensores deste sistema a entendem. (Tudo o que leva mais de 10 a 20 milissegundos, o ponto em que os atrasos se tornam perceptíveis para humanos, não é considerado tempo real.) Estritamente falando, a rede da ARPA deveria ser um sistema de armazenamento e encaminhamento. Mas os dados entrariam e sairiam dos nós tão rapidamente, e o tempo de resposta da perspectiva humana seria tão rápido, que se qualificou como um problema em tempo real. O sistema teria que lidar com dezenas de problemas que envolviam eventos sucessivos e tempo extremamente apertado. O status da rede mudava constantemente e quem programava os computadores que compunham a sub-rede proposta por Clark precisaria saber como fazer com que o sistema lidasse com dados de entrada e saída de maneira confiável em alta velocidade.

No entanto, apesar da lógica da recomendação de Clark, Roberts não podia simplesmente entregar o trabalho à Heart. A ARPA teve que seguir as regras de contratação do governo. Ao longo dos anos, a maioria das propostas de financiamento chegava à ARPA sem ser solicitada. Raramente a agência demandava propostas. Mas esta era diferente. A agência teve a ideia da rede internamente e, a esse respeito, era incomum. Além disso, como a rede seria propriedade do governo controlada centralmente pela ARPA e não residiria em um campus, digamos, ou em uma empresa de pesquisa, Roberts e outros decidiram que tinham que enviar esse projeto para licitações competitivas.

Quando voltou a Washington, Roberts escreveu um memorando descrevendo a ideia de Clark e a distribuiu para Kleinrock e outros. Ele chamou os computadores intermediários que controlavam a rede de "processadores de interface de mensagens" ou IMP[15]. Eles deveriam desempenhar as funções de interconectar a rede, enviar e receber dados, verificar erros, retransmitir caso houvesse erros, rotear dados e verificar que as mensagens tivessem chegado aos destinos pretendidos. Um protocolo seria estabelecido para definir exatamente como os IMPs deveriam se comunicar com os computadores host. Após a ideia de Clark se espalhar, a hostilidade inicial em relação à rede diminuiu um pouco. Por um lado, um computador separado para executar as funções de comutação removeu a gambiarra cara que poderia resultar da adição dessas funções ao computador host. As pessoas também viram isso como uma maneira de conseguir outro computador para brincar.

No final de 1967, outra conferência sobre computadores, em Gatlinburg, Tennessee, ajudou a avançar o plano da rede. Este simpósio foi patrocinado pela Association for Computing Machinery, a mais antiga e prestigiada organização profissional da crescente indústria de computação. Embora em número reduzido, os participantes representaram os níveis mais altos dos profissionais envolvidos com a ciência da computação.

Gatlinburg foi o local perfeito para Roberts apresentar seu primeiro artigo sobre o que chamou de "rede da ARPA". Em sua apresentação, Roberts se concentrou nos motivos da rede e descreveu a sub-rede dos IMPs, mas falou pouco sobre como a rede realmente

---

[15] Sigla em inglês para interface message processors

funcionaria. Um grande quebra-cabeça ainda por resolver era a questão de como os dados seriam realmente transmitidos — por qual tipo de canal. Sempre atento aos custos, Roberts encerrou sua apresentação com uma breve discussão sobre o que chamou de "necessidades de comunicação". Ele estava pensando em usar o mesmo tipo de linhas telefônicas que ele e Marill haviam usado em seu pequeno experimento TX-2: linhas full-duplex, de quatro fios. A conversa sobre o assunto terminou com um tom de frustração. As linhas telefônicas dial-up comuns (ao contrário das linhas dedicadas e de concessão) eram lentas, e manter uma linha aberta era um desperdício. Roberts ainda não havia encontrado um meio altamente eficiente de transportar os dados.

Enquanto a reunião de Ann Arbor, meses antes, tinha sido o equivalente intelectual de uma briga de bar, Gatlinburg era um chá da tarde. As pessoas estavam educadamente aceitando a ideia de uma rede. A apresentação de Roberts foi bem-recebida de maneira geral, até acolhida com entusiasmo por alguns.

Outro artigo foi apresentado por Roger Scantlebury. Ele veio da equipe de Donald Davies, no Laboratório Nacional de Física, e discutiu o trabalho em andamento na Inglaterra. Seu artigo apresentou um estudo de projeto detalhado para uma rede comutada por pacotes. Foi a primeira vez que Roberts ouviu falar do assunto. Depois, Roberts e alguns outros se aproximaram de Scantlebury e começaram a discutir o trabalho da NPL. A discussão continuou no bar do hotel e noite adentro. Scantlebury levantou a questão da velocidade da linha com Roberts. Disse que ele e Davies estavam planejando usar linhas que operassem muito mais rápido que a velocidade de 2.000 bits por segundo que Roberts estava propondo. Ele sugeriu que Roberts construísse a rede da ARPA com menos linhas transportando dados em velocidades mais de vinte vezes maiores para melhorar o tempo de resposta.

Roberts também conheceu com Scantlebury, pela primeira vez, o trabalho que Paul Baran havia feito na RAND alguns anos antes. Quando Roberts retornou a Washington, encontrou os relatórios da RAND, que estavam juntando poeira no escritório do departamento de técnicas de processamento de informações há meses, e os estudou. Roberts estava projetando essa rede experimental pouco preocupado com a sobrevivência das comunicações. Os cenários de guerra nuclear e as questões de comando e controle não estavam no topo da agenda de Roberts. Mas as ideias de Baran sobre comunicação de dados o intrigaram e no início de 1968 eles se encontraram. Depois disso, Baran se tornou um consultor informal do grupo que Roberts reuniu para projetar a rede. O artigo de Gatlinburg apresentado por Scantlebury em nome do esforço britânico também foi claramente uma influência. Quando ele visitou Roberts durante o design da rede da ARPA, Davies disse: "Vi que nosso artigo havia sido tão usado que suas páginas estavam caindo aos pedaços."

Roberts achou que a rede deveria começar com quatro sites — UCLA, SRI, Universidade de Utah e Universidade da Califórnia em Santa Barbara — e, eventualmente, crescer para cerca de dezenove. A UCLA foi escolhida como o primeiro site porque o Centro de Medição de Rede de Len Kleinrock estava lá. Em cada uma das outras instalações, já estavam em andamento pesquisas patrocinadas pela ARPA que forneceriam recursos valiosos à rede. Pesquisadores da UCSB estavam trabalhando em gráficos interativos. Os pesquisadores de Utah também estavam trabalhando bastante nos gráficos e investigando a visão noturna para os militares. Dave Evans, que, com Ivan Sutherland, mais tarde fundou a Evans and Sutherland, uma empresa gráfica pioneira, estava em Utah montando um sistema que manipulava imagens com um computador. Evans e seu grupo também estavam interessados em saber se a rede poderia ser usada para mais do que apenas trocas de texto.

O Stanford Research Institute (que mais tarde cortou seus laços com Stanford e tornou-se apenas SRI) havia sido escolhido como um dos primeiros locais porque Doug Engelbart, um cientista de visão extraordinária, trabalhava lá. Vários anos antes, quando Bob Taylor estava na NASA, ele havia financiado a invenção de Engelbart do primeiro mouse de computador (Engelbart recebeu uma patente do dispositivo como um "indicador de posição XY para um sistema de exibição") e, durante anos depois, Taylor se referia com orgulho ao seu apoio ao mouse de Engelbart.

Engelbart estava presente na reunião dos principais pesquisadores da ARPA em Ann Arbor em 1967, quando Taylor e Larry Roberts anunciaram que mais ou menos uma dúzia deles uniriam seus computadores em uma rede experimental e que cada instalação disponibilizaria na rede recursos computacionais. Enquanto outros reagiram com ceticismo ao plano, Engelbart ficou encantado com ele. Na época, ele estava dirigindo um laboratório de pesquisa em computadores da SRI. Não muito diferente de Licklider, Engelbart estava interessado em usar computadores para aumentar o intelecto humano. Sob um contrato da ARPA, ele estava desenvolvendo um sistema chamado NLS16 que dependia de comunidades com conhecimentos de informática. Ele viu a rede experimental da ARPA como um excelente veículo para estender o NLS a uma ampla área de colaboração distribuída. "Percebi que havia uma comunidade de computadores pronta", lembrou Engelbart. "Era exatamente o que eu estava procurando."

Parte da força do NLS foi sua utilidade na criação de bibliotecas digitais e no armazenamento e recuperação de documentos eletrônicos. Engelbart também via o NLS como uma maneira natural de apoiar uma central de informações para a rede da ARPA. Afinal, se as pessoas compartilhariam recursos, era importante que todos soubessem o que estava disponível. Na reunião de Michigan, Engelbart se ofereceu para montar o Network Information Center (Centro de Informação de Rede). Engelbart também sabia que seu grupo de pesquisa em Menlo Park ficaria igualmente entusiasmado com a rede. Seus colegas eram programadores talentosos que reconheceriam um projeto interessante quando o vissem.

A conversa com Scantlebury havia esclarecido vários pontos para Roberts. Os comentários do britânico sobre a comutação de pacotes, em particular, ajudaram a aproximar Roberts de um projeto detalhado. Ao especificar os requisitos de rede, Roberts foi

---

[16] Sigla em inglês para "oNLine System"

guiado por alguns princípios básicos. Primeiro, a sub-rede IMP deveria funcionar como um sistema de comunicações cuja tarefa essencial era transferir bits de maneira confiável de um local de origem para um destino especificado. Em seguida, o tempo médio de trânsito pela sub-rede deve ser menor que meio segundo. Terceiro, a sub-rede deve poder operar de forma autônoma. Os computadores daquela época normalmente exigiam várias horas por semana de tempo de inatividade de manutenção. Os IMPs não podiam se dar ao luxo de depender de um computador host local ou da sua equipe; esses processadores teriam que continuar operando e roteando o tráfego de rede, independentemente de um host estar em execução ou não. A sub-rede também teve que continuar funcionando quando IMPs individuais estavam em serviço. Essa ideia de que a manutenção da confiabilidade deveria estar na sub-rede, não nos hosts, era um princípio fundamental. Roberts e outros acreditavam que os IMPs também deveriam atender a tarefas como seleção de rota e aviso de recebimento.

No final de julho de 1968, Roberts havia terminado de redigir o pedido de propostas. Ele o enviou a 140 empresas interessadas em construir o Processador de Interface de Mensagem. O documento estava cheio de detalhes de como deveria ser a rede e o que os IMPs deveriam fazer. Era uma rica peça de prosa técnica, com uma mistura eclética de ideias. Kleinrock havia influenciado os primeiros pensamentos de Roberts sobre as possibilidades teóricas. Baran havia contribuído para a base intelectual na qual o conceito técnico se baseava, e o esquema de roteamento dinâmico de Roberts deu um aceno extra ao trabalho de Baran. Roberts adotou o termo "pacote" de Davies e incorporou as velocidades mais altas da linha dele e de Scantlebury. A ideia de sub-rede de Clark foi uma sacada de gênio técnico. "O processo de desenvolvimento tecnológico é como construir uma catedral", observou Baran anos depois. "Ao longo de várias centenas de anos, novas pessoas aparecem e cada uma estabelece um bloco em cima das antigas fundações, cada uma dizendo: 'Eu construí uma catedral'. No mês seguinte, outro bloco é colocado no topo do anterior. Então vem um historiador que pergunta: 'Bem, quem construiu a catedral?' Pedro adicionou algumas pedras aqui e Paulo adicionou mais algumas. Se você não for cuidadoso, poderá acreditar que fez a parte mais importante. Mas a realidade é que cada contribuição deve seguir o trabalho anterior. Tudo está ligado a todo o resto."

Mas em 1968 o arquiteto principal da rede foi Larry Roberts: ele tomou as decisões iniciais e estabeleceu os parâmetros e as especificações operacionais. Embora recebesse informações de outras pessoas, Roberts era quem decidia quem a construiu.

As primeiras respostas à solicitação de propostas foram da IBM e da Control Data Corporation (CDC). A IBM era então o maior fabricante de computadores do mundo e dominava o mercado de grandes sistemas de computadores.

O CDC, embora ofuscado pela IBM, era outra empresa que havia investido pesadamente no desenvolvimento de grandes sistemas. Ambos se recusaram a fazer ofertas, e seus motivos eram idênticos: a rede nunca poderia ser construída, disseram sem rodeios, porque não havia computadores pequenos o suficiente para torná-la econômica. Para o IMP, a IBM pensou em propor um computador 360 Model 50, um grande mainframe. Mas, a um preço muitas vezes superior ao de um minicomputador, o Modelo 50 era muito caro para considerar a compra em grandes quantidades.

Roberts, por outro lado, estava pensando pequeno. O primeiro computador em que ele pensou foi o PDP-8, um minicomputador fabricado pela Digital Equipment Corp. A Digital lançou o PDP-8 em 1965. Não foi apenas o primeiro grande sucesso da empresa, mas o PDP-9 também estabeleceu minicomputadores como a nova vanguarda da indústria de computadores. Roberts conheceu Ken Olsen no Lincoln Laboratory, e achou que a Digital poderia até oferecer um desconto de quantidade na aquisição da máquina.

Quando as propostas começaram a chegar, a maioria escolheu um computador Honeywell. Era um minicomputador chamado DDP-516; Honeywell tinha acabado de lançá-lo. Parte da chancela da nova máquina era que ela poderia ser construída com especificações de processamento pesadas. Em sua versão "robusta", custou cerca de US$ 80 mil. Logo após a introdução da máquina, em uma conferência sobre computadores em Las Vegas, a versão militar reforçada foi içada do chão da sala de exposições por um guindaste. Com a máquina balançando no ar presa às cordas, um funcionário da Honeywell deu uma marretada nela. O objetivo do exercício era demonstrar que a máquina era suficientemente resistente para operar em um campo de batalha. Para os licitantes, o apelo mais provável do 516 foi sua impressionante relação custo-desempenho e o design do seu sistema de entrada/saída.

Mais de uma dúzia de propostas foram enviadas, resultando em uma pilha de 1,80 metro de papel. A empresa de Marill, a CCA, fez uma oferta conjunta com a Digital. A Raytheon fez uma oferta, assim como Bunker-Ramo. Roberts ficou agradavelmente surpreso com o fato de vários dos contatados acreditarem que poderiam construir uma rede com desempenho mais rápido do que o objetivo listado nas especificações.

Raytheon era a favorita. Importante prestadora na área de defesa na região de Boston, especializada em componentes de sistemas eletrônicos, a Raytheon já havia proposto a construção de uma rede de computadores de alta velocidade e curta distância. Em meados de dezembro, Roberts entrou em negociações finais com a Raytheon para o contrato de IMP. Os funcionários da Raytheon responderam às questões técnicas restantes da ARPA e aceitaram o preço.

Por isso, surpreendeu a todos quando, poucos dias antes do Natal, a ARPA anunciou que o contrato para construir os IMPs que residiriam no centro de sua rede experimental estava sendo concedido à Bolt Beranek & Newman (BBN), uma pequena empresa de consultoria em Cambridge, Massachusetts.

A terceira universidade

Quando Richard Bolt e Leo Beranek fundaram sua empresa de consultoria em 1948, a computação avançada não estava em seus planos. Beranek era engenheiro elétrico; Bolt, arquiteto e físico. Ambos eram profissionais da acústica e membros do corpo docente do MIT durante a década de 1940. Bolt havia trabalhado para a Marinha na Segunda Guerra Mundial em métodos para usar o som para detectar submarinos. Após a guerra, como chefe do laboratório de acústica do MIT, Bolt trabalhou como consultor, assim como Beranek. O MIT começou a receber pedidos de ajuda para o planejamento acústico de novos edifícios em todo o país e os repassou a Bolt e Beranek. De forma independente, os dois já haviam trabalhado bastante no que é conhecido como acústica transportada pelo ar — o som transportado em salas de concerto e cinemas —, bem como no controle e redução de ruído nos edifícios.

Quando as Nações Unidas pediram a Bolt que projetasse a acústica para seu novo complexo de edifícios em um antigo distrito de matadouros no East River de Manhattan, Bolt chamou Beranek em seu escritório e lhe mostrou a pilha de papéis explicando o trabalho da ONU. Era coisa demais para uma única pessoa assumir. Na época, Beranek estava ocupado em um projeto para melhorar a acústica em uma cadeia de cinemas do Brooklyn. Ainda assim, Bolt convenceu Beranek a se juntar a ele na criação de uma empresa de consultoria para assumir o projeto da ONU. Um ano depois, eles se uniram a Robert Newman, um arquiteto com formação em física que fora aluno de Bolt, e assim nasceu a Bolt Beranek & Newman (BBN).

No início, a BBN era verdadeiramente uma empresa de consultoria. Ou seja, Bolt e Beranek contrataram pessoas, forneceram espaço para escritórios — e esperavam que encontrassem trabalho. E elas de fato encontraram muito trabalho. O projeto da ONU foi um sucesso tão visível que a empresa não precisou de publicidade nos primeiros dez anos de sua existência. O negócio cresceu e a BBN fez consultoria para projetos de sistemas acústicos para edifícios de escritórios, complexos de apartamentos e centros de artes cênicas. Quando um grande túnel de vento foi construído para testar motores a jato perto de Cleveland, o ruído perturbou as pessoas em um raio de 160 quilômetros e os moradores locais ameaçaram fechar a instalação. Os engenheiros da BBN descobriram uma maneira de abafar o som. A empresa estava desenvolvendo expertise na análise de fitas de áudio: foi convocada após o assassinato do presidente John F. Kennedy em 1963 e seria convocada novamente após os tiroteios na Kent State University em 1970. Sua mais famosa análise de fita ocorreria durante o escândalo de Watergate em 1974, quando a BBN estaria envolvida na análise do infame hiato de 18,5 minutos nas fitas de Nixon. Um comitê liderado por Dick Bolt concluiria que o áudio havia sido apagado deliberadamente.

Em 1957, Beranek recrutou Licklider para a BBN. Ele havia trabalhado com Lick em Harvard durante a guerra e, quando foi para o MIT, convenceu Lick a ir para lá também. Quando Beranek contratou Lick para a BBN, não era tanto a experiência de Lick em psicoacústica, mas seu interesse pela interação homem-máquina que Beranek achou interessante. Beranek percebeu que os trabalhos de consultoria aumentariam no negócio de ajudar as empresas a construir máquinas que eram amplificadores mais eficientes do trabalho humano, o que significava trazer algum tipo de compatibilidade entre humanos e máquinas. "Eu não sabia qual era o tamanho do negócio", lembrou Beranek mais tarde. "Mas eu pensei que era um bom complemento para o que estávamos fazendo."

Lick, é claro, já tinha pensado nisso com mais seriedade. Ele acreditava que o futuro da pesquisa científica seria vinculado aos computadores de alta velocidade e achava que a computação era um bom campo para a BBN entrar. Ele estava na BBN há menos de um ano quando disse a Beranek que gostaria de comprar um computador. Como forma de persuasão, Lick enfatizou que o computador que ele tinha em mente era uma máquina muito moderna — seus programas e dados eram digitados em fita de papel, em vez das pilhas convencionais de cartões IBM.

"Quanto vai custar?" Beranek perguntou.

"Cerca de US$ 25 mil."

"Isso é muito dinheiro", retrucou Beranek. "O que você vai fazer com isso?"

"Eu não sei."

Licklider estava convencido de que a empresa seria capaz de obter contratos com o governo para fazer pesquisas básicas usando computadores. Os US$ 25 mil, garantiu a Beranek, não seriam desperdiçados.

Nenhum dos três diretores da empresa sabia muito sobre computadores. Beranek sabia que Lick, por outro lado, era quase evangelístico em sua crença de que os computadores mudariam não apenas a maneira como as pessoas pensavam sobre os problemas, mas a maneira como os problemas seriam resolvidos. A fé de Beranek em Licklider levou a melhor. "Decidi que valia o risco de gastar US$ 25 mil em uma máquina desconhecida para um propósito desconhecido", disse Beranek. O computador que ele comprou para Lick era um LGP-30, fabricado em 1958 pela Royal-McBee, uma subsidiária da Royal Typewriter Company. Ele tinha uma memória de bateria e era lento mesmo para os padrões da época. No entanto, Lick mergulhou no trabalho de lidar com ele, usando o computador para longos cálculos estatísticos e experimentos em psicoacústica.

Pouco depois da chegada do computador, Ken Olsen apareceu para ver a máquina Royal-McBee e contar à BBN sobre o computador que estava construindo em sua nova empresa, a Digital Equipment. Olsen queria emprestar a Beranek um protótipo da máquina, que ele chamou de PDP-1, para que os engenheiros da BBN pudessem dar uma olhada nela. Beranek concordou. Mas o computador media 1,22 metro por 2,44 metros, e havia poucas portas na BBN por onde ele poderia passar. Por isso, foi montado no lobby. Após um mês, depois que todos haviam tido a chance de experimentá-lo, a BBN o enviou de volta a Olsen com recomendações para ajustes. Quando o PDP-1 entrou no mercado por pouco menos de US$ 150 mil, a BBN comprou o primeiro.

A presença do PDP-1 e o trabalho que Licklider estava fazendo com ele atraíram importantes cientistas da computação para a BBN. A empresa também tornou-se conhecida como um local cuja filosofia de contratação era recrutar desistentes do MIT. A ideia era que, se eles conseguiram entrar no MIT, eram inteligentes e, se desistiram, era possível pagar menos a eles. Beranek deu a Lick muita liberdade para contratar quem quisesse, e Licklider fez exatamente isso, esquecendo ocasionalmente de contar a Beranek. "Eu estava vagando pelo prédio um dia para ver o que estava acontecendo lá para os lados do computador e vi dois caras estranhos sentados em uma das grandes salas de lá", disse Beranek. (Lick ficaria feliz em vestir um terno para um piquenique, mas seus funcionários eram decididamente menos formais.) Beranek não fazia ideia de quem eram os dois homens. "Fui até o primeiro colega e disse: 'Quem é você?' E ele disse: 'Quem é você?'" Os dois jovens eram amigos de Licklider do MIT — Marvin Minsky e John McCarthy, duas das figuras mais proeminentes no campo emergente da inteligência artificial.

O PDP-1 tinha um poder de computação equivalente aos organizadores de bolso dos anos 90 e um pouco menos de memória. As pessoas da BBN mantinham o computador funcionando dia e noite, fazendo programação interativa. Eles chegaram a construir um sistema de compartilhamento de tempo em torno dele, dividindo a tela para quatro usuários simultâneos. A demonstração do sistema foi um sucesso, e a BBN decidiu iniciar um serviço de compartilhamento de tempo na área de Boston, colocando terminais em toda a cidade. Logo, porém, a General Electric montou um esforço semelhante e rapidamente roubou a maior parte dos negócios de compartilhamento de tempo da BBN.

A presença de um computador acessível a todos inspirou uma mudança na empresa. Todos começaram a pensar em coisas que poderiam ser feitas com ele. Um cientista da BBN, Jordan Baruch, decidiu que os hospitais poderiam usar computadores para manter informações mais precisas sobre os pacientes, então ele começou a informatizar o tratamento de registros no Hospital Geral de Massachusetts. Lick e outros começaram a explorar maneiras pelas quais os computadores poderiam transformar as bibliotecas. Mas os computadores no início dos anos 1960 ainda tinham pouca capacidade para fazer muita coisa.

A essa altura, a BBN começara a se concentrar seriamente na tecnologia de computadores. A rica atmosfera acadêmica da BBN deu à empresa de consultoria a reputação de ser "a terceira universidade" em Cambridge. "Eu empregava a política de que todas as pessoas que contratamos tinham que ser melhores que as pessoas anteriores", disse Beranek. Ao lado do MIT e Harvard, a BBN se tornou um dos lugares mais atraentes para se trabalhar na área de Boston. Algumas pessoas chegaram a considerá-la melhor do que as universidades porque não havia nenhuma obrigação de ensinar e não se preocupavam em conseguir titularidade. Era um ambiente seleto — o "conhaque da área de pesquisa."

A divisão de arquitetura e acústica da empresa passou por uma crise no início dos anos 1960, quando Beranek foi contratado para projetar a acústica do novo Philharmonic Hall (mais tarde renomeado Avery Fisher Hall) no Lincoln Center de Nova York. Tanto Beranek quanto o arquiteto-chefe foram criticados por negligenciar certos princípios acústicos importantes no projeto da sala de concerto. Depois de muitas tentativas de ajustes menores, ficou claro que a situação era desesperadora. O problema teve que ser resolvido com força bruta: as paredes e camarotes foram arrancados, juntamente com o teto — dez mil toneladas de material de construção ao todo — e transportados para lixões. O reparo levou vários anos e milhões de dólares para ser realizado, sob a supervisão de um novo consultor. Em sua extensa cobertura dos problemas, o New York Times concentrou sua atenção em Leo Beranek.

Se a BBN ainda não tivesse se diversificado para a pesquisa em computadores, o desastre do Lincoln Center poderia ser seu fim. Em meados da década de 1960, no entanto, os escritórios da empresa haviam se expandido para uma fileira de prédios baixos e razoavelmente discretos, a maioria armazéns antigos que ficavam ao longo de uma tranquila rua lateral perto de Fresh Pond, na margem oeste de Cambridge. Os escritórios tinham uma uniformidade arquitetônica casual, mais bem descrita como modernismo de baixa renda — Mondrian sem as cores. Eram edifícios minimalistas, espartanos, em forma de caixa, cujos telhados planos, poucas janelas e paredes finas exalavam simplicidade e economia no design. Quatro dos edifícios foram construídos para outros fins, principalmente como espaço de armazém, antes que a BBN os comprasse e os convertesse em escritórios, oficinas e laboratórios. O edifício número 2 foi projetado pelo próprio Bolt e tinha algumas características incomuns: sua fundação como que "flutuava" na lama de Cambridge, isolando efetivamente toda a estrutura das vibrações externas; e foi projetado para o tipo de pessoa que a BBN estava contratando — acadêmicos — de quem Bolt esperava que preenchessem seus escritórios com livros. Por isso, ele projetou o novo edifício para suportar uma quantidade incomum de peso. Havia corredores e passarelas fechadas entre todos os edifícios da BBN, possibilitando seguir uma espécie de caminho sinuoso por toda a fileira de prédios sem sair durante o inverno. Por um tempo, a BBN dependeu do vapor de uma lavanderia adjacente para aquecer algumas das instalações.

Entre os pesquisadores de computadores estavam Wally Feurzeig e Seymour Papert, que estavam trabalhando em aplicações educacionais. Papert foi consultor da BBN por cerca de quatro anos no final da década de 1960. Enquanto estava lá, ele concebeu e desenvolveu o primeiro design aproximado de uma linguagem de programação acessível para crianças em idade escolar. A ideia foi adotada como tema de pesquisa pelo grupo educacional da BBN, que Feurzeig dirigiu, e o idioma passou a se chamar LOGO.

Enquanto os profissionais da acústica costumavam trabalhar usando terno e gravata, a atmosfera no setor dos cientistas da computação era decididamente mais relaxada. "Quando entramos no negócio de computadores, tínhamos as pessoas mais estranhas trabalhando para nós", disse Beranek. Ele apreciava o brilhantismo das pessoas contratadas por Lick, mas raramente se sentia à vontade com elas. Ele lembrava de ter sido convidado para uma festa de Réveillon na casa de um engenheiro de computação por volta de 1965. "Era como ir à casa da Família Addams", disse Beranek. "Eles estavam todos descalços. As mulheres usavam roupas justas. Eu apareci com uma gravata e tive que tirá-la."

Frank Heart foi uma exceção notável. Conservador em seu traje e propenso à cautela em geral, Heart era na época engenheiro de sistemas de computadores no Lincoln Laboratory. Em 1966, a BBN iniciou uma campanha para contratá-lo para o seu projeto de computador hospitalar. Heart tinha a reputação de fazer as coisas acontecerem. Diga a ele que você queria algo construído e seus desejos seriam realidade. Mas Heart também caracterizava-se pela teimosia e não seria fácil tirá-lo do Lincoln Laboratory.

Um autodeclarado "garoto judeu superprotegido de Yonkers", Heart era estudioso e, no ensino médio, um pouco nerd. Frank queria desesperadamente frequentar o MIT, o que representava um problema para seus pais, que possuíam recursos modestos. (Com a Depressão, o pai de Heart conseguiu manter seu emprego como engenheiro na Otis Elevator.) A ideia de enviar seu único filho para uma escola tão distante foi particularmente difícil para a mãe de Frank, que o superprotegia. O MIT o admitiu em 1947, mas com uma bolsa de estudos tão pequena que implicou em dificuldades financeiras contínuas para seus pais.

Seguindo o exemplo de seu pai, que construiu sistemas de controle de elevador, Frank decidiu se tornar um engenheiro elétrico antes de entrar no MIT. Para aliviar a tensão financeira sobre sua família, ele se matriculou em um programa de mestrado de cinco anos, no qual trabalho e escola eram combinados em semestres alternados. Ele trabalhou um verão em uma fábrica da General Electric testando grandes transformadores de potência. "Isso foi algo que uma pessoa quer fazer apenas uma vez", lembrou Heart. Em seu segundo ano, ele optou por se especializar no que se chamava de engenharia de energia — o projeto de sistemas elétricos em larga escala, como usinas, transformadores de edifícios, geradores e motores. Então ele descobriu os computadores. Em 1951, seu último ano de faculdade, o MIT ofereceu seu primeiro curso de programação de computadores, ministrado por um professor visitante chamado Gordon Welchman. Heart se inscreveu. "Foi uma revelação inacreditável para mim que algo como um computador poderia existir", disse Heart. Ele abandonou o programa de estudos e trabalho, uma decisão que chocou muitas pessoas porque era um programa difícil de se entrar. "Recebi todo tipo de cartas desagradáveis do MIT e da General Electric." Mas ele havia contraído o vírus da computação e nunca voltou atrás.

Graças à introdução de Welchman, Heart ficou tão interessado em computadores que obteve seu diploma de bacharel um semestre antes do usual e concluiu seu mestrado enquanto trabalhava como assistente de pesquisa no Projeto Whirlwind. A Whirlwind controlava um sistema de defesa por radar para rastrear aeronaves. Um sistema de radar (Radio Detection and Ranging) mede pulsos eletromagnéticos refletidos de um objeto para fornecer informações sobre sua direção e distância. Os dispositivos de interferência podem destruir os dados de um único radar, mas um grupo de radares pode oferecer segurança se os aparelhos estiverem trabalhando em conjunto com um computador. Whirlwind deu a Heart sua primeira experiência em programação num ambiente de tempo real. Quando o Whirlwind foi transferido para o Lincoln Laboratory, Heart foi transferido com ele. "Foi o tipo de mudança de trabalho mais indolor que se poderia imaginar", disse Heart.

Muitos programas na década de 1950 eram escritos em "linguagem de máquina", as instruções reais na "linguagem natural" do computador. Os comandos tinham que ser especificados em detalhes exaustivos; havia uma correspondência individual entre cada linha do programa e cada instrução para a máquina. Trabalhar em linguagem de máquina pode ser entediante e é difícil encontrar e corrigir erros. Mas isso deu aos programadores um forte senso de identificação com a máquina. A programação de computadores ainda era tão nova que poucas pessoas entendiam seus meandros. Muitos que trabalhavam nas ciências mais tradicionais ignoravam (ou desdenhavam) aqueles que estavam explorando computadores como ciência.

O Lincoln Laboratory estava se mostrando uma incubadora perfeita para o tipo de gênio que a ARPA precisaria se quisesse levar a computação para a era interativa e interconectada. Ele já havia se transformado em um terreno fértil para alguns dos mais importantes trabalhos iniciais em computação e redes. Muitos de seus participantes — entre eles Licklider, Roberts, Heart e outros ainda por vir — desempenhariam papéis cruciais no design e desenvolvimento da rede da ARPA. No início, os programadores de computador do Lincoln Laboratory eram malvistos. Somente físicos e matemáticos com formação impecável eram permitidos na equipe de pesquisa e, como resultado, muitos programadores deixaram o laboratório. Mas Heart derrotou o preconceito, ao começar como um aluno de pós-graduação e programador, tornar-se membro da equipe e, em pouco tempo, passar a gerenciar um grupo.

Heart também desconsiderava as regras. Ele tinha pouca tolerância para nuances profissionais e não levava os títulos muito a sério. Quando um jovem programador chamado Dave Walden veio trabalhar no Lincoln Laboratory, ele foi contratado com o título de assistente técnico. O fato de este não ser um cargo no mesmo nível da equipe foi claramente indicado em suas permissões de segurança. Os títulos eram importantes no Lincoln Laboratory e, entre outras coisas, seu crachá o mantinha fora dos seminários dos funcionários. Ignorando tudo isso, e desrespeitando o protocolo que designava não funcionários ao espaço de trabalho menos desejável, Heart colocou Walden em um escritório com um mentor, um jovem graduado do MIT chamado Will Crowther, um físico que se tornara cientista da computação.

No final dos anos 1950 e início dos anos 1960, Heart, Crowther e outros próximos a eles trabalharam em um projeto inovador após o outro. Com o tempo, Heart e sua equipe no Lincoln Laboratory se tornaram especialistas em conectar uma variedade de dispositivos de medição a computadores através de linhas telefônicas para coleta de informações. Isso, por sua vez, os tornou especialistas na construção de sistemas de computação em tempo real.

Quando um grupo de colegas de Heart saiu para fundar a MITRE Corporation em 1958, Heart permaneceu firmemente atracado no Lincoln Laboratory, em parte porque ele sempre detestou mudanças e em parte porque amava o que estava fazendo. Ele não conseguia imaginar um emprego mais interessante ou um grupo mais talentoso com o qual trabalhar.

No verão de 1965, Heart conheceu Danny Bobrow, que trabalhava em inteligência artificial na BBN. Bobrow sugeriu a Heart que trocasse o Lincoln Laboratory por um emprego na BBN, supervisionando um projeto de introdução de tecnologia de computação em hospitais. Quando Heart recusou, Dick Bolt interveio.

Uma das razões pelas quais os diretores da BBN estavam ansiosos para conquistar Heart era que ele tinha bastante experiência na criação de sistemas que funcionavam com eficiência na vida real. A empresa precisava de alguém assim. Apesar de toda a sua inovação, a BBN não teve muito sucesso ao transformar suas ideias em sistemas funcionais e utilizáveis. "A cultura da BBN na época era fazer coisas interessantes e passar para a próxima coisa interessante", disse um ex-funcionário. Havia mais incentivo para fazer surgir ideias interessantes e explorá-las do que tentar capitalizá-las uma vez desenvolvidas.

Bolt convidou Heart para sua casa. Eles tiveram mais reuniões na BBN e também se encontraram no Howard Johnson local. Heart continuou relutante, mas havia aspectos do trabalho na BBN que o atraíam. Como Licklider, Heart sempre manteve o que descreveu como uma visão de "benfeitor": Heart acreditava que computadores e tecnologia poderiam ajudar a sociedade. Alinhado como era com os militares, o Lincoln Laboratory nunca havia se aventurado muito longe das necessidades da Força Aérea. De fato, o foco restrito do laboratório precipitou a saída de pessoas como Ken Olsen e Wes Clark, que partiram para construir computadores. Heart também estava interessado na aplicação de computadores à medicina, e Bolt informou que ele teria a oportunidade de perseguir esse interesse na BBN. Além disso, um amigo de Heart de Yonkers, Jerry Elkind, estava na BBN, e Heart respeitava Elkind bastante. "Também me ocorreu", admitiu Heart, "que havia uma chance de ganhar algum dinheiro em uma corporação privada."

No final, Bolt o convenceu a aceitar o cargo, mas, quando Heart chegou à BBN, a pesquisa de computadores da empresa estava sendo realizada por duas divisões distintas: ciências da informação e sistemas de computação. Como regra geral, aqueles com Ph.D. trabalhavam na divisão de ciências da informação, ou pesquisa, enquanto aqueles sem Ph.D. trabalhavam na divisão de sistemas de computação. Um membro da divisão de ciências da informação descreveu a divisão de sistemas de computação como consistindo em um grupo de indivíduos com ferros de solda. Em outras palavras, eles só construíam coisas, enquanto os da divisão de pesquisa se consideravam mais preocupados em inventar o futuro. Não houve muita polinização cruzada entre os dois grupos. Eles trabalhavam em prédios separados, divididos por uma passarela estreita e fechada com vidro. Não era exatamente a animosidade que os separava, nem a rivalidade. Cada um estava ciente das limitações do outro, resultando em uma evidente falta de interesse no que acontecia no outro campo. E Frank Heart era absolutamente um cara de sistemas.

Licitação

Quando o pedido de propostas da ARPA para construir o IMP chegou à BBN em agosto de 1968, a empresa teve trinta dias para responder. Jerry Elkind, que agora era o chefe de Heart, estava encarregado das duas divisões de computadores. Ele achava que a BBN deveria participar da licitação e achava que Heart era a melhor pessoa da empresa para gerenciar isso. Desde o fim do projeto de informática do hospital, pouco depois de sua chegada, Heart procurava um projeto de longo prazo para mergulhar. Além disso, Heart provavelmente tinha a maior experiência na construção do tipo de sistema de computador que a ARPA estava buscando. No entanto, quando Elkind sugeriu que ele aceitasse, Heart ficou cauteloso.

Heart podia ser difícil de interpretar a princípio. Alex McKenzie, que trabalhou para Heart por 27 anos, lembrou-se da primeira vez em que encontrou seu novo chefe — do outro lado de um corredor. Heart estava falando em voz alta e aguda para outra pessoa e parecia agitado. "Ele estava gritando mesmo, e eu pensei que tinha alguma coisa errada", recordou McKenzie. "Depois descobri que era só entusiasmo." Alguns anos depois, enquanto estava em um avião com Heart, McKenzie finalmente contou a ele sobre sua impressão inicial. Heart levantou as sobrancelhas. "GRITANDO?!", Heart gritou, sua voz alcançando seu falsete de marca registrada, alto o suficiente para atrair a atenção de todos ao seu redor. "Eu não grito!" Não quando está com raiva. "Quando ele está com raiva, ele fica muito quieto", disse McKenzie.

Reuniões com Heart ocasionalmente envolviam muitos gritos. "E então, no dia seguinte, você descobria que ele ouvira o que você havia dito através de todos os gritos e berros", lembrou outro funcionário de longa data. "Se você estivesse disposto a aguentar os gritos e berros, ele fazia as coisas darem certo, ao contrário da maioria das pessoas que gritam." Heart tinha uma energia prodigiosa, o que dificultava que ele ficasse quieto por mais de alguns minutos. Ele ficava mais relaxado quando estava em casa, trabalhando em sua oficina de carpintaria no porão, onde assobiava longas e complexas peças de música perfeitamente, não percebendo que estava fazendo isso. Quando as coisas estavam tensas ou incertas, ele mordia as unhas ou batucava com os dedos nas mesas.

Heart era intensamente leal às pessoas que trabalhavam para ele, o que as tornava leais a ele. Ele também gostava de educar, não apenas os seus três filhos (ele alegremente assumia muitas tarefas de cuidado infantil que não eram esperadas dos maridos naqueles dias), mas também em relação aos seus funcionários. Ao mesmo tempo, ele levava muitas coisas para o lado pessoal, principalmente quando as pessoas deixavam o grupo para ir trabalhar em outro lugar, mesmo que fosse apenas do outro lado do corredor, em outra divisão.

Um dos maiores pontos fortes de Heart foi garantir que os trabalhos que ele assumia realmente fossem realizados e, ao assumir o trabalho da ARPA, ele estava preocupado com o risco de comprometer a empresa com algo que talvez não fosse capaz de realizar. O projeto estava repleto de incertezas e tecnologia inexplorada. Heart achou difícil avaliar exatamente o que estava envolvido. Não havia tempo para realizar o tipo de planejamento detalhado que ele gostaria de fazer em um projeto de software de sistemas, como estimar o número de linhas de código que seriam necessárias.

A avaliação de riscos é essencial em qualquer empresa de engenharia. Como nenhum projeto tecnológico significativo pode ser totalmente isento de riscos, as probabilidades de sucesso e fracasso de projetos específicos são fatoradas e pesadas. O potencial de problemas se divide em três categorias: o previsto, o imprevisto, mas previsível, e o imprevisível. No último caso, os engenheiros são forçados a tomar decisões com os dedos cruzados. A situação que Heart enfrentava se enquadra amplamente nesta última categoria, uma vez que grande parte do sistema não tinha precedentes nos quais basear as estimativas de risco.

As incertezas do software eram sérias o suficiente, mas existia uma infinidade de outras incógnitas. Por exemplo, quanto tráfego essa rede poderia suportar sem travar? Qual era a chance de a falha de um nó se propagar pela rede? Em novembro de 1965, por exemplo, um retransmissor sobrecarregado causou um efeito cascata que derrubou a rede elétrica de todo o nordeste dos Estados Unidos. Acima de tudo, qual era a probabilidade de a rede funcionar? O envolvimento em um projeto como a rede da ARPA exigia certa fé e isso perturbou Heart.

Elkind estava motivado pela ideia de que a ARPA estava ajudando a fazer o estado da arte da computação avançar para uma nova era e, do ponto de vista comercial, fazia muito sentido lançar a BBN em direção a esse futuro. Elkind reconheceu que as preocupações de Heart eram racionais. "Mas me ocorreu que este era um contrato que tínhamos que realizar e poderíamos fazer tão bem quanto qualquer um", disse Elkind. "Sabíamos como trabalhar com a ARPA e tínhamos conhecimentos de informática tão bons quanto qualquer um por lá."

Elkind sugeriu a Heart que um pequeno grupo da BBN se reunisse para decidir o que fazer com o pedido de propostas da ARPA. Eles concordaram em se reunir informalmente e escolheram a casa de Danny Bobrow em Belmont como o local. A primeira reunião seguiu noite adentro. Quando acabou, Heart tinha sido convertido e a participação da BBN estava praticamente garantida.

Essa era a parte fácil. Daí em diante eles tinham apenas um mês para escrever uma proposta detalhada. Uma das primeiras pessoas a se envolver com a proposta foi Bob Kahn, professor de engenharia elétrica, de licença do MIT, e que trabalhava na divisão de ciências da informação da BBN. No MIT, Kahn fora um matemático aplicado e pesquisou a comunicação e a teoria da informação. A maioria de seus colegas possuía uma combinação de habilidades teóricas e de engenharia aplicada. Um dia, Kahn estava conversando com um colega sênior do MIT sobre os diferentes problemas técnicos nos quais estava interessado e perguntou: "Como você pode saber quando um problema é mais interessante que outro?" "É apenas experiência", o colega de Kahn respondeu. "Como alguém consegue isso?" Kahn perguntou. "Encontre alguém que tenha muita experiência e vá trabalhar com ele." Um lugar óbvio para Kahn adquirir essa experiência era a BBN. Então ele foi.

Por coincidência, em 1967, na mesma época em que Larry Roberts estava em Washington formulando o projeto de rede e seus requisitos, Kahn estava na BBN pensando em redes. Numa coincidência maior ainda, a pedido de Jerry Elkind, ele estava enviando memorandos técnicos não solicitados a Bob Taylor e Roberts.

Quando Roberts disse a Kahn que a ARPA estava planejando financiar uma rede nacional, foi uma revelação agradável para Kahn. Então Elkind disse a ele que um grupo da divisão de sistemas de computadores da BBN estava interessado em fazer uma proposta para a rede da ARPA e sugeriu que Kahn se envolvesse no processo.

Pouco tempo depois, Frank Heart foi até o escritório de Kahn. "Entendo, pelo que Jerry me disse, que você está pensando na área de redes. Podemos conversar sobre isso?"

"Sim, claro", respondeu Kahn. "Quem é você?"

* * *

Em 1968, a BBN tinha mais de seiscentos funcionários. O grupo de Frank Heart ocupava uma fileira de escritórios ao longo de um trecho de corredor de azulejos no Edifício 3. Em um extremo do corredor, havia uma sala de conferências com muitos quadros-negros e lugares para grandes reuniões. Os próprios escritórios eram pequenos e despretensiosos, com mesas feitas de portas às quais as pernas haviam sido presas pela oficina de construção da BBN. Cadeiras de madeira com encosto rígido e cadeiras de diretor com encosto de lona eram os estilos preferidos. Iluminação fluorescente, alguns objetos pessoais, muitas prateleiras e pouca coisa além disso.

Heart gostava de trabalhar com grupos pequenos e bem unidos, compostos por pessoas muito brilhantes. Ele acreditava que a produtividade e o talento individual variavam não por fatores de dois ou três, mas por fatores de dez ou cem. Como Heart tinha o dom de encontrar engenheiros capazes de fazer as coisas acontecerem, os grupos que ele supervisionava no Lincoln Laboratory tendiam a ser extraordinariamente produtivos.

Uma das primeiras pessoas que Heart chamou para ajudar com a proposta do IMP foi Dave Walden, que prontamente saiu do Lincoln Laboratory e foi para a BBN. Embora jovem, com apenas quatro ou cinco anos de experiência em programação, Walden possuía uma experiência bem desenvolvida em sistemas em tempo real — ideal para o trabalho na rede da ARPA. A seguir, Heart contratou Bernie Cosell, um jovem programador que trabalhava na divisão de sistemas de computadores da BBN. Cosell era um depurador de programas[17] por excelência, alguém que podia mexer em um programa de computador que nunca tinha visto antes e em dois dias consertar um problema que não havia sido resolvido por semanas. Heart também recrutou Hawley Rising, um engenheiro elétrico de fala mansa que era um velho amigo dos seus dias de estudante no MIT.

O especialista em hardware de Heart era Severo Ornstein, um ex-aluno do Lincoln Laboratory de trinta e oito anos que trabalhava esporadicamente para Heart. Ornstein era um homem intenso de muitos e diversos interesses. Filho de um pianista virtuoso e compositor proeminente, Ornstein havia frequentado Harvard e flertado brevemente com uma especialização em música antes que seus pais o convencessem a mudar de ideia. Ele finalmente se resolveu pela geologia. Depois de deixar Harvard, Ornstein se interessou por computadores e foi trabalhar no Lincoln Laboratory. Quando seu colega Wes Clark partiu para a Universidade de Washington, em St. Louis, para construir um computador de sua autoria, Ornstein foi com ele. Depois de três anos em St. Louis, Ornstein ansiava por voltar a Cambridge, por isso ligou para Heart, que lhe ofereceu um cargo na BBN.

Quando o pedido de propostas chegou da ARPA, Heart entregou uma cópia a Ornstein e disse: "Por que você não leva esta casa para dar uma olhada e ver o que pensa?" Ornstein voltou ao escritório de Heart no dia seguinte e disse: "Bem, claro, suponho que poderíamos construir isso se você quisesse. Mas não consigo imaginar pra qual finalidade alguém ia querer isso." Apesar disso, Ornstein achou divertido o projeto de construção do IMP, o que sempre foi uma consideração primordial para ele.

Heart tinha uma predileção por julgar as pessoas não pela aparência, maneiras ou opiniões políticas, mas quase puramente pelo quão inteligentes ele acreditava que fossem. Ou, como ele gostava

---

[17] Em inglês "debugger".

de dizer, por quantos neurônios por centímetro cúbico havia em seus cérebros. Se ele decidisse que o número era extraordinariamente alto, Heart provavelmente toleraria muito mais idiossincrasias em um do que em outro cuja substância cinzenta ele pensava ser menos densa. Ao falar, Heart costumava usar jargões de computação em circunstâncias não técnicas. "Isso é no-op", ele poderia dizer à esposa Jane se eles decidissem deixar uma tarde de domingo livre. (No-op, ou nenhuma operação, refere-se a uma linha de código que não realiza nada.) Ou ele pode dizer: "É binário" para um de seus filhos pequenos, o que significa que é uma situação de sim ou não.

O talento de Heart em reunir equipes eficazes de engenharia fez dele um gerente de projeto altamente prestigiado e valioso. Ele procurou pessoas que estivessem comprometidas com uma missão em comum e não com uma agenda pessoal. Ele preferia manter as equipes pequenas para que os membros estivessem sempre conversando com todos os outros. Heart escolhia o tipo de pessoa que assumia responsabilidade pessoal pelo que fazia. E enquanto ele tolerava idiossincrasias, ele evitava os muito egocêntricos, por mais inteligentes que fossem.

Ao reunir a equipe da BBN para a proposta da ARPA, Heart procurou contratar engenheiros com todas as habilidades necessárias para um empreendimento tão ambicioso. Kahn, por exemplo, era o teórico consumado. Ele, mais do que qualquer um na BBN, entendia os problemas associados ao envio de informações por linhas telefônicas e tinha ideias claras sobre os melhores mecanismos de controle de erros. Ornstein era um perfeccionista, e isso se mostrava no hardware que ele construía, enquanto Walden trouxe consigo seu conhecimento de sistemas em tempo real e uma convicta capacidade de trabalhar longas horas. Cosell tinha a habilidade de se aprofundar em softwares complexos e encontrar bugs mais rapidamente do que qualquer outra pessoa na BBN. Por causa disso, Cosell era uma das apólices de seguro humanas da empresa: os projetos seriam trabalhados por equipes, mas todo gerente da BBN sabia que, se seu projeto apresentasse problemas, ele poderia lançar Cosell no trabalho e coisas sobre-humanas aconteceriam. Embora ainda houvesse uma grande quantidade de trabalhos detalhados de design, os membros da equipe tinham os requisitos para entender as questões técnicas mais importantes.

Quando o trabalho começou, Heart já sabia o que estava reservado a eles: quatro semanas trabalhando sem parar. Heart era esperado em casa para jantar todas as noites às seis e meia, e sempre chegava a tempo. Mas depois do jantar, ele desaparecia em seu escritório e não saía de lá até bem depois que sua família já estivesse dormindo.

Uma decisão inicial importante foi qual hardware usar. A confiabilidade era, de longe, a principal preocupação de Heart. Seus quinze anos no Lincoln Laboratory construindo sistemas de antenas e radares para os militares o haviam ensinado a se preocupar com a confiabilidade acima de tudo. Intuitivamente, Heart acreditava que os estudantes de pós-graduação que estariam contatando os IMPs nas instalações da universidade não seriam capazes de tirar as mãos do equipamento. Ele tinha sido estudante e provavelmente tinha feito o mesmo tipo de coisa que temia — ou melhor, que ele tinha certeza — que eles tentariam fazer. Eles iam desmontar a caixa para ver como funcionava.

As escolhas de Heart eram limitadas. A indústria de minicomputadores ainda era relativamente jovem. Seus líderes eram Digital Equipment e Honeywell. Desde o início, a questão da confiabilidade levou Heart a favorecer o novo Honeywell DDP-516, a máquina alojada no pesado gabinete de aço. A Marinha tinha reputação de estabelecer padrões rigorosos de engenharia. E algumas pessoas da BBN conheciam outras da Honeywell que construíam a máquina em uma fábrica não muito longe da localização da BBN em Cambridge. O 516 também ajudou a acalmar o medo de Heart de que estudantes curiosos pudessem derrubar a rede com seus ajustes. Ele poderia descansar sabendo que os IMPs seriam alojados em uma caixa construída para suportar uma guerra. A funcionalidade do sofisticado recurso de I/O2 do computador Honeywell — a velocidade e a eficiência com a qual ele podia se comunicar com dispositivos externos, como modems — também ajudou a impulsioná-lo ao topo da lista. Como o manuseio do tráfego de I/O era a principal função do IMP, uma máquina com uma boa estrutura de I/O era absolutamente essencial.

Pouco tempo depois de escrever a proposta, Dave Walden começou a sentir que poderia estar atuando fora da sua área de expertise. Como o primeiro programador que Heart trouxe para o projeto, Walden pensou muito sobre questões gerais de codificação e fez alguns dos gráficos originais esboçando o fluxo lógico e o cronograma do programa. Walden esboçou o suficiente do programa para perceber que eles estavam empreendendo algo difícil. Ele decidiu que a proposta da ARPA forneceria uma boa desculpa para recrutar Will Crowther, o engenhoso programador para quem Walden havia trabalhado no Lincoln Laboratory, para liderar o esforço de software. Walden não se importava em trazer alguém acima dele. Ele estava confiante o suficiente em seus próprios talentos para afastar preocupações de ordem hierárquica que poderiam preocupar muitas outras pessoas. Os dois haviam trabalhado de perto no Lincoln Laboratory, e Walden estaria mais feliz por estar em um time com Crowther do que em um sem ele. Além disso, Crowther era excepcional.

Ter Crowther na equipe não apenas aumentaria as chances de fazer o software funcionar, mas também tornaria o trabalho mais agradável. Crowther era quieto, fácil de trabalhar e, quando se tratava de escrever código, ele era absolutamente inspirador. Ele também era o grande amigo e companheiro de escalada de Ornstein. Crowther parecia se concentrar melhor enquanto se pendurava nos batentes das portas com as pontas dos dedos, fazendo flexões. E ele era conhecido por seus rabiscos matemáticos. Enquanto outros passavam o tempo em longas reuniões desenhando rabiscos e arabescos, Crowther enchia sua página com um emaranhado de equações diferenciais.

Walden, Heart e Ornstein tinham certeza de que Crowther não estava totalmente feliz no Lincoln Laboratory desde que Heart saíra. Crowther gostava de trabalhar para Heart e havia se acostumado a ver as coisas sendo efetivamente feitas sob o comando de Heart. Depois que Heart saiu, muitas pessoas que trabalhavam para ele ficaram menos produtivas. Ornstein ligou para Crowther e disse: "Willy, você deveria vir à BBN", e Crowther concordou prontamente.

Com Crowther, a BBN ganhou uma adição inestimável. Ele se especializou em produzir trechos de código complexos e bem escritos, exatamente o que era exigido no IMP. De fato, escrever pequenos pedaços de código intrincados era um dos maiores prazeres de Crowther na vida. Seu código estava entre os mais enxutos que seus colegas já haviam visto. Como os IMPs deveriam ser conectados às linhas telefônicas, com dados entrando e saindo constantemente, a ideia era fazer com que um pacote de dados chegasse a um IMP, fosse processado e imediatamente encaminhado ou colocado em uma fila para aguardar sua vez — tudo em um piscar de olhos. Cada instrução levava um ou dois milionésimos de segundo (microssegundos) para executar. Como cada instrução desnecessária consumia um ou dois microssegundos extras, cada pequena tarefa ou parte do código do software tinha que ser escrita com intensa frugalidade, usando o menor número possível de instruções.

Central para o design da rede era a ideia de que a sub-rede dos IMPs deveria operar de forma invisível. Assim, por exemplo, se alguém sentado em um computador host na UCLA quiser fazer login em um computador na Universidade de Utah, a conexão deve parecer direta. O usuário não deve precisar se preocupar com o fato de uma sub-rede sequer existir. O efeito seria semelhante à discagem direta no sistema telefônico, que liberou os chamadores do incômodo de ter que esperar que um operador fizesse suas conexões. Como o labirinto de equipamentos de comutação automatizados de uma companhia telefônica, os IMPs deveriam ser "transparentes" para o usuário. Como Roberts descreveu na chamada de propostas, "Cada host de transmissão examina a rede através do IMP adjacente e se vê conectado ao host de recebimento".

Para alcançar essa transparência, a rede teria que ser rápida, livre de congestionamentos e extremamente confiável. Esses eram requisitos relativamente diretos que Roberts havia redigido no pedido de propostas, mas ninguém esperava que seria fácil cumpri-los.

No entanto, uma das primeiras coisas que a equipe de software da BBN descobriu foi que eles podiam fazer com que o código processasse dez vezes o número de pacotes por segundo exigido por Roberts. Antes de fazer qualquer outra coisa, Crowther e Walden escreveram o código para o loop interno — o coração do programa — e contaram o número de instruções. Roberts teria se contentado com um loop interno de 1.500 instruções; Crowther e Walden usaram 150. A partir disso, os dois programadores calcularam com que rapidez o IMP poderia processar cada pacote. Com essas informações, eles foram capazes de prever quantos pacotes poderiam ser movidos por segundo. "Na verdade, nos sentamos e escrevemos as cento e cinquenta linhas de código, contamos e aí a gente sabia", disse Crowther. Eles descobriram o núcleo.

"Assumimos a posição de que será difícil fazer o sistema funcionar", escreveu a BBN em sua proposta. Dessa maneira cautelosa, a equipe da BBN tornou Roberts ciente de que não considerava de sucesso garantido esta tarefa sem precedentes em sua complexidade, revolucionária no seu conceito e cheia de detalhes técnicos de viabilidade incerta. No entanto, a proposta prosseguia, demonstrando que a BBN parecia ter o problema resolvido.

Quando a proposta foi concluída, ela preencheu duzentas páginas e custou à BBN mais de cem mil dólares, o máximo que a empresa já havia gastado em um projeto tão arriscado. A equipe da BBN havia coberto tanto do design dos IMPs que uma grande fração de todo o sistema já estava claramente definida. A proposta finalizada da BBN era mais um projeto do que um esboço. Seus engenheiros projetaram programas de teste e verificações regulares de desempenho para os IMPs e a rede. Eles descreveram como a rede lidaria com o congestionamento nos buffers (áreas de armazenamento nas máquinas que serviam como áreas de espera e áreas de preparação para o fluxo de pacotes dentro e fora da rede) e como se recuperaria de falhas na linha e no computador. Eles forneceram à ARPA fluxogramas descrevendo como o software IMP lidaria com problemas difíceis como o tempo e a atualização contínua das tabelas de roteamento. Criaram cálculos detalhados, equações e tabelas que cobriam, entre outras coisas, atrasos de transmissão e enfileiramento de pacotes. Estava tudo lá para Roberts ver.

A equipe da BBN apresentou sua proposta em 6 de setembro de 1968, relativamente certa de que ninguém mais havia preparado uma oferta tão detalhada quanto a deles. Anos depois, quando perguntaram às pessoas que trabalharam na proposta da BBN quanto tempo levou para montar o documento, algumas delas disseram que, honestamente, achavam que tinha demorado uns seis meses.

A equipe de Heart obviamente fez uma quantidade impressionante de trabalho extra, resolvendo alguns problemas que Larry Roberts não esperava que fossem resolvidos. A BBN possuía outra vantagem: seu tamanho relativamente pequeno. Roberts não queria lidar com muita burocracia, e as outras propostas estavam repletas disso. A equipe que a Raytheon estava desenvolvendo, por exemplo, abrangia cinco camadas de gerenciamento. Roberts percebeu que apenas encontrar a pessoa certa com quem conversar sobre o menor problema poderia exigir uma dúzia de telefonemas. A equipe da BBN, por outro lado, tinha uma hierarquia muito simples. Todos se reportavam a Heart, que distribuía as tarefas e verificava se estavam concluídas. Heart tinha um chefe, mas esse chefe parecia dar liberdade suficiente para que Heart tocasse o projeto do seu jeito.

O primeiro sinal de que a oferta da BBN estava sendo levada a sério veio quando Roberts convocou uma reunião para revisar partes da proposta. Heart, Crowther, Kahn e Ornstein, empolgados, tomaram o trem para Washington. (Heart tentou, sem sucesso, convencer Crowther a usar sapatos e não tênis.) Durante a reunião, eles defenderam e expandiram sua proposta. Roberts testou, sondou e cutucou os engenheiros para ver se eles realmente haviam pensado de forma profunda e completa sobre o sistema. E suas perguntas continuaram por algumas semanas. De alguma forma, acho que o questionamento contínuo de Larry nos fez pensar nos problemas e continuar preenchendo os detalhes do projeto de forma subliminar", lembrou Ornstein. "Mas acho que o mais importante foi que levamos isso mais a sério do que os outros candidatos. Fizemos do design o nosso problema e fizemos o possível para encontrar soluções em que acreditávamos sem nos comprometermos muito com as especificações que outras pessoas colocaram."

Mas, na maior parte do tempo, tudo o que eles podiam fazer era esperar. Se Roberts tinha uma proposta favorita, ele não estava deixando ninguém saber. Podia levar meses até que eles ouvissem algo definitivo. No meio do outono, todos voltaram ao que estavam fazendo antes da maratona da proposta. O tempo desacelerou novamente. Crowther foi explorar cavernas, o que, ao lado de escalar rochas e escrever código, era sua paixão. Heart chegava em casa na hora do jantar e não voltava ao trabalho. Kahn era o único que, por força do hábito, trabalhava rotineiramente até altas horas da noite. Todo mundo estava ansioso. "Pessoalmente, eu passei da certeza de que nossa proposta não poderia ser derrotada", disse Ornstein, "para uma crença de que não havia como vencermos, dado o tamanho da BBN em comparação com os outros concorrentes."

Durante todo o processo de avaliação, à medida que a competição pelo IMP diminuía, a equipe da BBN ouviu rumores através da ARPA, embora nunca do próprio Roberts, que permaneceu enigmático. Naturalmente, eles fizeram muitas suposições. Em seus momentos mais pessimistas, os engenheiros da BBN estavam inclinados a acreditar que, como Roberts conhecia muitos deles do Lincoln Laboratory, poderia ser difícil, incômodo ou impossível para ele conceder o contrato à BBN. No entanto, a ARPA fez exatamente isso.

Quando as notícias chegaram ao escritório de Edward Kennedy, senador de Massachusetts, pouco antes do Natal, de que um contrato da ARPA de um milhão de dólares havia sido concedido a alguns garotos locais, Kennedy enviou um telegrama agradecendo à BBN por seus esforços ecumênicos e parabenizando a empresa por seu contrato para construir o "interfaith message processor" ("processador de mensagens interreligiosas").

De cabeça nos bits

O dia de ano novo de 1969 foi a última vez em que o grupo de Frank Heart pôde descansar por um algum tempo. Na semana seguinte, começou oficialmente o contrato de construção dos primeiros IMPs (processadores de interface de mensagens).Por pouco mais de 1 milhão de dólares, a BBN construiria quatro IMPs; o primeiro tinha que estar pronto na UCLA no Dia do Trabalho, seguido por mais um em cada um dos meses até dezembro. Em doze meses, a rede deveria estar em funcionamento, com quatro instalações on-line. A equipe da BBN já havia trabalhado bastante na geração da proposta. Agora, olhando para o futuro, eles viam pelo menos mais oito meses de noites viradas e trabalhos intensivos de engenharia de sistemas. Ainda havia muitos desafios desconhecidos, um ponto fortemente enfatizado pela BBN em sua proposta. Além disso, todos os membros da equipe de Heart tinham ideias diferentes sobre o quão difícil seria a construção dos IMPs.

Heart encontrou muitos céticos — principalmente os da companhia telefônica e os acadêmicos — que não acreditavam que uma rede de comutação de pacotes funcionaria. Construir o hardware não era realmente a parte mais difícil, eles argumentavam; ao contrário, fazer tudo funcionar em conjunto — a parte dos sistemas

— era o problema. Alguns dos envolvidos comentavam que mesmo se você pudesse integrar todo o hardware e software e demonstrar a viabilidade de uma rede de computadores, ainda assim não haveria lucro para uma empresa como a AT&T ou IBM. Não havia modelo de negócios. Quem, exceto alguns burocratas do governo ou cientistas da computação, usaria uma rede de computadores? Não era como se a computação tivesse um mercado de massa, como as redes de televisão ou a companhia telefônica.

Durante as semanas antes de vencer a licitação, a maior dúvida da BBN era se a ARPA confiaria o trabalho a uma empresa tão pequena. Os membros da equipe da BBN sabiam muita coisa dependia deles agora. Se os IMPs não funcionassem, a rede e a comutação de pacotes cairiam no limbo dos experimentos fracassados. Algumas pessoas — principalmente os concorrentes — expressaram espanto pela pequena BBN ter vencido a concorrência. "Esse tipo de trabalho de sistemas grandes simplesmente não parecia estar na alçada da BBN", disse um competidor.

De um modo geral, Heart ignorou os críticos, embora ocasionalmente também se preocupasse com os desafios técnicos que se avizinhavam. Para ser eficaz, uma rede de dados teria que enviar pacotes de maneira confiável, apesar dos erros inevitavelmente introduzidos durante a transmissão pelas linhas telefônicas comuns. Os ouvidos humanos toleram o ruído da linha telefônica, que geralmente é quase inaudível, mas os computadores que recebiam dados eram muito exigentes quanto a ruído, e o menor chiado ou estalo podia destruir pequenas frações de dados ou instruções. Os IMPs teriam que ser capazes de compensar essa dificuldade.

Além disso, havia interrupções no circuito a serem antecipadas, especialmente se o experimento de quatro nós se expandisse de costa a costa conforme a ARPA previa. Um mau tempo em algum lugar, uma tempestade no Meio-Oeste ou uma nevasca na Nova Inglaterra interromperia o serviço em uma linha telefônica de longa distância que transportava dados de rede. Breves interrupções no serviço não poderiam ser evitadas e teriam que ser tratadas pelos IMPs. Além disso, mesmo nas melhores condições, havia uma matriz muito complicada de problemas de roteamento a ser resolvida. A equipe de Heart precisava impedir que as mensagens circulassem infinitamente na rede, saltando de nó em nó sem nunca chegar ao seu destino final. Finalmente, a equipe tinha que considerar a possibilidade de obstruções nos buffers de memória. As mensagens poderiam ter no máximo 8.000 bits; os IMPs deveriam dividir essas mensagens em uma sequência de pacotes com um tamanho máximo de 1.000 bits cada. Um pacote conteria o equivalente a cerca de duas linhas de texto nesta página.

O sistema tinha que entregar pacotes e mensagens dentro do tempo especificado por Roberts — meio segundo para uma mensagem passar de qualquer host de origem para qualquer host de destino através da sub-rede IMP. Isso implicaria em um processamento de dados em velocidade da ordem de cem mensagens por segundo, o que certamente era possível, embora sincronizar tudo fosse difícil.

Como se os desafios técnicos não fossem suficientes, o cronograma do projeto de rede da ARPA estava em ritmo acelerado; os prazos estabelecidos por Roberts estavam atrelados ao ciclo orçamentário e às realidades políticas que ele enfrentava em Washington. Oito meses não eram suficientes para alguém construir a rede perfeita. Todo mundo sabia disso. Mas o trabalho da BBN era mais limitado que isso; era para demonstrar que o conceito de rede poderia funcionar. Heart era experiente o suficiente para saber que eram necessários sacrifícios para que qualquer coisa ambiciosa fosse feita a tempo. Ainda assim, a tensão entre o perfeccionismo de Heart e seu desejo de cumprir prazos sempre o acompanhava, e às vezes era aparente para os outros como uma contradição explícita e não resolvida.

A BBN enfrentou inúmeros outros problemas que empurraram outros concorrentes, existentes e potenciais, para fora da disputa. Agora todos esses problemas pertenciam a Frank Heart.

Começando

"Uma coisa é conectar uma tomada na parede e elétrons fluírem", disse Bob Kahn. "Algo bem diferente é quando você precisa descobrir, para cada elétron, em que direção ele vai." Para Kahn, isso resumia a dificuldade de construir uma rede que trocasse pacotes de bits dinamicamente. Kahn sabia muito pouco sobre design de hardware. Ele era um cientista que fazia principalmente trabalho conceitual em projetos e arquitetura de sistemas. Como ele ponderava os aspectos conceituais mais amplos do problema, talvez um pouco mais profundamente do que seus colegas, ele se preocupou mais com a complexidade da construção da rede. Para Kahn, a rede era mais uma abstração, aperfeiçoável e completa, do que para os outros membros da equipe, envolvidos como estavam na programação e na ligação de suas muitas partes.

O conceito de comutação de pacotes abriu um universo rico, no qual um engenheiro teoricamente orientado e treinado como Kahn poderia examinar uma ampla gama de cenários hipotéticos. As análises de Kahn já haviam ajudado a moldar o projeto de rede da ARPA. Kahn havia contribuído livremente com ideias para Larry Roberts, instando-o a iniciar o experimento de redes em larga escala usando linhas telefônicas de longa distância. Outras pessoas disseram que um experimento em pequena escala seria bom para começar, mas Kahn temia que nada significativo pudesse ser aprendido em um pequeno experimento. Roberts concordou e aprovou uma rede transcontinental de pelo menos dezenove nós.

Certamente era possível criar um experimento de rede em um único laboratório. A essa altura, Donald Davies havia finalmente recebido o aval e algum financiamento para fazer exatamente isso no Laboratório Nacional de Física de Londres, usando linhas curtas, cada uma com centenas de metros no máximo. Kahn tinha certeza de que um experimento de rede pequena não seria suficiente para atingir escala, pelo menos não em termos práticos. Ele argumentou que links curtos em um laboratório não teriam as mesmas taxas de erro e problemas do mundo real enfrentados pelas linhas longas usadas no sistema telefônico. O objetivo real era conectar cientistas da computação e, eventualmente, outros usuários de computadores, em vários países. Portanto, uma rede real teria que percorrer milhares de quilômetros e teria que ser projetada para lidar com pacotes — e corrigir erros de linha telefônica — a uma taxa muito maior do que qualquer rede pequena.

Roberts parecia confiar no julgamento de Kahn. Antes que o pedido de propostas chegasse às ruas e a BBN se tornasse uma licitante, os dois homens conversavam ocasionalmente. Depois que Kahn se ofereceu para contribuir na elaboração da proposta da BBN, ele trabalhou até o amanhecer, noite após noite, ocasionalmente na sala de estar de Severo Ornstein, ajudando a projetar o sistema para a proposta da BBN. O trabalho valeu a pena, a BBN venceu o contrato e Kahn já havia decidido retornar ao seu próprio trabalho de pesquisa depois do Natal.

Mas, após a passagem do dia de ano novo, Kahn começou a ter dúvidas. Os problemas técnicos eram complicados. Talvez ele devesse ficar para a implementação. Não custava nada. Além disso, Kahn estava ansioso para aprender mais sobre a parte de hardware com Ornstein. E ir para a empreitada de Heart era a única maneira de Kahn continuar sua própria pesquisa em rede, ou pelo menos foi isso que as pessoas que dirigiam a BBN o levaram a acreditar.

Jerry Elkind, o homem a quem tanto Heart quanto Kahn reportavam, pediu a Kahn que se juntasse ao grupo IMP porque Heart agora tinha o único contrato na BBN dedicado especificamente ao networking. Embora tenha continuado a se reportar a Elkind, Kahn entrou para a equipe de Heart. Logo ele se viu ocupando seu escritório e atravessando a passarela da BBN que ligava o "paraíso acadêmico" de Bolt ao armazém reformado, onde o grupo de jovens que se autodenominava os "Caras do IMP" já estava dando duro. (E eles eram todos "caras" mesmo. De acordo com os costumes da época, com exceção da secretária de Heart, as pessoas que projetaram e construíram a rede da ARPA eram todos homens. Poucas mulheres ocupavam cargos em ciência da computação.

A esposa de Heart, Jane, havia desistido do seu trabalho de programação no Lincoln Laboratory para criar seus três filhos.)

A equipe que Heart reuniu sabia como fazer as coisas funcionarem, talvez não perfeitamente, mas o suficiente. Eles eram engenheiros e pragmáticos. Durante toda a vida eles construíram coisas, conectaram fios e transformaram conceitos em realidade. Sua visão de mundo era utilitária. No fundo, toda a engenharia se resume a equilibrar o perfeito e o exequível.

A funcionalidade era o que mais importava agora, não elegância ou beleza. Ao contrário, digamos, dos melhores relojoeiros suíços, cuja engenharia e arte são inseparáveis em um relógio de 40 mil dólares, a equipe de Heart separou a parte artística da parte do ofício de construir um computador confiável. Olhando para os bits, engenheiros mais imaturos, com egos maiores podem tentar se exibir, injetando arte no mecanismo, para criar alguma maravilha da engenharia, incrustada de ouro e de complexidade. Mas a força interior da equipe de Heart era sua restrição, sua maturidade. Este não era um lugar para arte autoral. "Havia uma infinidade de maneiras de dar errado, e um número substancial de maneiras de dar certo", disse Walden, o primeiro programador que Heart contratou. "Bons engenheiros encontram uma das maneiras de dar certo."

Os sistemas de radar em tempo real, os sistemas de detecção sísmica de testes de bombas atômicas e terremotos e os outros sistemas em que Heart, Ornstein, Crowther e Walden haviam trabalhado no Lincoln Laboratory eram mais complicados do que o IMP. Anos depois, algumas pessoas diriam que o IMP não passava de um grande dispositivo de I/O e, na verdade, era muito simples. Para o usuário, o IMP deveria ser tão simples quanto uma tomada elétrica ou um interruptor de parede que faz seu trabalho sem chamar a atenção para si mesmo. Por outro lado, construir o IMP para ter um desempenho tão discreto quanto um soquete ou interruptor doméstico era precisamente o desafio.

A equipe de software trabalhava em conjunto desde a aprovação da proposta que ganhou a concorrência. Cada membro teve um papel específico. Crowther trabalhou nas comunicações IMP para

IMP, Walden concentrou-se nas questões IMP-para-host, enquanto Cosell trabalhou nas ferramentas de desenvolvimento e debugging.

Willy Crowther, 32 anos, quieto, mas opinativo, era a alma da equipe. Nas primeiras semanas de 1969, Crowther se pendurou muito nos batentes das portas dos escritórios. Todos ao seu redor apenas aceitaram o comportamento como o modo de Willy se aquecer. Isso ajudava a fortalecer suas mãos para escalar rochas e parecia ajudar ainda mais seu pensamento. O estilo de Crowther, reconhecido pelo resto da equipe, era parecer que ele não fazia nada por dias, ou que só fazia flexões nas portas, antes de finalmente liberar em uma torrente o que estava se formando em sua mente.

Se Crowther e seus colegas estavam confiantes em relação à programação e ao design de software, Ornstein estava igualmente confiante em direcionar o esforço de hardware. Ele foi responsável por projetar dispositivos de I/O de alta velocidade que a BBN planejava adicionar ao Honeywell 516. O esforço considerável que ele havia investido na elaboração da proposta foi um tempo bem gasto. Depois de fazer apenas mais alguns refinamentos e retoques finais, a equipe estava pronta para avançar para as fases de construção e programação de hardware do projeto. A primeira tarefa de Ornstein foi levar o design do hardware a um ponto em que ele poderia ir para a Honeywell com um conjunto de modificações detalhadas do 516. Depois disso, a Honeywell começaria a criar os dispositivos de I/O especializados de que o IMP precisava para se comunicar com os hosts e outros IMPs.

A equipe do IMP precisou decidir quais operações de rede seriam tratadas pelo software IMP e quais seriam conectadas ou integradas ao hardware do IMP. Tarefas simples que precisavam acontecer rapidamente eram mais bem tratadas pelo hardware. Porém, uma vez projetado e construído, um equipamento era mais difícil de modificar do que qualquer software. Então, como regra geral, os Caras do IMP optavam pelas soluções de software. Se algo pudesse ser feito com rapidez suficiente no software, eles o faziam lá, projetando o sistema de forma que pudessem ter mais liberdade para revisões posteriores.

Em fevereiro, a BBN havia firmado seu contrato com a Honeywell para a compra dos DDP-516s. Em alguns dias, a Honeywell entregou e instalou o primeiro computador 516 em uma sala na frente do complexo da BBN em Moulton Street. Esta máquina não era a versão modificada de nível militar encomendada, mas uma básica, simples, uma 516 pronta para uso. Era uma versão para testes, uma máquina de "desenvolvimento", com a qual os programadores poderiam experimentar enquanto trabalhavam. Programadores geralmente não estão muito dispostos a, ou não são capazes de, escrever códigos de programação para um computador específico até que o hardware no qual esses códigos serão executados esteja acessível. Ornstein acabara de iniciar o processo de elaboração dos detalhes finais das interfaces de I/O especializadas e poderia demorar semanas até a Honeywell disponibilizar essas interfaces para realizar experimentos.

Como praticamente todos os computadores da época, a máquina da Honeywell não tinha discos — nada de disco rígido ou disquetes (que ainda não haviam sido inventados). Tinha uma memória central — uma matriz densa de fios de cobre finos como cabelos e anéis de ferrita magnetizados, ou núcleos, cada um do tamanho de uma semente de mostarda. O tamanho total da memória solicitada (12k) era minúsculo para os padrões de hoje. A quantidade de memória em um computador de mesa dos anos 90, se fosse feito de núcleos de ferrita, ocuparia uma área aproximadamente do tamanho de um campo de futebol.

Uma vantagem interessante da memória central é sua natureza não volátil. Se você desligasse a máquina no meio de um trabalho, ela voltaria ao ponto em que havia parado quando religada. A equipe de Heart também criou um recurso de reinicialização automática: se a energia falhasse, a máquina deveria parar e reiniciar automaticamente quando a energia retornasse. Com a memória principal, a máquina reiniciaria no início do programa assim que a energia fosse restaurada. A única vez em que um programa tinha que ser recarregado era quando uma nova versão era lançada ou quando alguma falha de hardware ou software fazia com que a memória fosse substituída. Nesses casos, o programa IMP seria recarregado de um leitor de fita de papel, um dispositivo eletromecânico esquisito que brilhava com a luz de uma lâmpada incandescente através de uma fita de papel que era puxada por uma linha de fotocélulas. O IMP tinha outras medidas de autossuficiência, uma das quais era chamada de temporizador "vigilante." "Se o programa ficasse maluco", explicou Heart, um pequeno cronômetro na máquina chegaria a zero (mas um programa saudável a reiniciaria continuamente). Se o cronômetro atingisse zero e parasse, presumia-se que o IMP tinha um programa defeituoso. Ele então acionava um relé para ligar o leitor de fita de papel, aguardava um pouco para aquecer e recarregava o programa. A BBN enviava a cada máquina uma cópia de uma fita que continha três cópias de todo o programa operacional do IMP em sequência, dando a cada IMP a chance de realizar três recargas automáticas antes que alguém precisasse retroceder a fita. Mais tarde, a BBN inventaria um esquema ainda mais engenhoso para recarregar os IMPs dos IMPs vizinhos mais próximos e começar do zero. Todas essas eram funcionalidades incomuns na época.

Os Caras do IMP começaram a escrever o código e, quando terminassem, teriam cerca de seis mil palavras. "Um programa bem pequeno", disse Heart. Eles fizeram toda a programação na linguagem "assembly" do Honeywell 516.

Computadores são mecanismos que seguem instruções. A programação em linguagem assembly exige que você pense em um grande número de etapas minuciosas e depois redija as instruções para executá-las. Por exemplo, digamos que você queira encontrar o elevador. Um conjunto equivalente de instruções em um idioma de alto nível pode ser algo assim: "Saia pela porta, vire à direita, passe pela fonte de água e ele estará à sua esquerda."

O equivalente na linguagem assembly começaria mais ou menos assim: "Encontre seu pé esquerdo; encontre seu pé direito. Coloque o pé esquerdo na frente do pé direito. Agora coloque o pé direito na frente do pé esquerdo. Repita isso dez vezes. Pare. Vire noventa graus para a direita", e por aí vai.

Programar em linguagem assembly significava insistir incessantemente em lidar com o mecanismo. Era fácil para os programadores perderem de vista o objetivo maior e era difícil escrever programas econômicos e curtos. Programadores não especializados acabavam escrevendo programas em linguagem assembly que vagavam sem rumo, como uma infeliz expedição ao Ártico em uma nevasca.

Crowther conseguiu manter as etapas detalhadas da programação em linguagem assembly em sua cabeça sem se perder. Mas ele estava sempre desenhando grandes fluxogramas para enxergar o cenário completo. Um colega comparou o processo a projetar uma cidade inteira, mantendo o controle da fiação de cada lâmpada e do encanamento de todos os banheiros. Às vezes, porém, Crowther evitava os fluxogramas e os fazia em sua cabeça. Enquanto outros lutavam para aplicar as ferramentas de programação rudimentares da época, Crowther operava em um plano superior.

A criação do software IMP começou nos escritórios dos membros da equipe de programação, onde cada um digitava o código em um teletipo modelo 33, em um "editor" do PDP-1. Depois que o código era criado no PDP-1, ele era transferido em fita de papel para o computador Honeywell, onde era convertido para a linguagem de máquina da Honeywell, uma tarefa realizada por um programa conhecido como "assembler" (montador), que convertia o código nos 1s e 0s que o 516 podia entender. O código montado era então digitado na fita de papel.Por um tempo, os programadores tentaram usar o assembler que acompanhava o Honeywell 516, mas foi tão ineficiente que logo o abandonaram: Walden e Cosell passaram quatorze horas em um fim de semana em uma montagem do código do sistema IMP, usando quase uma caixa inteira, quase um quilômetro, de fita de papel.

Pouco tempo depois, Cosell escreveu um código para modificar o assembler muito melhor no computador com compartilhamento de tempo PDP-1 da BBN que ficava no final do corredor. Isso possibilitou ao PDP-1 produzir fitas em linguagem de máquina para o Honeywell 516. A partir de então, a equipe escreveu partes do código IMP, editou e montou essas partes no sistema de compartilhamento de tempo PDP-1. Uma vez satisfeito com o processo de montagem, o programador instruiria o PDP-1 a inserir o código montado em uma fita de papel e depois a transportaria de volta ao laboratório onde o 516 estava. Ele carregava a fita no 516, executava e esperava para ver o que acontecia. Normalmente, haveria alguns erros e, portanto, o processo seria repetido. Naturalmente, quando um dos programadores via algo interessante ou peculiar acontecer enquanto um novo código era executado no 516, os membros da equipe se agrupavam em volta do Honeywell conversando sobre o problema.

A maioria dos Caras do IMP morava perto de Cambridge, e era fácil para eles entrar e sair do laboratório a qualquer hora. O restaurante chinês do chef Joyce Chen ficava ao lado da BBN e isso ajudava quando trabalhavam até tarde, como costumavam fazer. Cosell e Walden bebiam muita Coca-Cola para continuar; Crowther, nunca. Ele era notoriamente chato com comida (qualquer coisa mais sofisticada do que um sanduíche simples de mortadela era um risco), tornando-o um péssimo convidado ou companheiro de jantar.

* * *

No início do projeto, a BBN foi solicitada a fazer um briefing para um grupo de alto nível da ARPA e dos militares no Pentágono. Crowther estava entre os que planejavam fazer a viagem em nome dos Caras do IMP. Heart ficou nervoso só de pensar no que Crowther poderia vestir no briefing. As pessoas certamente notariam seus pés, pensou Heart. A única vez em que alguém se lembrava de Crowther de sapatos foi no dia em que se casou. Heart foi a Ornstein e pediu que ele dissesse a Crowther para não usar tênis no Pentágono. Ornstein falou com ele. "Willy, Frank disse que você não deve usar tênis para esta reunião." Houve um longo silêncio no outro extremo da linha. E então a voz calma de Crowther. "Diga a Frank que eles viram meus tênis nas reuniões do JSAC [Comitê Consultivo para Serviços Conjuntos] antes, então vai ficar tudo bem."

Crowther e Ornstein estavam entre os funcionários mais dedicados de Heart. Mas eles adoravam enganar o chefe quando a oportunidade aparecia. "Frank levava as coisas muito, muito a sério", observou Ornstein.

Ornstein era um ferrenho opositor da Guerra do Vietnã. Em 1969, muitas pessoas que nunca questionaram seu próprio envolvimento em projetos de pesquisa patrocinados pelo Pentágono começaram a nutrir sérias dúvidas. Ornstein passou a usar um broche de lapela que dizia RESIST. O broche também exibia o símbolo Ω, de resistência elétrica, um símbolo antiguerra popular entre engenheiros elétricos. Um dia, antes de um briefing do Pentágono, Ornstein concebeu um novo uso para seu broche. Em reuniões no Pentágono, não era incomum os homens ao redor da mesa tirarem as jaquetas e arregaçarem as mangas da camisa. Ornstein disse a Heart que ele colocaria seu broche RESIST na jaqueta de um general quando ninguém estivesse olhando. "Acho que Frank ficou realmente preocupado", disse Ornstein. (Ornstein não fez isso, mas usou o broche na reunião.)

Quando os Caras do IMP expuseram seus planos em Washington, ficou claro que a rede da ARPA seria um híbrido das ideias originais de Baran e Davies. A rede da ARPA usaria um esquema de roteamento adaptável que os Caras do IMP haviam desenvolvido por conta própria, mas que era semelhante à ideia básica que Baran havia esboçado. No entanto, ao contrário da rede teórica de Baran, a rede da ARPA não teria o mesmo nível de redundância ou número de links para cada nó. Os nós no esquema da BBN eram normalmente vinculados a dois nós vizinhos, ocasionalmente a um ou a três. Do jeito que estava, apenas dois links com falha poderiam dividir ou particionar a rede em segmentos isolados. Paul Baran havia dito que uma rede com uma infinidade de links redundantes poderia ser construída com partes baratas; se uma peça funcionasse mal, haveria outras para cobrir. O baixo nível de redundância na rede da ARPA estava mais próximo do plano de Davies. A abordagem de Heart foi tornar cada parte da rede mais robusta e confiável dentro do possível.

Durante o período da proposta, Crowther e Walden já haviam realizado um trabalho crucial, com resultados excepcionais.

Primeiro, eles encontraram uma maneira de fazer o roteamento adaptável funcionar com eficiência. Eles também descobriram que podiam fazer o sistema funcionar muito mais rápido do que se imaginava. Observadores disseram que seu código não funcionaria; Crowther e Walden sabiam que funcionaria. Ao escreverem o "núcleo" de seu programa ("a parte muito pequena que é a única coisa que importa", como Crowther colocou), eles descobriram como poucos comandos seriam realmente necessários em um programa de software para trazer os pacotes para o IMP, descobrir para onde enviá-los e impulsioná-los para seu caminho.

Crowther e Walden elaboraram rapidamente os algoritmos críticos — as regras básicas para resolver os problemas de roteamento e processamento de pacotes. Isso os levou à determinação de que seriam necessárias apenas 150 linhas de código para processar um pacote por meio de um dos IMPs. Mas sem uma máquina real para testes, a execução do código teria que esperar. No entanto, eles tinham a sensação de que o IMP funcionaria.

Uma tarefa importante com a qual Heart se preocupava, mas não precisava lidar, era o subcontrato com a AT&T. Era responsabilidade de Larry Roberts estruturar as linhas de 50 kilobits (capazes de transmitir cerca de duas páginas de texto por segundo) em cada host até a data em que os IMPs estivessem prontos. Roberts transferiu o trabalho para outra agência do Pentágono, agora trabalhando com a AT&T nos termos da instalação e de concessão das linhas, modems e outros equipamentos de comunicação necessários para formar links na rede. A conexão física dos IMPs com a central telefônica local seria feita por fio telefônico normal — dois pares trançados de fios de cobre enrolados em um cabo contendo cerca de mil outros pares trançados — com equipamento de terminação especial em cada extremidade para suportar as altas taxas de dados. As linhas dedicadas e outros equipamentos deveriam estar funcionando nas instalações da Califórnia quando os primeiros IMPs chegassem, no outono. Heart sabia que a companhia telefônica teria que se apressar para cumprir suas obrigações e ficou feliz por saber que garantir a cooperação da AT&T não era problema dele.

Roberts era uma força distante, mas persistente, vital para o projeto. Seu estilo era ficar fora do caminho dos principais pesquisadores a maior parte do tempo. Sempre que ele participava em um projeto, nunca fazia ninguém perder tempo. Ele sempre expunha seu argumento e seguia em frente. As pessoas na crescente comunidade de computadores passaram a ter Roberts em alto conceito.

Foi uma boa época para se gerenciar o IPTO (Gabinete de Técnicas de Processamento de Informações) da ARPA. Com Taylor e Roberts lá, o orçamento para a pesquisa em computação continuou crescendo, mesmo com o restante dos fundos da ARPA sendo cortados devido ao aumento do custo da Guerra do Vietnã. Os gerentes da IPTO poderiam gastar dinheiro em prioridades de sua própria escolha. E poderiam facilmente rescindir o financiamento se não recebessem o tipo de cooperação que desejavam dos contratados.

Dar ampla autoridade a pessoas como Roberts era típico do estilo de gestão da ARPA, que remonta aos seus primeiros dias. Esse estilo estava enraizado em uma profunda confiança em cientistas e engenheiros da linha de frente. Em seu leito de morte em 1969, Dwight Eisenhower perguntou a um amigo sobre "meus cientistas" e disse que eles eram "um dos poucos grupos que encontrei em Washington que pareciam estar lá para ajudar o país e não a si mesmos". De fato, muitos dos melhores cientistas do país, Roberts entre eles, passaram a considerar o trabalho para a agência uma responsabilidade importante, uma maneira de servir.

Mas os administradores da ARPA não eram bem pagos. Ornstein certa vez ficou com Roberts em uma reunião fora da cidade e viu Roberts dirigindo um pequeno carro alugado. Ornstein perguntou-lhe por que diabos ele alugara um ferro velho daqueles. Roberts murmurou algo sobre como Ornstein não entendia as regras e despesas do governo. "Eu sempre pensei nele como o sujeito que aprova orçamentos de milhões de dólares", disse Ornstein. "Não me ocorreu que ele estava de fato vivendo, pessoalmente, com um orçamento bastante limitado. Pessoas como Larry se sacrificavam por um tempo para obter algo maior."

Roberts foi tratado em muitos aspectos como se fosse um membro da equipe BBN, mesmo estando em Washington. Ele não viajava para Cambridge com frequência, mas sua presença era constantemente sentida. Como poucas pessoas estavam trabalhando no projeto na BBN, Roberts reunia-se com todos quando visitava. Eram conversas informais sobre seu progresso, longos bate-papos de alto nível. Como pesquisador principal e gerente de grupo, Frank Heart era o grande ponto de contato de Roberts na BBN — mas Roberts também manteve contato próximo com Kahn.

* * *

Cada local onde um host seria estabelecido foi responsável por criar uma interface personalizada entre o host e o IMP. Como computadores de várias marcas estavam envolvidos, nenhuma interface seria adequada para todas as instalações. Isso envolvia um projeto separado de desenvolvimento de hardware e software em cada local e isso não era algo que as equipes dos hosts pudessem conseguir da noite para o dia.

Os Caras do IMP tinham que escrever a especificação host-para-IMP para que então os hosts pudessem começar a criar qualquer coisa. A missão mais urgente de Heart foi concluir o projeto da BBN da especificação host-para-IMP, para que as pessoas da UCLA pudessem começar a trabalhar a tempo de cumprir o cronograma de Roberts. Heart já estava prevendo dificuldade em fazer com que os hosts concluíssem seu trabalho a tempo. Ele sabia o quanto os pesquisadores principais contavam com estudantes de pós-graduação, e preocupava-se com atrasos no projeto causados pela possível ausência de seriedade de um estudante de pós-graduação no cumprimento do cronograma.

Os dias gastos discutindo a especificação host-para-IMP se transformaram em semanas. Tornou-se óbvio que, a menos que alguém da equipe de Heart assumisse a tarefa de escrever a especificação, haveria ainda mais conversa e pouca escrita. Kahn decidiu elaborar a especificação, e seus colegas ficaram felizes em deixá-lo fazer isso. Heart achou que Kahn era o melhor escritor de código do grupo, então ele se afastou e deixou Kahn produzir a especificação que ficou conhecida como BBN Report 1822.

Algumas pessoas pensaram que Heart se preocupava excessivamente com possíveis falhas de engenharia. Ele dirigia defensivamente quando se tratava de engenharia. Heart aprendeu um tipo de engenharia cautelosa desde cedo com seu mentor no Lincoln Laboratory, Jay Forrester, o inventor da memória-núcleo. Forrester martelou a importância da confiabilidade na cabeça de toda uma geração de engenheiros do MIT. Acima do custo, desempenho ou qualquer outra coisa, a confiabilidade era sua principal prioridade — projetar, construir, preparar-se para o pior e, acima de tudo, não colocar sua máquina em posição de falhar. O mantra de Heart incorporou confiabilidade ao IMP de mil maneiras desde o início.

Os fabricantes de computadores eram conhecidos por tomar alguns atalhos para competir em preço e construir novas máquinas dentro do prazo. Eles quase sempre pagavam o preço destes atalhos em taxas mais altas de falhas — bugs e paradas dos computadores — mas geralmente isso não arruinava sua reputação. De Roberts a Heart, e em qualquer nível hierárquico, todos os Caras do IMP esperavam um padrão mais alto neste projeto. Uma rede funcionando 24 horas por dia exigiria um desempenho sólido dos IMPs criados pela BBN. O imperativo aceito era que os IMPs fizessem o possível para entregar cada mensagem com precisão. Uma linha poderia falhar, até uma máquina host poderia falhar, mas os IMPs não. A confiabilidade era, em certo sentido, o princípio fundador da rede. A rede da ARPA sempre refletiria o caráter estável de Frank Heart.

Ornstein tinha uma reputação de gerente durão e era muito eficaz como examinador técnico. Sua marca registrada era: "Sou apenas um cara burro de hardware, me convença!" Ele não desistia até que a explicação fizesse sentido para ele. Muitas vezes, ele descobria algum ponto fraco escondido.

Muitas das sessões de planejamento da BBN ocorreram na Sala Weiner, uma sala de reuniões com teto alto, uma grande mesa quadrada e muitos quadros-negros. Estava convenientemente localizada em um cruzamento de corredores no meio da divisão de sistemas da BBN, uma encruzilhada entre a sala do computador 516, a lanchonete e o escritório de Heart. A Sala Weiner serviu como local de encontro regular para os Caras do IMP. A equipe era pequena o suficiente, seus escritórios próximos o suficiente e o contato entre os membros da equipe era frequente o suficiente para que revisões formais do projeto fossem desnecessárias. Eles conversavam nos corredores, sentavam-se nos escritórios um do outro, debatiam e compartilhavam ideias constantemente. Na Sala Weiner, o giz era usado livremente para explicar, fazer um diagrama, delinear, discutir e ensinar. Ornstein usou a sala para realizar várias palestras informais, nas quais software e hardware eram explicados em detalhes, e ocasionalmente os visitantes vinham conversar sobre assuntos técnicos. Toda a equipe compartilhou informações. "Todo mundo sabia de tudo", como Crowther colocou.

Os membros da equipe também escreveram uma série numerada de notas técnicas informais que circularam entre si. As anotações não tinham um formato estrito, mas sempre começavam com "Notas dos Caras do IMP." Eles escreviam suas ideias, as trocavam e geralmente se reuniam para discuti-las. As notas também deram a Heart uma maneira de monitorar seu progresso.

As análises de Heart sobre o trabalho à medida que o projeto amadurecia não se assemelhavam às críticas tradicionais de design. Uma análise de design geralmente é um evento importante no decorrer de um projeto de engenharia. Uma equipe de engenharia pode trabalhar por semanas preparando um projeto para revisão, depois se reunir para apresentar, detalhar e debater sob o escrutínio de colegas e engenheiros seniores. As críticas de Heart tendiam a ser específicas e contínuas, o que não significa que fossem fáceis. "Era como seu pior pesadelo: estar em uma prova oral com alguém com habilidades psíquicas", lembrou Bernie Cosell, o principal solucionador de problemas de software da equipe. "Ele podia intuir as partes do design que você menos sabia, as coisas que você menos entendia, as áreas em que você estava improvisando, tentando sobreviver, e lançar um foco desconfortável nas partes em que você menos queria trabalhar, enquanto praticamente ignorava as seções das quais você se orgulhava por ter realmente acertado."

Do mesmo modo que as menos frequentes reuniões com Roberts, as revisões de projeto de Heart eram feitas para "ajudar a superar as partes difíceis", disse Cosell. Heart tinha um respeito implícito pelas coisas que seus engenheiros faziam e que funcionavam bem. Mas ele não era generoso em elogios. Sua atitude parecia ser: por que perder tempo com isso? Engenheiros mais jovens e menos experientes podem ter ficado devastados pela falta de feedback positivo de Heart, mas os Caras do IMP eram um grupo experiente, muito unido e seguro de si, bem acostumados ao jeito de Heart.

Por causa da insistência de Heart na confiabilidade e da análise inicial de Kahn sobre essa área, um grande número de mecanismos de controle de erros foi projetado no sistema. Todo sistema de comunicação é propenso a erros na transmissão causados por ruído nos circuitos de comunicação. As vozes que passam pelos telefones, uma transmissão analógica, podem ser distorcidas ou ambíguas — como quando os sons de "p" e "b" se confundem. As transmissões digitais também podem ser distorcidas: um "1" pode aparecer como um "0" e vice-versa. Erros ocorrem em rajadas. Se um determinado bit estiver com erro, a probabilidade de os bits ao redor estarem com erro é muito maior que o normal. Apesar desses problemas, existem boas técnicas para detectar e até corrigir erros digitais, e os IMPs teriam que confiar nelas. A correção digital de erros baseia-se na ideia básica da "soma de verificação", um número relativamente pequeno que é calculado a partir dos dados em sua origem, depois transmitido junto com os dados e recalculado no destino. Se os números originais e recalculados não concordarem, deve haver um erro na transmissão, a menos que seja uma falha do próprio hardware de verificação, o que é muito improvável. As somas de verificação aparecem em transmissões de dados de todos os tipos. Por exemplo, cada bipe que você ouve no balcão do supermercado significa que um pequeno laser digitalizou um código de barras e transmitiu seus dígitos para um computador em que a soma de verificação foi calculada e considerada correta. A máquina do balcão fez uma aritmética decimal sofisticada ao longo do caminho, embaralhando, multiplicando e adicionando os dígitos escaneados — tudo num piscar de olhos. Na maioria dos sistemas de supermercados, o resultado deve terminar em 0, a soma de verificação de um dígito usada para todos os produtos.

Se um produto é verificado e o computador não apita, significa que a aritmética não foi verificada. Se o computador tivesse uma maneira de corrigir o erro, ele emitiria um bipe a cada passo e economizaria tempo. Porém, as técnicas de correção de erros agregam custo ao sistema; portanto, a pessoa que opera o caixa deve passar o item pelo scanner novamente, talvez duas ou três vezes até que o código seja transmitido sem erros.

Os Caras do IMP enfrentaram um problema semelhante: se uma soma de verificação detectasse um erro de pacote na rede, como ela deveria ser tratada? O IMP transmissor deve enviar o pacote novamente ou o IMP receptor deve ser aumentado com hardware para corrigir o erro? Em uma rede, a correção de erros consome espaço nos circuitos de comunicação e aumenta as despesas de hardware no equipamento de comutação. Consequentemente, a equipe da BBN decidiu que, se um IMP detectasse um erro em um pacote, descartaria o pacote sem confirmar o recebimento. O IMP de origem, ainda possuindo um pacote duplicado e ainda aguardando reconhecimento, mas sem obtê-lo, retransmitia o duplicado.

Antes de emitir o pedido de propostas, Roberts teve que decidir sobre o tipo de soma de verificação para os IMP. Quantos bits devem ser atribuídos a ele e quão sofisticados devem ser? O requisito preciso, baseado em um número médio de erros nas linhas telefônicas, era difícil de determinar porque não havia informações concretas disponíveis sobre as taxas de erro nas linhas de alta velocidade sobre as quais os dados deveriam ser enviados. Ainda assim, era óbvio que uma soma de verificação de 1 bit nunca funcionaria. Nem uma de 2 bits, ou mesmo de 8 bits. Mesmo uma soma de verificação de 16 bits poderia não ser boa o suficiente.

Kahn havia documentado anteriormente que uma soma de verificação de 16 bits poderia não ser poderosa o suficiente para atingir o nível desejado de confiabilidade na rede, especialmente devido à incerteza no desempenho de erros das linhas de alta velocidade. Kahn compartilhou com Roberts alguns cálculos aproximados que sugeriam fortemente que uma soma de verificação de 24 bits seria uma escolha muito melhor, apontando que os 8 bits extras adicionavam muito pouco custo ao hardware. A soma de verificação foi um dos muitos problemas técnicos em que Roberts ouviu os conselhos de Kahn, e uma soma de verificação de 24 bits foi gravada na RFP. Mais tarde, Kahn argumentou o mesmo caso de forma convincente para Crowther e os outros, e os Caras do IMP estabeleceram a soma de verificação de 24 bits como uma parte vital do sistema de controle de erros.

Os engenheiros da BBN tinham boa intuição sobre quais problemas resolver em hardware e quais resolver em software. Fazia sentido deixar o hardware do IMP calcular a soma de verificação, porque um cálculo de software seria muito lento. O esquema final de detecção de erros de IMP para IMP era uma mistura inteligente de técnicas de engenharia conhecidas e algumas invenções da equipe BBN. Como Crowther colocou: "Roubávamos ideias de qualquer lugar, mas na maioria das vezes tínhamos que criar as nossas."

* * *

Em fevereiro de 1969, Cambridge foi atingida por uma tempestade de neve. Cerca de duas dúzias de pessoas estavam presentes em uma reunião durante todo o dia na BBN. Essa foi a primeira reunião entre a equipe de Heart e os pesquisadores e estudantes de pós-graduação dos locais onde estavam os computadores hosts.

Sob os olhos cautelosos de Heart, o grupo de estudantes de pós-graduação parecia faminto por colocar as mãos nos IMPs. Ele suspeitava que, quando a ARPA decidiu liberar os IMPs nos hosts, os pesquisadores esperavam ter mais um computador para brincar. Ele imaginou que eles gostariam de usar os IMPs para todo tipo de coisa: jogar xadrez ou calcular seus impostos de renda. "Tomei uma posição extraordinariamente rígida", lembrou Heart. "Eles não deveriam tocar, não deveriam se aproximar, apenas olhar para ele. Era uma caixa fechada sem botões disponíveis."

Kahn ainda estava trabalhando duro na especificação da interface host-para-IMP, por isso não ficou claro para os membros das equipes de hosts o que exatamente eles precisavam construir. Algumas pessoas das instalações pediram para ver o que a BBN tinha em mente, mas o pessoal do IMP não havia estabelecido um plano entre si. Sobre essa questão, nada foi resolvido na reunião.

Os estudantes decidiram compartilhar com a BBN um plano que haviam traçado para os hosts, para calcular uma soma de verificação de ponta a ponta. Isso forneceria uma camada extra de proteção contra erros nas comunicações host-a-host. Ele foi projetado para capturar vários erros imaginados, incluindo a possível desmontagem de pacotes de mensagens pelos IMPs.

Heart ficou angustiado ao ouvir isso, porque atrasaria os hosts e faria todo o sistema parecer lento. Mas a ideia de que os IMPs pudessem passar pacotes danificados para os hosts também não caía bem. Os estudantes argumentaram que a soma de verificação de 24 bits da BBN não cobria os caminhos dos IMPs para os computadores host e que os bits viajavam "nus" entre as duas máquinas. Heart garantiu a todos, em termos inequívocos, que a soma de verificação do IMP seria confiável. O tempo provaria que os alunos estavam mais certos do que errados, mas com a confiança demonstrada de Heart, os representantes dos hosts abandonaram seus planos iniciais de incluir uma soma de verificação em seus protocolos.

Mais problemática foi a ideia de conectar vários computadores host ao IMP em cada local. Quando Roberts projetou a rede pela primeira vez, sua ideia era conectar um — e apenas um — computador host a cada IMP. No entanto, na reunião do dia da tempestade de neve, os representantes dos hosts estavam deixando claro que queriam conectar mais de um computador host a cada IMP. Todos os centros de pesquisa tinham vários computadores e fazia sentido tentar conectar mais de uma máquina por site, se possível. Roberts enviou uma mensagem a Cambridge dizendo que a BBN deveria redesenhar o IMP para lidar com até quatro hosts cada. Walden, Crowther e Cosell inventaram uma maneira inteligente de fazer isso.

Após o dia da tempestade, o pessoal do IMP realmente começou a trabalhar. O horário de trabalho se estendia por muitas horas noite adentro. Heart, que morava em Lincoln, uma cidade na área rural, tentava chegar em casa a tempo de jantar, mas muitas vezes não conseguia. Era mais fácil para os outros irem para casa jantar e voltarem ao trabalho, ou mesmo nem voltarem para casa. Quando estava mergulhado no projeto, Crowther ficava sentado em seu terminal até adormecer.

Agora a pressão real estava sobre Kahn. Ele passou a maior parte dos dois meses seguintes no telefone com pessoas nos hosts, lutando para ajustar as especificações da interface. Kahn se tornou o principal ponto de contato da BBN com a comunidade de pesquisadores dos hosts. Os pesquisadores o chamavam regularmente para verificar o que estava acontecendo e qual era o cronograma, ou simplesmente para transmitir novas ideias.

Em meados de abril, Kahn terminou a especificação, um documento extenso que descrevia como um computador host deveria se comunicar com um comutador de pacotes, ou IMP. "Foi escrito em parte, tendo em mente o que nos disseram os hosts, e muito em mente o que seria possível implementar e o que fazia sentido para nós", disse Walden. Um comitê de representantes dos hosts analisou e disse à BBN o que eles não achavam que funcionaria. A especificação foi revisada até que um projeto aceitável fosse alcançado. As equipes dos hosts tinham algo a construir agora. A equipe da UCLA, que seria a primeira, tinha menos de cinco meses para se preparar para a chegada do seu IMP.

Heart traçou uma linha clara entre o que os IMPs lidariam e o que os hosts fariam. "No início, Frank tomou uma decisão, uma decisão muito sábia, de estabelecer um limite claro entre as responsabilidades do host e as responsabilidades da rede", disse Crowther. Heart e sua equipe decidiram colocar "máxima separação lógica" entre o IMP e o host. Fazia sentido conceitual e de design para eles traçar a linha para evitar confusão ou aglomeração das funções do IMP. Isso também tornou a construção dos IMPs mais simples de gerenciar. Todos os IMPs poderiam ter o mesmo design, em vez de serem personalizados para cada instalação. Ele também evitou que a BBN ficasse numa encruzilhada, tendo que mediar protocolos de rede entre os hosts.

A BBN havia concordado com Roberts que os IMPs não executariam nenhuma função host-a-host. Esse foi um grande problema técnico. Não havia padrões de idioma nem padrões de número de palavras e, até agora, nada que facilitasse a comunicação fácil entre os hosts. Até fabricantes individuais, como a Digital, construíram vários computadores totalmente incompatíveis.

A última coisa que a BBN queria era a dor de cabeça adicional de resolver os problemas de host-a-host. Além disso, Roberts não queria dar à BBN ou a qualquer outro contratado tanto controle sobre o design da rede. Ele estava determinado a distribuir as responsabilidades uniformemente. Entre Roberts e a BBN, ficou estabelecido: o IMP seria construído como um mensageiro, um sofisticado dispositivo de armazenamento e envio, nada mais. Seu trabalho seria transportar bits, pacotes e mensagens: desmontar mensagens, armazenar pacotes, verificar se havia erros, rotear os pacotes e enviar confirmações de pacotes que chegassem sem erros; e, em seguida, remontar pacotes recebidos em mensagens e enviá-los para as máquinas host — tudo em uma linguagem comum.

Os IMPs foram projetados para ler apenas os primeiros 32 bits de cada mensagem. Essa parte da mensagem, originalmente chamada de "lide" (e posteriormente alterada para "cabeçalho"), especificava a origem ou o destino e incluiu algumas informações de controle adicionais. A lide continha os dados mínimos necessários para enviar e processar uma mensagem. Essas mensagens eram divididas em pacotes no IMP de origem. O ônus de ler o conteúdo das mensagens seria dos próprios hosts.

Os computadores host falavam muitos idiomas diferentes, e a parte mais difícil de tornar a rede útil seria fazer com que os hosts se comunicassem. Os hosts teriam que fazer com que os computadores incompatíveis conversassem entre si por meio de protocolos previamente acordados. Estimulada pela ARPA, a comunidade de hosts estava fazendo um esforço organizado para começar a resolver esses problemas de protocolo, sabendo que levaria um bom tempo até que algo fosse resolvido definitivamente.

IMP Número 0

Em um dia de primavera, um caminhão de entrega da Honeywell dobrou a esquina na Moulton Street. Dentro estava a primeira máquina 516 construída de acordo com as especificações da BBN. O computador do tamanho de uma geladeira foi trazido do caminhão para uma doca na parte traseira do prédio da divisão de sistemas e, em seguida, levado para uma sala grande, que logo seria conhecida como sala de IMP, adjacente à doca. A equipe transformou uma despensa em espaço para testar os IMPs, adicionando um piso elevado para computador, iluminação fluorescente e ar condicionado. A sala sem janelas era onde, em breve, o homem mais jovem da equipe, Ben Barker, 22 anos, passaria muito tempo.

Barker era um estudante de graduação cujo brilho chamou a atenção de Ornstein em uma das aulas que lecionou em Harvard. Quando a BBN recebeu o contrato da ARPA, Heart ofereceu um emprego a Barker, e Barker tirou uma licença para aceitar a oportunidade. Barker, como Ornstein, era um engenheiro de hardware e mostrou sinais de que viria a ser um ás do debugging — alguém que poderia salvar um projeto quando chegasse a hora. Ele foi encarregado de configurar cada IMP Honeywell entregue e "debugar" o hardware antes deste deixar a oficina da BBN.

Esta primeira máquina foi o protótipo (IMP Número 0), um 516 contendo a implementação inicial da Honeywell das interfaces da BBN. Com a máquina no meio da sala, Barker ligou o computador na energia, conectou tudo e colocou-o para funcionar.

Ele havia construído um testador e escrito algum código de debugging, e estava ansioso para resolver quaisquer erros que a máquina tivesse. Sem dúvida, haveria algo que precisaria ser consertado, porque sempre havia; erros faziam parte do processo natural de design de computadores. Heart e toda a equipe esperavam descobrir quais partes do design do IMP funcionavam e quais precisavam de mais atenção.

Barker tentou carregar o primeiro programa de diagnóstico IMP na máquina não testada. Ele não conseguiu fazer funcionar. Então, carregou outro código, que também não funcionou. Barker tentou algumas outras coisas e descobriu que nada funcionava. "A máquina não chegou nem perto de fazer nada de útil", disse ele. Até agora, o primeiro IMP era um fracasso.

Antes do projeto IMP, as pessoas da BBN e da Honeywell interagiam casualmente e as relações eram amigáveis. Nos dias que antecederam o projeto IMP, um senso de trabalho em equipe cresceu. A Honeywell havia dedicado uma equipe de sistemas especial para trabalhar no contrato da BBN desde o primeiro dia. A pedido da BBN, a Honeywell havia designado um de seus técnicos exclusivamente para a tarefa de monitorar a parte da Honeywell na conclusão do trabalho. Isso era incomum. Em geral, fabricantes de minicomputadores como a Honeywell não atendem às demandas especiais de seus clientes. "A maioria das empresas de computadores não dá tratamento especial", disse Heart. "Ou, se o fazem, é sob grande pressão." Os vendedores de minicomputadores iam atrás de um amplo mercado, enquanto os fabricantes de computadores de mainframe eram conhecidos por tratar os clientes como reis. Ninguém no setor de minicomputadores dava as mãos aos demais.

Após a falha grosseira do IMP Número 0, o chefe de hardware da BBN, Ornstein, começou a revisar o projeto com a equipe da Honeywell. Ele descobriu que ninguém na Honeywell parecia entender detalhadamente como as interfaces projetadas pela BBN deveriam funcionar. Ele ficou surpreso ao saber que os técnicos que criaram a primeira interface realmente não entendiam os desenhos. A Honeywell não havia tentado desenvolver nenhum diagnóstico para testar o design; simplesmente tentara produzir uma implementação fiel dos diagramas de blocos que Ornstein desenhara e que a BBN havia incluído em sua proposta à ARPA. O problema era que, ao fornecer à Honeywell um conjunto de diagramas de blocos bastante genéricos, a BBN assumiu que a familiaridade e a experiência da Honeywell com suas próprias máquinas permitiriam ao fabricante de computadores antecipar quaisquer problemas peculiares com as modificações solicitadas pela BBN ao modelo 516. A Honeywell tinha seus próprios módulos lógicos, seu próprio sistema de design. Mas, em vez de descobrir os detalhes essenciais nos projetos, a Honeywell havia construído a máquina da BBN sem verificar se as interfaces projetadas pela BBN, conforme desenhadas, funcionariam com o modelo-base 516.

Obviamente, nem a BBN, no desenho dos diagramas de blocos, nem a Honeywell, na implementação do design, possuíam todas as ferramentas necessárias para criar um IMP protótipo que funcionasse perfeitamente na primeira passagem. Na construção de novos computadores, disse Barker, o pressuposto operacional é que você projete algo que ache que funcionará, prepare o protótipo, inicie o teste e corrija gradualmente os erros de projeto até que a máquina passe no teste. Teria sido um acaso de engenharia se a máquina funcionasse perfeitamente logo de início. Mas mesmo como uma primeira passagem, a condição dessa máquina protótipo era inaceitável.

Se Ornstein estava preocupado com o desempenho da Honeywell, Barker estava absolutamente nervoso. Como "debugador-chefe", ele era o responsável por fazer com que a máquina funcionasse de fato. Nesta fase do projeto IMP, as interfaces do 516, disse ele, "não chegariam perto de funcionar, mesmo que a Honeywell as tivesse implementado adequadamente".

Barker estava encarando semanas de trabalho concentrado pela frente. Ele sentiu o peso do cronograma aumentar sobre si. Se a equipe de hardware da BBN pretendesse entregar à equipe de programação uma versão de trabalho do Honeywell 516 modificado em breve, para que Crowther, Walden e Cosell tivessem tempo para o debug final do código operacional, os especialistas em hardware teriam que se apressar. Com a ajuda de Ornstein,

Barker teria que "pegar o material que a Honeywell havia construído", disse ele, "e descobrir como fazê-lo realmente funcionar."

A chegada do protótipo IMP em seu estado inicial marcou um verdadeiro revés; corrigir o curso levaria tempo, e logo haveria muito pouco tempo.

Armado com um osciloscópio, uma pistola de arame e uma ferramenta para desembrulhar, Barker trabalhava sozinho na máquina dezesseis horas por dia. O circuito do computador contava com blocos de pinos, ou placas enroladas em fio, que serviam como pontos de conexão centrais para os quais os fios, centenas e centenas de fios, eram roteados. Havia numerosos blocos de trinta e quatro pinos nos quais as placas lógicas estavam conectadas e que carregavam componentes para formar os circuitos corretos. Depois de descobrir para onde os fios deveriam realmente ir, Barker teve que desenrolar cada fio desconectado do seu pino. Os pinos em cada bloco tinham cerca de uma polegada de comprimento e estavam bem espaçados (1/20 de polegada) em uma matriz quadrada; cada bloco parecia uma cama de pregos em miniatura, com fios entrando e saindo como uma Medusa. Depois de determinar onde os fios corretos deveriam ser reconectados, Barker usava a pistola de arame para enrolar cuidadosamente cada fio no pino correto. Foi um processo longo, trabalhoso e delicado.

Para complicar, Barker tinha um leve tremor nas mãos. Trabalhar com uma pistola de arame exige mão firme e boa concentração. O espaçamento estreito dos pinos, o peso da pistola de arame e o tamanho do bico da pistola que precisava escorregar para um único pino em meio a uma pequena floresta de pinos conspiravam contra ele. O risco era colocar o fio no pino errado ou dobrar ou quebrar um pino. Um bom trabalho poderia ser destruído se não fosse feito com cuidado. Portanto, o tremor nas mãos de Barker causou um rebuliço entre os outros Caras do IMP quando Barker levou sua arma de arame para os blocos de pinos dentro do IMP.

A maior parte da religação foi feita com a energia desligada. Quando algo tinha que ser feito com a energia ligada, era feito com pequenos grampos que deslizavam nos pinos. Aqui, porém, havia um risco muito real de causar curto-circuito e explodir circuitos.

Barker passou meses "debugando" a máquina. Ornstein estava supervisionando as correções de projeto no protótipo e certificando-se de que elas fossem repassadas aos engenheiros da Honeywell. A próxima máquina que a Honeywell deveria entregar seria o primeiro 516 robusto com todos os bugs de design resolvidos: IMP Número Um, destinado à UCLA. "O mais difícil era obter designs que funcionassem, a tempo de enviar", disse Barker. O verão estava chegando.

* * *

A cautela de Heart sobre as hordas de curiosos estudantes de pós-graduação levou a BBN a criar medidas ainda maiores de proteção para os IMPs. Com o tempo, uma das coisas mais criativas da equipe de Heart foi inventar maneiras de obter dados operacionais críticos dos IMPs da rede discretamente à distância, lendo os sinais vitais das máquinas. Heart queria poder se sentar em frente a um terminal em Cambridge e ver o que um IMP em Los Angeles, Salt Lake City ou qualquer outro lugar estava fazendo. A implementação completa da BBN de ferramentas de diagnóstico remoto e recursos de debugging se tornaria mais tarde um grande patrimônio. Quando a rede amadurecesse, o controle remoto permitiria à BBN monitorar e manter todo o sistema em um centro de operações, coletando dados e diagnosticando problemas à medida que as coisas mudavam. Periodicamente, cada IMP enviava de volta a Cambridge um "instantâneo de seu status", um conjunto de dados sobre suas condições operacionais. Alterações na rede, menores e maiores, poderiam ser detectadas. O grupo de Heart imaginou um dia ser capaz de olhar através da rede para saber se alguma máquina estava com defeito ou se alguma linha estava falhando, ou talvez se alguém estivesse se intrometendo com as máquinas.

No entanto, a BBN ainda não havia conseguido deixar o protótipo do IMP em um estado no qual pudesse executar um código operacional. E a equipe de programação — Crowther, Walden e Cosell — agora estava se mudando para um território difícil: o design de um sistema de roteamento flexível ou "dinâmico", permitindo roteamento alternativo, para que os pacotes fluíssem automaticamente por fora de nós e links problemáticos. Um esquema de roteamento fixo seria direto: você enviaria um pacote com instruções claras para viajar pelos pontos x, y e z no mapa. Mas se o ponto y fosse eliminado, todo o tráfego seria retido. E isso acabaria com uma das vantagens de uma rede com vários links e nós.

A solicitação original da ARPA havia especificado o roteamento dinâmico, sem oferecer uma pista de como fazê-lo funcionar. Crowther havia encontrado uma maneira. Ele estava construindo um sistema de tabelas de roteamento dinâmico que seria atualizado a cada fração de segundo. Essas tabelas informavam aos IMPs em qual direção encaminhar cada pacote que ainda não havia atingido seu destino. As tabelas de roteamento refletiriam condições de rede, como falhas de linha e congestionamento, e roteariam os pacotes da maneira mais curta possível. Fazer esse design realmente funcionar parecia um quebra-cabeças — até Crowther criar um conjunto de códigos simples e perfeito. Crowther "sempre mergulhava nos bits", como Ornstein descreveu o talento misterioso e intuitivo de Crowther.

O algoritmo de roteamento dinâmico de Crowther era uma peça de poesia de programação. "Foi incrivelmente minimalista e funcionou muito bem", observou Walden. Crowther foi considerado por seus colegas como estando entre o 1% dos melhores programadores do mundo. Na ocasião, o minimalismo gracioso do código de Crowther não foi suficiente para lidar com a complexidade dos sistemas do mundo real. Outros programadores teriam que ajustar o que Crowther havia criado. Mas suas ideias centrais eram mais do que brilhantes. "A maioria de nós ganhava a vida lidando com os detalhes resultantes do cérebro de Will", observou Walden.

O controle de fluxo foi outro desafio de programação. Mas quando Kahn olhou para o código de Crowther e viu como ele havia implementado o controle do fluxo de pacotes de um lado da rede para o outro, ficou preocupado. As mensagens entre hosts deveriam ser transmitidas pela sub-rede através de "links" lógicos. A sub-rede aceitava uma mensagem de cada vez em um determinado link. As mensagens aguardando para entrar na sub-rede eram armazenadas em um buffer de memória (uma área de espera dentro da máquina), em uma fila. A próxima mensagem não era enviada até o IMP remetente receber uma confirmação (semelhante a um recibo de devolução) informando que a mensagem anterior havia chegado sem erros ao host de destino. Quando um link era limpo e uma nova mensagem podia ser enviada, a sub-rede notificaria o IMP remetente por meio de um sinal de controle especial que os engenheiros da BBN chamaram de RFNM[18], pronunciado RU-FF-num. As mensagens nos buffers do host de envio, aguardando a liberação dos links, eram como clientes em um restaurante esperando por mesas; as RFNMs eram o equivalente ao anúncio do maitre: "sua mesa está pronta."

Isso significava que era impossível enviar um fluxo contínuo de mensagens por um único link através do sistema de um host para outro. O RFNM era uma estratégia de controle de congestionamento projetada para proteger os IMPs contra sobrecarga, mas ao custo de reduzir o serviço ao host. Kahn estudara o problema do controle de congestionamentos antes mesmo do início do projeto da rede da ARPA. Sua reação à solução de Crowther foi que os links e RFNMs ainda permitiriam congestionamentos fatais das artérias da rede. Os buffers do IMP seriam preenchidos, ele disse. Você teria mensagens incompletas nos IMPs receptores aguardando a chegada dos pacotes finais de forma que cada mensagem pudesse ser remontada, e não haveria espaço para os pacotes chegarem.

O cenário de bloqueio de remontagem de Kahn tem um análogo no negócio de frete de cargas. Digamos que uma concessionária Toyota em Sacramento solicite conjuntos de blocos de motores e pistões de reposição de um armazém em Yokohama. Os dois itens

---

[18] Sigla em inglês para Ready for Next Message, Pronto para a Próxima Mensagem

juntos são essenciais para os trabalhos que o revendedor tem em mãos. No porto de Yokohama, os cargueiros estão carregando grandes contêineres, do mesmo tamanho, cheios de produtos de vários tipos. Os blocos e pistões do motor acabam em navios separados. Quando o contêiner de blocos de motor chega a São Francisco, ele é descarregado em um armazém cujo conteúdo também é composto por uma remessa parcial aguardando a chegada de outras peças antes de serem enviadas adiante: componentes para aparelhos de televisão, para pianos e assim por diante. Quando o cargueiro com os pistões chega, ele encontra o armazém cheio. Todo navio posterior tem o mesmo problema: ninguém pode descarregar; nada pode sair do armazém. Impasse. Solução? O remetente de Yokohama concorda em ligar com antecedência na próxima vez para reservar espaço para todos os contêineres que vão juntos. Se o espaço não estiver disponível, ele espera até que fique disponível antes do envio.

Kahn também previu outro tipo de conflito que pode levar à perda de pacotes. Ele disse que isso ocorreria no tráfego pesado dentro da sub-rede quando os buffers de um IMP fossem preenchidos com pacotes roteados para outro e vice-versa. Resultaria em um tipo de impasse, no qual nenhum seria capaz de aceitar os pacotes do outro. Da maneira como o software de roteamento havia sido escrito, os IMPs descartariam os pacotes.

Kahn e Crowther debateram longamente a questão do congestionamento. Em pontos como esses, as visões conceituais de Kahn entravam em conflito aberto com a inclinação pragmática do resto dos Caras do IMP e abriam uma grande divergência entre eles. O resto da equipe só queria colocar a rede em funcionamento dentro do prazo. À medida que a rede crescia, eles teriam tempo para melhorar seu desempenho, solucionar problemas e aperfeiçoar os algoritmos.

Mas Kahn persistiu. "Pude ver coisas que para mim eram falhas óbvias", disse ele. "O mais óbvio era que a rede poderia congestionar." Kahn tinha certeza de que a rede trancaria, e ele disse imediatamente a Heart e aos outros. Eles discutiram com ele. "Bob estava interessado na teoria das coisas e na matemática, mas não estava realmente interessado na implementação", disse Crowther. Crowther e Kahn começaram a conversar, e os dois tiveram o que Crowther descreveu como "grandes brigas". O esquema de controle de fluxo não foi projetado para uma grande rede e, com um pequeno número de nós, Crowther achou que poderia dar certo.

Heart achou que Kahn estava se preocupando demais com condições hipotéticas e improváveis da rede. Sua abordagem foi esperar para ver. Outros pensaram que Kahn não entendia muitos dos problemas com os quais estavam lidando. "Algumas das coisas que ele estava sugerindo eram absurdas, erradas", disse Ornstein. Kahn queria assistir a simulações de tráfego de rede em uma tela. Ele queria ter um programa que mostrasse pacotes se movendo pela rede. De fato, os pacotes nunca se moveriam a uma velocidade humanamente observável; eles fariam "zip-zip" em microssegundos e milissegundos. "Dissemos: 'Bob, você nunca entenderá os problemas dessa maneira.'" Os outros Caras do IMP respeitavam Kahn, mas alguns acreditavam que ele estava indo na direção errada. Gradualmente, eles prestaram menos atenção nele. "A maioria de nós no grupo estava tentando despistar o Kahn", disse Ornstein.

Heart ignorou a sugestão de Kahn de que eles usassem uma simulação. Heart odiava ver sua equipe de programação gastar tempo em simulações ou escrevendo qualquer coisa que não fosse código operacional. Eles já estavam se distraindo com outra coisa que ele não gostava: construir ferramentas de apoio ao desenvolvimento de software. Heart temia atraso. Ao longo dos anos, ele viu muitos programadores cativados pela construção dessas ferramentas e passou a carreira impedindo jovens engenheiros de fazer coisas que poderiam desperdiçar dinheiro ou tempo. As pessoas da divisão de Heart sabiam que, se pedissem a permissão de usar horas de trabalho para escrever editores, montadores e sistemas de debugging, encontrariam forte resistência, talvez até alguns berros. Então, ninguém nunca perguntou; eles apenas faziam, construindo ferramentas quando julgavam que era a coisa certa a fazer, independentemente do que Heart pensasse. Esses eram os softwares de que eles precisariam quando chegasse a hora de testar o sistema.

Todas as partes eram peças de programação personalizadas, projetadas especificamente para o projeto da ARPA.No auge do verão, surgiu um problema preocupante: a BBN ainda aguardava a entrega da Honeywell do primeiro IMP de produção, com todas as interfaces "debugadas" construídas de acordo com as especificações da BBN. A equipe de programação desistiu de esperar e prosseguiu com seu trabalho carregando uma máquina de desenvolvimento de nível inferior com um programa de simulação que eles haviam projetado para imitar as operações do IMP do modelo de produção e suas interfaces de I/O. Ainda assim, testar o software na máquina real era a abordagem preferida. E sempre que a máquina entrava, Barker precisava primeiro de tempo para depurá-la. O tempo restante estava diminuindo. No final do verão, a máquina ainda não havia atravessado a doca de carregamento da BBN. A data da entrega agendada do IMP para a Califórnia estava agora a apenas algumas semanas e a reputação da BBN estava em jogo.

O Bug

Finalmente, cerca de duas semanas antes do Dia do Trabalho, a Honeywell mandou o primeiro IMP 516 robusto, enviado de sua oficina direto para Cambridge. Assim que a máquina tocou o chão na BBN, Barker declarou-se pronto para trabalhar nela. Ele ligou o IMP Número Um na sala dos fundos.

Barker carregou o código de diagnóstico IMP. Quando ele tentou executá-lo, nada aconteceu. A máquina não respondeu. Em uma inspeção mais detalhada, ficou claro que a máquina que a BBN recebeu não era a que ele havia encomendado. Este 516 tinha poucas das modificações que Barker e Ornstein haviam preparado meticulosamente no debug do protótipo; de fato, estava conectado do mesmo jeito que o protótipo original disfuncional. Com o prazo se aproximando, Barker tinha apenas um recurso: consertá-lo na BBN. Desta vez, pelo menos, ele já sabia onde cada fio deveria ir. Com a máquina no meio da sala maior, Barker começou a trabalhar na implementação de todas as modificações de design necessárias para torná-la um IMP em funcionamento. Dentro de alguns dias, Barker havia convencido a máquina a dar sinais de vida. Ele conseguiu ativar as interfaces do IMP — e o computador começou a travar em intervalos aleatórios. A aleatoriedade dos acidentes era extraordinariamente ruim. Problemas intermitentes desse tipo eram os piores possíveis. O IMP funcionava por doze a quarenta horas seguidas, depois morria e ficava "fora do ar". O que fazer? Ornstein lembrou: "Não conseguimos descobrir o que diabos estava acontecendo."

À medida que o Dia do Trabalho se aproximava, eles pressionavam o IMP, submetendo-o ao maior número possível de testes. Podia funcionar bem por vinte e quatro horas e depois inexplicavelmente morrer. Barker procuraria uma pista, perseguiria o que parecia ser um problema, consertaria e ainda assim a máquina travaria novamente. Faltando apenas alguns dias para o prazo de entrega, parecia que eles não iriam conseguir.

Barker, que estava cuidando do computador esse tempo todo, suspeitava que o problema estivesse na cadeia de temporização da máquina. Era apenas um palpite.

O IMP tinha um relógio usado pelo sistema operacional para manter o tempo na máquina, não como seres humanos marcando segundos, minutos ou horas, mas contando o tempo em incrementos de 1 microssegundo (um milhão de tiques por segundo) — rápido para a época, mas cem vezes mais lento que os computadores pessoais de hoje. Esse relógio fornecia uma estrutura na qual o IMP operava e regulava as várias funções do computador de forma síncrona. Em um sistema de comunicação, as mensagens chegam sem aviso prévio; sinais interrompem a máquina de forma assíncrona. Como uma ligação telefônica no meio do jantar, um pacote recebido aparece sem avisar na porta do IMP e diz: "Leve-me agora."

O computador possuía um sistema sofisticado para lidar com as interrupções recebidas de maneira metódica, para não perturbar a operação síncrona de todas as suas funções. Se não forem projetados adequadamente, esses sincronizadores podem ser acionados por um sinal de entrada que ocorra no momento errado. Bugs de sincronizador são raros. Porém, quando ocorrem e o sincronizador falha em responder adequadamente a uma interrupção, as consequências são profundas para a operação total da máquina. Pode-se chamar de colapso nervoso; os cientistas da computação têm outro termo para isso: o sincronizador entra em uma condição "metaestável". "Sob tais circunstâncias", disse Ornstein, "a máquina invariavelmente morre em um estado irremediavelmente confuso — diferente a cada vez."

Ornstein sabia muito bem sobre os erros do sincronizador. Ele lidara com o problema no computador que ele e Wes Clark haviam construído alguns anos antes em St. Louis. Ornstein foi o autor de alguns dos primeiros trabalhos publicados sobre o assunto e era uma das poucas pessoas no mundo que realmente tinha alguma experiência específica com isso.

Por sua imprevisibilidade, os bugs de sincronizador eram uns dos mais frustrantes, devido à ausência de qualquer padrão reconhecível nas falhas resultantes. Ao contrário da maioria dos outros problemas que podem causar falhas nos computadores, um bug do sincronizador não deixa praticamente nenhuma pista útil que possa levar a um diagnóstico do problema. Na verdade, a ausência de pistas foi uma das pistas mais úteis. Além disso, as falhas causadas por esse bug eram tão raras (apenas uma vez por dia em média, mesmo em testes completos), que era impossível detectar qualquer evidência em um osciloscópio. Somente os profissionais de debug mais espertos tinham alguma ideia sobre o que estavam lidando.

Esse parecia ser o problema que Ornstein e Barker tinham em suas mãos. Mas ninguém tinha certeza, pois na verdade não dava para rastrear. O que fazer então? O Honeywell 516 nunca havia sido usado em um aplicativo tão exigente quanto a rede de comutação de pacotes. Era uma máquina rápida; os Caras do IMP escolheram-na precisamente por seus recursos de entrada e saída. É provável que ninguém mais visse o problema em um aplicativo típico do computador 516. "Se a máquina deles morresse uma vez por ano", disse Ornstein, "eles nunca perceberiam. Eles simplesmente reiniciariam." Mas os Caras do IMP estavam pressionando a máquina. O fluxo de pacotes para dentro e para fora do IMP aconteceu mais rápido do que os projetistas da Honeywell haviam previsto. A máquina 516 não parecia capaz de lidar com esse tráfego. Talvez a BBN tenha sido excessivamente otimista. Ornstein e Barker foram à Honeywell e insistiram para que o fabricante chamasse o projetista do 516. Ornstein tinha que admitir que o projetista era um sujeito muito inteligente, mas, a princípio, o homem da Honeywell se recusou a admitir que um estado metaestável era possível na máquina. Ele nunca havia lido os artigos de Ornstein e nunca havia visto o problema. "Embora cheio de descrença", disse Ornstein, ele "pelo menos entendeu o que estávamos dizendo."

Sob condições normais, o 516 funcionaria por anos sem enfrentar o problema do sincronizador. No entanto, nas condições de rede de comutação de pacotes da ARPA, a máquina estava falhando uma vez por dia, aproximadamente. Tente dizer a Frank Heart, Sr. Confiabilidade, que ele teria que conviver com isso.

Ornstein e Barker r seguiram em frente. Era apenas um palpite de que o IMP tivesse um problema no sincronizador. Para testar a hipótese, Ornstein projetou e ligou um "agravador" que deliberadamente produziu solicitações de dados com o que Barker chamou de "taxa feroz." Aumentou a probabilidade de interrupções no nanossegundo exato que revelaria o problema. O agravador tinha uma maçaneta que funcionava como um afinador. Usando essa maçaneta, Ornstein e Barker poderiam "sintonizar" o tempo das solicitações para trazer um sinal perfeitamente desequilibrado com o relógio, o pior caso. Em seguida, usando um osciloscópio, eles observaram o "batimento cardíaco" da máquina e outras funções internas.

A equipe de debugging foi trabalhar. Os padrões que procuravam no osciloscópio seriam tão fracos que seriam visíveis apenas em uma sala escura. Então, com todas as luzes apagadas na sala do IMP e com todos os seus equipamentos de diagnóstico e a máquina ligada, eles assistiram, enquanto brincavam com o agravador. Os traços que viram eram brilhantes, posicionados regularmente e com ritmo constante — os sinais vitais de uma máquina saudável.

Mesmo com o agravador, a equipe de debugging levou um bom tempo para encontrar o que estava procurando. Ainda assim, a cada poucos minutos, um rastro fantasma muito fraco passava pelo osciloscópio. Era isso? O rastreio fugaz foi talvez o único sinal revelador de que as falhas eram causadas por um problema de temporização: um sincronizador parou em uma condição metaestável por alguns nanossegundos além da conta. Era o equivalente a uma fração de segundo de confusão ou indecisão de um piloto de corrida, que termina subitamente em um acidente fatal. A evidência parecia bastante incontestável, e a Honeywell finalmente a reconheceu.

Enquanto isso, Barker projetou uma possível correção e religou a cadeia de temporização central do IMP. Quando Barker trouxe a máquina de volta, carregou seu código de diagnóstico e fez a verificação, os rastros fantasmas haviam desaparecido. Embora Barker e Ornstein estivessem razoavelmente certos de que o problema estava resolvido, eles não tinham como ter certeza, a menos que a máquina funcionasse por alguns dias consecutivos sem travar. E eles não tinham alguns dias. Heart já havia aprovado o envio do primeiro IMP para a Califórnia no dia seguinte.

O IMP Número Um estava quase lá.

Manda Ver, Truett

Steve Crocker e Vint Cerf eram melhores amigos desde que estudaram no colégio Van Nuys, no Vale de San Fernando, em Los Angeles. Eles compartilhavam o amor pela ciência e passaram mais do que umas poucas noites de sábado construindo jogos de xadrez tridimensionais ou tentando recriar os experimentos de Edwin Land com percepção de cores.

Vint era um garoto magro, intenso e efusivo. Ele entrou na unidade do Corpo de Treinamento de Oficiais de Reserva do ensino médio para evitar aulas de ginástica. Nos dias em que não aparecia na escola em seu uniforme CTOR, Vint usava paletó e gravata. E ele sempre carregava uma pasta marrom grande. Pelos padrões locais, era um modo incomum de se vestir, mesmo no final da década de 1950. "Usei o casaco e a gravata para me diferenciar da multidão — talvez a maneira de um nerd ser diferente", lembrou. No entanto, para grande consternação de seus amigos, Vint nunca teve problemas para atrair a atenção do sexo oposto. Todos concordavam que ele era único.

Desde tenra idade, Vint aspirava a igualar o histórico de seu pai, que havia subido na hierarquia para se tornar um executivo sênior da North American Aviation (agora Rockwell International).

Os dois irmãos mais novos de Vint jogavam futebol e se revezavam como presidente do corpo estudantil.

Vint era o leitor ávido. Seus gostos literários se inclinavam para a fantasia. Em sua vida adulta, ele regularmente reservava vários dias para reler a trilogia O Senhor dos Anéis. Vint se saiu particularmente bem em química, mas sua paixão era matemática. Quando Steve Crocker começou o clube de matemática no colégio Van Nuys, Vint foi um dos primeiros a ingressar.

Como resultado do parto prematuro, Vint era deficiente auditivo. Embora posteriormente os aparelhos auditivos em ambos os ouvidos tenham corrigido grande parte do déficit, ele cresceu planejando estratégias inteligentes para se comunicar no mundo dos ouvintes. Anos mais tarde, depois de se tornarem próximos, Bob Kahn trouxe alguns dos truques auditivos de Cerf à atenção dos seus amigos e Cerf finalmente escreveu um artigo chamado "Confissões de um engenheiro com deficiência auditiva", no qual compartilhava alguns de seus segredos.

Em ambientes particularmente barulhentos (lanchonetes, restaurantes e casas com cães e crianças pequenas), a dependência da pessoa surda no contexto conversacional geralmente é intensificada. Uma estratégia típica aqui é dominar a conversa, não falando muito, mas fazendo muitas perguntas. Dessa maneira, a pessoa surda saberá pelo menos que pergunta o orador está abordando, mesmo que não consiga ouvir toda a resposta. Em uma conversa em grupo, isso pode sair pela culatra se a pergunta que você fizer for uma que acabou de ser feita por outra pessoa. Uma variação (igualmente embaraçosa) é sugerir com entusiasmo algo que acabou de ser sugerido, por exemplo:

Amigo A: Gostaria de saber qual é a origem desse termo.
Amigo B: Por que não procuramos no Dicionário Oxford?
Amigo A: Sim, mas pena que não temos um Dicionário Oxford.
Cerf: Eu sei. Por que não procuramos no Dicionário Oxford?

Steve Crocker entrava e saía da vida de Vint. Os pais de Steve eram divorciados e ele passou seus anos do ensino médio viajando entre o subúrbio de Chicago e o vale de San Fernando. Sempre precoce, Steve cresceu sabendo que provavelmente era o garoto mais inteligente de qualquer sala. Aos treze anos, enquanto estava em casa um dia, com um resfriado, ele aprendeu sozinho os elementos do cálculo. E no final da décima série, ele aprendeu os rudimentos da programação de computadores. "Lembro-me de ter ficado emocionado quando finalmente entendi o conceito de loop", recordou Crocker, "o que permitiu ao computador prosseguir com uma sequência muito longa de operações com apenas poucas instruções. Eu era um pouco inexperiente, mas lembro-me de pensar que esse era o tipo de revelação que deve ter levado Arquimedes a correr pelas ruas, nu, gritando: 'Eureka!'"

Por volta de 1960, quando Steve retornou a Los Angeles, Vint o seguiu até o laboratório de informática da UCLA. Embora ainda estivesse no ensino médio, Steve havia conseguido permissão para usar o computador da UCLA, mas o único tempo livre que ele e Vint tinham era nos fins de semana. Um sábado, eles chegaram ao laboratório de informática e encontraram o prédio trancado. "Eu não vi outra opção senão desistir e ir para casa", disse Crocker. Mas, eles olharam para cima, viram uma janela aberta do segundo andar e se entreolharam. "Quando me dei conta, Vint estava nos meus ombros", lembrou Crocker. Cerf entrou pela janela e, uma vez dentro, abriu a porta e colou uma fita na lingueta da fechadura para que eles pudessem entrar e sair do prédio. "Quando os ladrões de Watergate fizeram a mesma coisa uma dúzia de anos depois e foram pegos, levei um susto", disse Crocker.

Após o ensino médio, Cerf estudou em Stanford com uma bolsa de quatro anos da empresa de seu pai. Ele se formou em matemática, mas logo ficou viciado em computação séria. "Havia algo incrivelmente atraente na programação", disse ele. "Você criava seu próprio universo e era o mestre dele. O computador faria qualquer coisa que você programasse. Era essa caixa de areia inacreditável na qual todos os grãos estavam sob seu controle."

Depois de se formar em 1965, Cerf decidiu que queria trabalhar por um tempo antes de seguir para a faculdade. A IBM estava recrutando no campus de Stanford, e Cerf conseguiu um emprego na IBM em Los Angeles. Ele foi trabalhar como engenheiro de sistemas para um sistema de compartilhamento de tempo da IBM. Percebendo que precisava de uma base melhor em ciência da computação, logo se juntou a seu amigo Crocker, agora um estudante de graduação no departamento de ciência da computação da UCLA. A ciência da computação ainda era uma disciplina jovem, e o programa de doutorado da UCLA — um dos primeiros no país — era um entre apenas uma dúzia existentes na época. Cerf chegou no momento em que Crocker estava saindo para o MIT. O orientador de tese de Crocker na UCLA era Jerry Estrin, o mesmo professor com quem Paul Baran havia trabalhado alguns anos antes. Estrin tinha um contrato na ARPA para o "Snuper Computer", que usava um computador para observar a execução de programas em uma segunda máquina. Estrin assumiu Cerf como um estudante de pesquisa para o projeto; este se tornou a base da tese de doutorado de Cerf. No verão de 1968, Crocker retornou à UCLA e juntou-se à Cerf no grupo de Estrin.

Para Cerf e Crocker, 1968 marcou o início de um fascínio com a rede de computadores que se estendeu por toda a vida. Para Cerf, as redes de computadores se tornariam a peça central de sua carreira profissional. Embora Crocker passasse a fazer outras coisas por longos períodos de cada vez, ele também acabaria retornando ao campo das redes.

No outono de 1968, a ARPA transferiu seu contrato de Estrin para Len Kleinrock na UCLA. Kleinrock estava montando seu Centro de Medição de Rede (Network Measurement Center), com um contrato anual de US$ 200 mil da ARPA. Por coincidência, quando Kleinrock conseguiu o contrato, a pessoa no escritório ao lado convenientemente se mudou, então Kleinrock expandiu seu domínio; ele derrubou a parede entre os dois escritórios e instalou uma grande mesa de conferência para reuniões com estudantes e funcionários. As reuniões eram frequentes enquanto Kleinrock construia um pequeno império.

Ao planejar a rede da ARPA, Larry Roberts concebeu o Centro de Medição de Rede como a organização que seria responsável pela maior parte dos testes e análises de desempenho. O centro de medição foi projetado para ser aproximadamente análogo a uma pista de teste onde os motoristas ultrapassam os limites máximos de carros de alto desempenho. Kleinrock e seu grupo foram encarregados de coletar dados — tempo total de resposta da rede, densidade de tráfego, atrasos e capacidade — as medidas necessárias para avaliar o desempenho da rede. Como Bob Kahn, Kleinrock tinha a inclinação de um teórico; seu negócio era simulação, modelagem e análise. Por meio de simulações, ele havia chegado o mais perto possível do monitoramento das maneiras pelas quais as redes funcionam sem realmente ter uma rede para executar. Ele aproveitou a oportunidade para testar suas teorias sobre a realidade.

Os engenheiros da BBN não prestaram muita atenção em Kleinrock. Eles pensaram que ele era um pouco pesado em teoria e bastante leve em engenharia. O ceticismo era mútuo, pois Kleinrock acreditava que a equipe da BBN não estava interessada em desempenho. Os programadores da BBN eram excelentes, mas, disse Kleinrock, "em geral, um programador simplesmente deseja obter um software que funcione. Já é difícil. Se ele funciona eficientemente ou bem, isso não costuma ser o problema." Talvez ele não soubesse da obsessão de Walden e Crowther pela eficiência do software, mas, de qualquer forma, aperfeiçoar o desempenho da rede, decidiu Kleinrock, era seu trabalho.

Em pouco tempo, Kleinrock administrava quarenta alunos que ajudavam a administrar o centro. Crocker e Cerf estavam entre os membros seniores do grupo de Kleinrock. Outro membro importante foi Jon Postel. Ele tinha uma longa barba espessa, usava sandálias o ano todo e nunca havia usado uma gravata em sua vida. Sempre elegante e geralmente mais conservador, Cerf apresentava um contraste marcante com a aparência firmemente casual de Postel. Crocker, o líder não oficial, estava em algum lugar no meio. Ele deixou a barba crescer no MIT ("Os policiais me olhavam um pouco mais, mas as meninas eram muito mais amigáveis, e isso era uma troca com a qual eu poderia viver", disse Crocker), mas estava disposto a usar um par de sapatos de vez em quando.

Enquanto Cerf e Crocker eram estrelas acadêmicas, Postel, que tinha 25 anos, teve uma carreira mais conturbada na academia. Ele cresceu nas proximidades de Glendale e Sherman Oaks e também frequentou o colégio Van Nuys, onde suas notas eram medíocres. O interesse de Postel em computadores se desenvolveu em uma faculdade comunitária local. Quando chegou à UCLA para terminar um curso de graduação em engenharia (a coisa mais próxima da ciência da computação da época), a computação era sua vida. A UCLA finalmente decidiu estabelecer a ciência da computação como um departamento formal, na época em que Postel estava entrando na escola de pós-graduação da universidade. Postel era quieto, mas tinha opiniões fortes. As pessoas que dirigiam o departamento de ciência da computação ocasionalmente interpretavam a firmeza das opiniões de Postel como uma atitude ruim.

Em 1966, Cerf se casou com uma jovem ilustradora chamada Sigrid. Ela era profundamente surda. O primeiro encontro foi planejado pelo revendedor de aparelhos auditivos, que agendou consultas adjacentes para eles em uma manhã de sábado, na esperança de que eles se cruzassem e se dessem bem. Eles foram almoçar e Sigrid ficou impressionada com a curiosidade eclética de seu companheiro. Vint parecia dançar com entusiasmo em sua cadeira enquanto descrevia seu trabalho com computadores. Eles estenderam sua tête-à-tête com uma visita ao Museu de Arte do Condado de Los Angeles para ver algumas das pinturas favoritas de Sigrid.

Sem formação artística, mas ansioso por aprender, Cerf olhou por um longo tempo para um enorme Kandinsky. "Essa coisa me lembra um hambúrguer verde", ele finalmente comentou. Um ano depois, eles se casaram, com Steve Crocker como padrinho de Vint (papéis que seriam revertidos alguns anos depois). A experiência em eletrônica de Crocker foi útil quando, minutos antes do início da cerimônia, ele descobriu que o gravador da música do casamento estava com defeito. O padrinho e o noivo frenético se retiraram para uma pequena sala perto do altar e consertaram-no bem a tempo.

Kleinrock, embora apenas dez anos mais velho que o resto do seu grupo, tinha uma grande reputação na teoria das filas (o estudo de quanto tempo as pessoas e as coisas passam esperando nas filas, quão longas as filas ficam e como projetar sistemas para reduzir a espera). Ele já havia publicado um livro e estava encarregado de um laboratório em expansão; sua energia parecia ilimitada. Além disso, ele era um dos poucos cientistas que havia produzido modelos analíticos de redes de armazenamento e envio antes de Roberts começar o projeto ARPA.

Na época, o departamento de ciência da computação da UCLA possuía um computador fabricado pela Scientific Data Systems chamado Sigma-7, o mais recente da linha de computadores dessa empresa. A UCLA também tinha três grandes centros de computadores equipados com os mainframes IBM 7094. Mas o Sigma-7 foi a máquina atribuída aos estudantes de pós-graduação. Ninguém gostou muito do Sigma-7. Era instável e difícil de programar. Como disse um membro da equipe da UCLA, o Sigma-7 era um cachorro. ("Mas era o nosso cachorro", disse Cerf anos depois.) Era também o único computador que eles tinham para brincar — até que a rede da ARPA surgiu. Não apenas os cientistas da computação da UCLA receberiam o primeiro IMP, mas presumivelmente a rede abriria portas para todos os tipos de máquinas host diferentes nos outros locais.

A tarefa mais urgente no verão de 1969 foi construir a interface — uma combinação de hardware e software — entre o Sigma-7 e o IMP. No entendimento do pessoal da UCLA, a BBN estava elaborando algumas especificações sobre como construir essa conexão. A interface host para IMP teria que ser construída do zero toda vez que uma nova instalação fosse estabelecida em torno de um modelo de computador diferente. Mais tarde, instalações usando o mesmo modelo poderiam comprar cópias da interface personalizada.

Quase tão urgente foi o desafio mais abrangente de escrever o software que permitia que os computadores host em toda a rede se comunicassem. Esse seria o protocolo host-a-host, um conjunto muito amplo de termos operacionais que seria comum a todas as máquinas. Tinha que ser como o cheque de um viajante: bom em qualquer lugar e capaz de suportar uma gama de aplicativos, desde logins remotos até transferências de arquivos e processamento de texto. Inventar isso não seria fácil.

A busca por protocolos

No verão de 1968, um pequeno grupo de estudantes de graduação das quatro primeiras sedes dos hosts — UCLA, SRI, UC Santa Barbara e Universidade de Utah — se reuniu em Santa Barbara. Eles sabiam que a rede estava sendo planejada, mas receberam poucos detalhes além disso. Mas o trabalho em rede em geral, e o experimento ARPA em particular, eram tópicos importantes.

A reunião foi seminal, nem que fosse por causa do entusiasmo que gerou. "Tivemos muitas perguntas — como IMPs e hosts seriam conectados, o que os hosts diriam uns aos outros e quais aplicativos seriam suportados", disse Crocker. "Ninguém tinha respostas, mas as perspectivas pareciam emocionantes. Nós nos pegamos imaginando todos os tipos de possibilidades — gráficos interativos, processos cooperativos, consulta automática ao banco de dados, correio eletrônico — mas ninguém sabia por onde começar."

Daquela reunião, surgiu um grupo de jovens pesquisadores dedicados a trabalhar, pensar e planejar as comunicações host-a-host da rede. Para acelerar o processo, eles decidiram se reunir regularmente. Teoricamente, uma rede de computadores reduziria algumas das viagens financiadas pela ARPA, mas em pouco tempo Crocker estava viajando o suficiente para que Kleinrock tivesse que obter um orçamento de viagem separado para ele.

Cerca de um mês após o início do novo grupo, ficou claro para Crocker e outros que era melhor começarem a acumular anotações sobre as discussões. Se as reuniões em si fossem menos que conclusivas, talvez o ato de escrever algo ajudasse a ordenar seus pensamentos. Crocker se ofereceu para escrever as primeiras minutas. Ele era um jovem extremamente atencioso, sensível aos outros. "Lembro-me de ter um grande medo de ofender quem quer que fossem os projetistas oficiais dos protocolos." É claro que não havia projetistas oficiais dos protocolos, mas Crocker não sabia disso. Ele morava com os amigos na época e trabalhou a noite toda na primeira nota, escrevendo no banheiro para não acordar ninguém em casa. Ele não estava preocupado com o que queria dizer, mas com o tom certo. "As regras básicas eram que qualquer um poderia dizer qualquer coisa e que nada era oficial."

Para evitar abrir mais informações do que o necessário, ele rotulou a nota "Solicitação de Comentários" (RFC, da expressão em inglês) e a enviou em 7 de abril de 1969. Intitulada "Host Software", a nota foi distribuída para as outras instalações da mesma forma que todas as primeiras Solicitações foram distribuídas: em um envelope com um selo colado com saliva. O número 1 da Solicitação descreveu em termos técnicos o "aperto de mãos" básico entre dois computadores — como as conexões mais elementares seriam tratadas. "Solicitação de comentários", ao que parece, era uma escolha perfeita de títulos. Soou ao mesmo tempo solícito e sério. E pegou.

"Quando você lê a RFC 1, você se afasta dela com uma sensação de 'Oh, este é um clube em que também posso participar'", lembrou Brian Reid, mais tarde um estudante de pós-graduação na Carnegie-Mellon. "Ele tem regras, mas recebe outros membros desde que os membros estejam cientes dessas regras." A linguagem da RFC foi calorosa e acolhedora. A ideia era promover a cooperação, não o ego. O fato de Crocker ter mantido seu ego fora da primeira RFC estabeleceu o estilo e inspirou outros a seguir o exemplo nas centenas de RFCs amigáveis e cooperativas que se seguiram.

"É impossível subestimar a importância disso", afirmou Reid. "Não me senti excluído por um pequeno núcleo de reis do protocolo. Eu me senti incluído por um grupo amigável de pessoas que reconheceram que o objetivo das redes era atrair todos." Anos depois (e até hoje) as RFCs têm sido o principal meio de expressão aberta na comunidade de redes de computadores, a maneira aceita de recomendar, revisar e adotar novos padrões técnicos.

Em pouco tempo, a assembleia começou a se chamar Grupo de Trabalho da Rede, ou NWG[19]. Era uma espécie de comissão que juntava os jovens e excepcionalmente talentosos programadores de comunicação do país. Seu principal desafio era concordar em princípio sobre protocolos — como compartilhar recursos, como transferir dados, como fazer as coisas. Em termos reais, isso significava escrever programas, ou pelo menos adotar certas regras para a forma como os programas eram escritos, regras com as quais a maioria concordasse. O acordo era *sine qua non*. Esta era uma comunidade de iguais. Todos eles podiam escrever código — ou reescrever o código que alguém havia escrito. O NWG funcionava num sistema de abordagem de problemas específicos por gênios da computação intensamente criativos, privados de sono, idiossincráticos e bem-intencionados. E eles sempre esperavam, a qualquer momento, ser educadamente agradecidos por seu trabalho e prontamente substituídos por outros que eles imaginavam serem os verdadeiros profissionais do campo. Não havia ninguém para lhes dizer que eles eram tão oficiais quanto era possível ser. O RFC, um mecanismo simples para distribuir documentação aberta a qualquer pessoa, tinha o que Crocker descreveu como um "efeito de primeira ordem" na velocidade com que as ideias foram disseminadas e na disseminação da cultura de rede.

Antecipando a construção da rede, o Grupo de Trabalho da Rede continuou a se reunir regularmente, e novos termos e invenções frequentemente surgiam por consenso. A própria palavra "protocolo" chegou à linguagem das redes de computadores, com base na necessidade de acordos coletivos entre os usuários da rede. Durante muito tempo, a palavra tem sido usada para a etiqueta da diplomacia e para certos acordos diplomáticos. Mas, no grego antigo, *protokollon* significava a primeira folha de um volume, uma folha em branco presa ao topo de um pergaminho de papiro que

---

[19] Sigla em inglês para Network Working Group

continha uma sinopse do manuscrito, sua autenticação e data. De fato, a palavra referente ao topo de um pergaminho correspondia bem ao cabeçalho de um pacote, a parte contendo informações de endereço. Mas um significado menos formal parecia ainda mais adequado. "A outra definição de protocolo é que é um acordo manuscrito entre as partes, normalmente escrito num guardanapo", observou Cerf, "o que descreve com bastante precisão como a maioria dos projetos de protocolo foi realizada."

Mas as primeiras reuniões do Grupo de Trabalho da Rede foram menos produtivas. Durante a primavera e o verão de 1969, o grupo continuou lutando com os problemas do design do protocolo host. Todos tinham uma visão do potencial de comunicação entre computadores, mas ninguém jamais havia se sentado para construir protocolos que realmente pudessem ser usados. Não era o trabalho da BBN se preocupar com esse problema. A única promessa que alguém da BBN havia feito sobre a sub-rede planejada de IMPs era que ela moveria pacotes para frente e para trás e garantiria que chegassem ao seu destino. Cabia inteiramente ao computador host descobrir como se comunicar com outro computador host ou o que fazer.

Os próprios computadores eram dispositivos extremamente egocêntricos. O mainframe típico do período se comportava como se fosse o único computador no universo. Não havia uma maneira óbvia ou fácil de envolver duas máquinas diversas, mesmo na comunicação mínima necessária para mover bits para frente e para trás. Você poderia conectar máquinas, mas uma vez conectadas, o que elas diriam uma à outra? Naqueles dias, um computador interagia com os dispositivos conectados a ele, como um monarca se comunicando com seus súditos. Tudo o que estava conectado ao computador principal executava uma tarefa específica, e era esperado que cada dispositivo periférico estivesse sempre pronto para um comando do tipo "busque meus chinelos." (Na linguagem dos computadores, esse relacionamento é conhecido como comunicação mestre-escravo.) Os computadores foram projetados estritamente para esse tipo de interação; eles enviam instruções para leitores de cartão subordinados, terminais e unidades de fita e iniciam todos os diálogos. Mas se outro dispositivo tocasse o ombro do computador com um sinal que dizia: "Oi, eu também sou um computador", a máquina receptora ficaria perplexa. O objetivo na criação do protocolo host-a-host era fazer com que as máquinas de mainframe falassem como pares, para que um dos lados pudesse iniciar um diálogo simples e o outro estivesse pronto para responder com pelo menos um reconhecimento da existência da outra máquina.

Steve Crocker uma vez comparou o conceito de um protocolo host-a-host à invenção de tábuas de madeira. "Você imagina cidades, prédios e casas, e assim por diante, mas tudo que vê são árvores e florestas. E em algum lugar ao longo do caminho, você descobre tábuas como um bloco de construção intermediário e diz: bem, posso tirar tábuas de todas essas árvores", lembrou Crocker. "Não tínhamos o conceito de algo equivalente a tábuas, os protocolos básicos para fazer com que todos os computadores falassem e que seriam úteis para criar todos os aplicativos." E o equivalente a tábuas era o que o NWG estava tentando inventar.

Ao conceber o protocolo, os membros do NWG tiveram que se fazer algumas perguntas básicas. Que forma a base comum deve assumir? Deve haver um protocolo único e básico no qual construir todos os protocolos de aplicativos? Ou deveria ser mais complexo, subdividido, em camadas, ramificado? Qualquer que seja a estrutura que eles escolhessem, eles sabiam que queriam que fosse o mais aberto possível, adaptável e acessível à inventividade. A visão geral era de que qualquer protocolo era um bloco de construção em potencial e, portanto, a melhor abordagem era definir protocolos simples, cada um com escopo limitado, com a expectativa de que qualquer um deles pudesse algum dia ser unido ou modificado de várias maneiras imprevistas. A filosofia de projeto de protocolo adotada pelo NWG abriu caminho para o que veio a ser amplamente aceito como a abordagem "em camadas" dos protocolos.

Um dos objetivos mais importantes da construção do protocolo da camada inferior entre hosts era poder mover um fluxo de pacotes de um computador para outro sem ter que se preocupar com o que havia dentro dos pacotes. O trabalho da camada inferior era simplesmente mover bits não identificados genéricos, independentemente do que os bits pudessem definir: um arquivo, uma sessão interativa entre pessoas em dois terminais, uma imagem gráfica ou qualquer outra forma concebível de dados digitais. Analogamente, um pouco de água da torneira é usado para fazer café, outro para lavar louça e outro para tomar banho, mas o cano e a torneira não se importam; eles transportam a água independentemente. O protocolo host-a-host consistia em executar essencialmente a mesma função na infraestrutura da rede.

A criação do protocolo host-a-host não era o único trabalho à frente do grupo. O NWG também precisou escrever os aplicativos de rede para tarefas específicas, como transferir arquivos. À medida que as discussões foram se tornando mais focadas, decidiu-se que os dois primeiros aplicativos deveriam ser para logins remotos e transferências de arquivos.

Na primavera de 1969, alguns meses antes de Kleinrock e a equipe anfitriã da UCLA esperarem receber o primeiro IMP, um envelope grosso chegou de Cambridge. Os caras da UCLA estavam antecipando isso. Dentro do pacote estava o BBN Report 1822, o conjunto de especificações recém-escrito para conectar computadores host aos IMPs que seriam entregues em breve. A rede da ARPA finalmente parecia estar se instalando.

Após meses de adivinhação, a equipe da UCLA aprendeu então o que era esperado para preparar sua instalação e construir sua interface de hardware. O BBN Report 1822 também instruiu as instalações a criar um software chamado driver de dispositivo — uma coleção de códigos e tabelas para controlar um dispositivo periférico — para operar a interface host-para-IMP. E a emissão das especificações pela BBN finalmente esclareceu a fronteira entre o IMP e o host. Ficou claro que a BBN não planejava incluir nenhum software especial no IMP para executar a comunicação host a host. Esse problema seria deixado, de uma vez por todas, no computador host e, portanto, no NWG.

Isso significou muito trabalho de verão para os estudantes em Los Angeles. Eles pensaram que poderiam concluir a construção da interface host para IMP a tempo. Mas escrever o protocolo host a host já havia paralisado Crocker, Cerf e todo o NWG por meses. Em vez de tentar apressar-se para entregar algo no prazo, eles decidiram pedir a todas instalações que escrevessem seus próprios protocolos improvisados por enquanto.

A UCLA pediu aos técnicos da Scientific Data Systems, fabricantes do Sigma-7, que construíssem o hardware da interface para a conexão host-IMP. A resposta da empresa foi desanimadora: levaria meses e provavelmente não terminaria a tempo da chegada do IMP. Além disso, a empresa queria dezenas de milhares de dólares para o trabalho. Então, quando um estudante de pós-graduação chamado Mike Wingfield se candidatou para assumir a tarefa, ele conseguiu. E por que não? Wingfield era um gênio no hardware e acabara de construir uma interface gráfica complexa para outro computador.

A especificação da BBN para as interações e conexões de host para IMP era um plano esplêndido. Uma espécie de livro de receitas, escrito por Bob Kahn em prosa cristalina, o documento foi acompanhado de diagramas detalhados. A especificação de Kahn deu a Wingfield os requisitos básicos para acoplar o Sigma-7 em um IMP. Quase antes que Wingfield percebesse, o verão havia passado e a interface foi construída sem problemas.

Uma semana antes da chegada programada do IMP em 1º de setembro, Wingfield tinha o hardware finalizado, debugado e pronto para se conectar ao IMP. Crocker ficou tão impressionado que o descreveu como um trabalho "lindo". Mas, tentando fazer o software de comunicação, Crocker estava atrasado. Ele tinha uma tendência a procrastinar e a ausência do IMP real apenas encorajava essa tendência.

Agora, como qualquer um tentando cumprir um prazo, Crocker olhou o calendário e fez alguns cálculos. Ele contava com pelo menos um dia a mais, já que 1º de setembro era o Dia do Trabalho. Além disso, ele ouvira dizer que a BBN estava tendo alguns problemas com a cadeia de timing do IMP. Os erros do sincronizador eram terrivelmente desagradáveis. O bug deles era bom para ele e, com um pouco de sorte, poderia até conseguir uma ou duas semanas extras, ele pensou. Então, ele ficou mais do que surpreso quando Len Kleinrock lhe disse que a BBN estava prestes a colocar o IMP em um avião que chegaria a Los Angeles no sábado, 30 de agosto, dois dias antes do planejado.

* * *

Em Cambridge, Frank Heart estava preocupado com qual a melhor maneira de enviar o IMP para a UCLA. Depois de debater por alguns dias, Heart decretou que deveria ir por via aérea e que Ben Barker deveria ir com ele. Um voo comercial estava fora de questão. O Honeywell 516 modificado — agora oficialmente Processador de Mensagens de Interface número um da BBN — era grande demais para o compartimento de carga de um avião de passageiros. Tinha que sair por frete aéreo. Se Heart tivesse conseguido, ele teria colocado Barker diretamente no porão do avião de carga com o punho algemado ao IMP. Não importa que ele tenha escolhido a máquina precisamente porque foi endurecida pela batalha; os rigores do combate não eram nada comparados com as punições que os manipuladores de carga das companhias aéreas poderiam infligir. "Ele queria que alguém estivesse lá, gritando com o pessoal da carga para garantir que não fossem descuidados", lembrou Barker. Mas Barker teria que viajar separadamente em um voo comercial de passageiros. Truett Thach, um técnico do escritório da BBN em Los Angeles, foi instruído a inspecionar o avião.

Depois que o IMP foi encaixotado, Barker pegou um marcador mágico vermelho e, em grandes letras, escreveu MANDA VER TRUETT ao lado do caixote. Foi carregado em um voo matutino saindo do Aeroporto Logan de Boston e Thach estava lá para encontrá-lo no aeroporto naquela tarde. Quando ele chegou, acompanhado por um transportador de carga, ficou aliviado ao ver o caixote sair do avião, mas ficou horrorizado ao perceber que a mensagem de Barker para ele estava de cabeça para baixo. "Em algum lugar ao longo do caminho, o IMP foi invertido algumas vezes", observou ele. Thach mandou os carregadores reorientar a caixa antes de carregá-la em seu caminhão. Então ele os seguiu para a UCLA.

Era sábado antes do Dia do Trabalho e Thach notou que as ruas estavam extraordinariamente silenciosas durante todo o caminho através de Westwood e no campus. Barker já estava esperando nas docas do Boelter Hall, com cerca de uma dúzia de outras pessoas — Kleinrock, Crocker, Postel, Wingfield, Vint e Sigrid Cerf e um punhado de curiosos. Os Cerf trouxeram champanhe. Imediatamente ao ver a caixa, alguém levantou uma questão sobre se a caixa caberia no elevador; o IMP foi descompactado para que pudesse ser encaixado.

Quando a máquina foi removida da caixa, o grupo de boas-vindas ficou surpreso com seu tamanho. Embora menor que o Sigma-7, não era um dispositivo pequeno. Era mais ou menos do tamanho de uma geladeira, pesando mais de duzentos quilos, e estava incrivelmente envolto em aço cinza, exatamente conforme especificações militares. Havia quatro olhais de aço em cima do IMP para levantá-lo em um navio por guindaste ou helicóptero. Na UCLA, o IMP era como um soldado em uniformes de combate, invadindo uma festa da faculdade.

Quando o elevador alcançou o terceiro andar, os transportadores rodaram a máquina pelo corredor e dobraram a esquina para sua nova casa na sala 3400. O Sigma-7 cantarolava nas proximidades, alheio à perturbação maciça que estava prestes a invadir sua privacidade. "Era um pouco como ver seus pais convidando para jantar alguém que você nunca viu antes", disse Crocker. "Você não presta muita atenção até descobrir que eles realmente pretendem casar você com esse estranho."

Thach e Barker passaram alguns minutos cabeando o IMP e ligando-o. Instantaneamente, a memória principal da máquina sabia exatamente o que fazer: ela começou exatamente onde havia parado em Cambridge, executando os diagnósticos que os caras do

IMP haviam escrito para ela. Em seguida, Mike Wingfield anexou sua interface. Como esse era o nó número um, não havia uma rede propriamente dita para testá-lo. Mas Barker poderia fazer experimentos de desvio entre o Sigma-7 e o IMP, como haviam feito muitas vezes na rua Moulton entre máquinas para simular links de rede. Em uma hora, o Sigma-7 e o IMP estavam transmitindo dados como se estivessem fazendo isso há anos.

Barker ainda não estava absolutamente certo de que o problema do sincronizador havia sido resolvido. Mas ele estava confiante o suficiente para considerar voltar para casa. Naquela noite, Barker ligou para Heart. "Terminamos, está tudo funcionando", disse ele. "Está falando com as coisas do Mike [Wingfield]. Estou pensando em pegar um voo para casa de manhã."

Heart pausou e Barker sentiu o que poderia estar por vir. "Por que você não fica aí por alguns dias?" Heart respondeu. "Só para ver se algo está errado." Barker passou três dias relaxando com Thach, viajando por Los Angeles e esperando o IMP travar. Isso não aconteceu.

Uma rede de verdade

Um mês após a instalação do primeiro IMP na UCLA, o IMP Número Dois chegou ao SRI, dentro do prazo previsto, em 1º de outubro de 1969. Nesse mesmo mês, Bob Taylor deixou a ARPA. Há muito que ele se retirara dos detalhes do projeto de rede. Como ele explicou, na década de 1960, "ARPA" era uma palavra mágica. O escritório de Taylor era frequentemente chamado para resolver problemas que outras pessoas não conseguiam. Em 1967 e 1968, Taylor foi enviado repetidamente ao Vietnã para ajudar a corrigir, entre outras coisas, a controvérsia sobre os relatórios de "contagem de corpos" do Exército tratados pelos centros de informações militares. A experiência deixou Taylor esgotado. Ele assumiu um cargo na Universidade de Utah.

Muitos marcos do experimento de rede foram alcançados até então: a vitória de Taylor no financiamento e a conquista bem-sucedida de Roberts; o conceito de rede de Roberts; a construção e entrega do primeiro IMP pela BBN. Mas a instalação do IMP Número Dois marcou a conquista mais importante até o momento. Por fim, os pesquisadores conseguiram conectar dois computadores diferentes e fazê-los falar um com o outro como dois velhos camaradas.

Como a equipe da UCLA anteriormente, o grupo do SRI teve uma disputa louca semelhante se preparando para a chegada do IMP. Uma diferença crucial entre os dois sites foi que, embora os caras da UCLA não gostassem do Sigma-7, os responsáveis pelo SRI adoravam o computador host, o SDS 940. Como o Sigma-7, o 940 foi construído pela Scientific Data Systems. Mas o Sigma-7 havia sido projetado como um processador comercial, enquanto o 940 era basicamente um dispositivo acadêmico, um sistema revolucionário de compartilhamento de tempo, primeiramente montado por uma equipe de pesquisadores de Berkeley, mais tarde vendido sob a placa de identificação do SDS. Como resultado, foi muito mais divertido programar do que o Sigma-7.

Bill Duvall, pesquisador do SRI, passou cerca de um mês escrevendo um programa inteligente para o 940, que o levou a pensar que estava se comunicando não com outro computador, mas com um terminal "burro." Um terminal burro não pode computar nem armazenar informações; serve apenas para exibir o conjunto de informações mais recente enviado a ele pelo computador ao qual está vinculado. O programa de Duvall era uma solução provisória muito específica para o problema de comunicação host a host. Por semanas, os pesquisadores da UCLA se prepararam para sua primeira sessão de logon, discando para o sistema SRI de longa distância usando um modem e um teletipo, para se familiarizarem com o sistema de compartilhamento de tempo do SRI. Com os dois IMPs agora em funcionamento e os dois hosts em execução, finalmente chegou o momento de testar a rede da ARPA de dois nós.

A primeira coisa a fazer, é claro, era conectar-se. Diferentemente da maioria dos sistemas atuais, que solicitam ao usuário um nome de usuário e senha, o sistema SRI aguardou um comando antes de confirmar uma conexão. "L-O-G-I-N" foi um desses comandos.

Presa aos primeiros IMPs como uma craca, havia uma pequena caixa semelhante a um telefone, com fio e fone de ouvido. Ela compartilhava a linha com os IMPs e usava um sub-canal destinado a conversas por voz. A linha de voz era, como a linha de dados, um link dedicado. Alguns dias depois que o IMP foi implementado no SRI, Charley Kline, então estudante da UCLA, pegou o fone de ouvido em LA e apertou um botão que tocou uma campainha no IMP em Menlo Park. Um pesquisador do grupo de Engelbart no SRI respondeu. De certo modo, era mais emocionante para Kline do que discar para um telefone comum.

A qualidade da conexão não era muito boa e os dois homens estavam sentados em salas barulhentas de computadores, o que não ajudou. Então Kline gritou bastante no bocal: "Vou digitar um L!" Kline digitou um L.

"Você recebeu o L?" Ele perguntou. "Eu tenho um-um-quatro", respondeu o pesquisador do SRI; ele estava lendo as informações codificadas em octal, um código usando números expressos na base 8. Quando Kline fez a conversão, viu que era realmente um L que havia sido transmitido. Ele digitou um O.

"Você conseguiu o O?" Ele perguntou.

"Eu tenho um-um-sete", veio a resposta. Foi um O.

Kline digitou um G.

"O computador acabou de travar", disse a pessoa da SRI. O fracasso veio graças a um trecho de código inteligente da parte de Duvall. Depois que a máquina SRI reconheceu as letras L-O-G, ela completou a palavra. "Acho que foi onde estava o bug", lembrou Kline. "Quando o sistema SRI 940 recebeu o G, ele tentou enviar de volta 'G-I-N', e o programa do terminal não estava pronto para lidar com mais de um caractere por vez."

Mais tarde naquele dia eles tentaram novamente. Desta vez, funcionou perfeitamente. Crocker, Cerf e Postel foram ao escritório de Kleinrock para contar a ele sobre o assunto, para que ele pudesse ver por si mesmo. De volta ao laboratório da UCLA, a Kline fez logon na máquina SRI e conseguiu executar comandos no sistema de compartilhamento de tempo do 940. O computador do SRI em Menlo Park respondeu como se o Sigma-7 em LA fosse um terminal burro de fato.

Não há pouca ironia no fato de que o primeiro programa usado na rede ter sido o que fez o computador distante se disfarçar de terminal. Todo esse trabalho para colocar dois computadores conversando entre si e eles acabaram na mesma situação de mestre-escravo que a rede deveria eliminar. Por outro lado, os avanços tecnológicos geralmente começam com tentativas de fazer algo familiar. Os pesquisadores constroem confiança nas novas tecnologias demonstrando que podemos usá-las para fazer coisas que entendemos. Uma vez feito isso, os próximos passos começam a se desenrolar, à medida que as pessoas começam a pensar ainda mais à frente. Conforme as pessoas assimilam as mudanças, a próxima geração de ideias já está evoluindo.

Uma rede agora existia. O primeiro mapa da rede da ARPA ficou assim:

```
            SDS-940    IMP No. 2
        SRI ◯─────────◯
                      │
                      │ Data line
                      │
       UCLA ◯─────────◯
          Sigma-7    IMP No. 1
```

O IMP Número Três foi instalado na UC Santa Barbara em 1º de novembro. Para a instalação de Santa Barbara, Barker voou para a Califórnia novamente. A essa altura, Heart estava mais relaxado. Havia poucos traços do suspense que ocorrera na primeira viagem. De fato, a instalação dos IMPs estava começando a parecer rotineira.

No final daquele mês, Larry Roberts decidiu viajar para a Califórnia para inspecionar a rede em pela primeira vez. Roberts não gostava de viajar. Quando ele viajava, ele nunca saía para pegar seu avião até o último minuto.

Isso enlouquecia sua secretária, mas ele perdeu apenas um avião que alguém pudesse lembrar. Isso aconteceu uma tarde quando ele foi parado por acelerar no caminho para o aeroporto de Dulles. Convencido de que não estava indo rápido demais, Roberts decidiu contestar a multa. Ele havia sido parado pelo carro de polícia perto do ponto em que havia entrado na estrada George Washington após uma parada completa, e seu argumento era que, naquela curta distância, ele não poderia ter acelerado seu Fusca à velocidade alegada pelo oficial. Roberts voltou ao local e mediu cuidadosamente as distâncias. Ele coletou dados sobre a potência do motor e o peso de seu fusca, considerou a lei de inércia de Newton, fez alguns outros cálculos, e estava preparado para ir a um juiz para defender seu caso. Somente depois de amigos o convencerem de que era improvável que ele conseguisse um juiz com um diploma de física, ele aceitou o argumento e pagou a multa em vez de levá-la ao tribunal.

Felizmente, não houve multas por excesso de velocidade nesta viagem. Roberts e seu gerente de programa, Barry Wessler, voaram para a Califórnia sem incidentes e, no laboratório de Kleinrock no Boelter Hall, assistiram à rede em operação. Dessa vez, Kleinrock digitou e em menos de um minuto se conectou ao computador host no SRI. Roberts observou atentamente e saiu satisfeito com o sucesso do experimento.

O quarto era Utah. A essa altura já era dezembro — a época principal do esqui. Também havia uma reunião do Grupo de Trabalho da Rede agendada no local. Todos os esquiadores interessados da equipe da BBN, até mesmo Frank Heart, foram a Salt Lake City para conectar o IMP. (Ironicamente, Barker foi o único excluído da viagem a Utah — fato que ele não deixaria os outros esquecerem por muitos anos.)

O layout do número crescente de links de comunicação estava se tornando um problema interessante. Por um lado, não havia um link ponto a ponto entre cada par de instalações. Por razões de economia, Roberts decidiu que não era necessário um vínculo direto entre a UCLA e Utah, ou entre Santa Barbara e Utah, para que todo o tráfego destinado a Utah tivesse que passar pelo IMP no SRI. Tudo bem, desde que estivesse em funcionamento. Se falhasse, a rede se dividiria e Utah seria interrompido até que o SRI fosse trazido de volta on-line. Como se viu, a rede de quatro nós projetada por Roberts não era uma rede robusta de conexões redundantes.

As interrupções no sistema também se manifestaram de maneiras menos óbvias. Isso ficou claro muito cedo, quando os estudantes de Santa Bárbara começaram a fazer exatamente o que Heart temia que fizessem: brincar com seu novo brinquedo. E a atitude deles era: por que não? Eles nunca tiveram que se preocupar com conexões externas e não lhes ocorreu que algo que eles fizessem no laboratório de informática poderia causar um efeito em outro lugar. "Pensamos alegremente que o IMP era nosso para brincar", lembrou Roland Bryan, pesquisador de Santa Barbara. "Estávamos testando, ligando e desligando, redefinindo, recarregando e testando novamente." Como resultado, as pessoas que estavam fazendo medições de rede e que contavam com o trecho de Santa Bárbara teriam seu experimento prejudicado. "Embora não prejudicássemos os links entre outros sites, estávamos interrompendo a análise de tráfego de dados realizada pela BBN e pela UCLA", afirmou Bryan. "Não pensamos no fato de que toda vez que fazíamos isso, alguém lá fora sofreria."

Até o final de 1969, o Grupo de Trabalho da Rede ainda não havia apresentado um protocolo host-a-host. Sob pressão de mostrar algo à ARPA em uma reunião com Roberts em dezembro, o grupo apresentou um protocolo improvisado — Telnet — que permitia logins remotos. Roberts não estava satisfeito com o escopo limitado do esforço. Embora o Telnet fosse claramente útil e fundamental, por permitir que um terminal alcançasse vários computadores remotos, um programa de login remoto por si só não resolveria o problema de permitir que dois computadores trabalhassem juntos. Além disso, o Telnet era uma maneira de usar a rede, não um componente básico de nível inferior. Roberts os mandou de volta para continuar tentando. Após mais um ano de reuniões e várias dezenas de RFCs, no verão de 1970, o grupo ressurgiu com uma versão preliminar de um protocolo para comunicações básicas, sem adornos, de host para host. Quando o "comitê de limpeza de falhas" terminou seu trabalho um ano depois, o NWG finalmente produziu um protocolo completo. Foi chamado de Protocolo de Controle de Rede, ou NCP[20].

* * *

Em janeiro de 1970, Bob Kahn decidiu que, com os quatro primeiros nós trabalhando, era hora de testar seus vários cenários nos quais a rede poderia sofrer falhas congestivas. O tipo de bloqueio que mais o preocupava, o cenário que ele sugerira a Crowther meses antes, seria causado pelo congestionamento no IMP de destino. Ele havia especulado que os buffers de armazenamento ficariam tão cheios que os pacotes necessários para a remontagem das mensagens não seriam capazes de fluir para um IMP de destino, que seria preenchido com partes de mensagens desmembradas que aguardavam a conclusão.

Para testar essa hipótese e apaziguar Kahn, Heart sugeriu que Kahn e Dave Walden voassem para Los Angeles para colocar a rede em prática. Kahn tinha várias experiências em mente. Ele queria enviar todas as permutações possíveis de tráfego de IMP para IMP, alterando o tamanho dos pacotes e a frequência com que eles foram enviados, na tentativa de induzir um conflito. Walden foi junto porque ele era o programador prático que sabia como manipular o código e fazer os pacotes fazerem o que Kahn queria que eles fizessem. Walden se encarregou de reconfigurar os IMPs para enviar tráfego em padrões específicos. Ele poderia alongar ou truncar os pacotes, enviá-los a cada três segundos ou a cada meio segundo. O software IMP, os algoritmos e o design todo estariam destinados a uma grande torção.

A primeira coisa que Kahn montou foi um teste para demonstrar que seu medo de um bloqueio de remontagem era bem fundamentado. Assim como Kahn havia previsto, sitiando os IMPs com

---

[20] Sigla em inglês para Network Control Protocol

pacotes, em poucos minutos ele e Walden conseguiram forçar a rede à catatonia. "Acho que fizemos isso nos primeiros doze pacotes", lembrou Kahn. "A coisa toda chegou a um impasse."

Kahn se sentiu justiçado. Ele e Walden continuaram com os experimentos por vários dias. Para Walden, que havia passado tantos meses preso em Cambridge escrevendo código em um quase vácuo, foi gratificante ver a rede em operação, mesmo que seu objetivo agora fosse quebrá-la. Ele estava se divertindo. "Eu estava sendo pago para hackear", lembrou Walden. "Fui levado a aprender o máximo que pude o mais rápido que pude."

Kahn e Walden estabeleceram uma rotina. Todas as manhãs, eles se levantavam e tomavam café da manhã no restaurante do Sambo, ao lado do hotel em Santa Monica. Walden usou essas manhãs como uma oportunidade para satisfazer seu gosto de californiano nativo por suco de laranja fresco, ainda uma raridade em Boston. Depois, dirigiram para o campus da UCLA e passaram o dia inteiro e a maior parte da noite testando os limites dos IMPs. Às vezes eles faziam uma pausa para o jantar; às vezes eles não notavam que a hora do jantar havia passado. Eles tiraram uma noite de folga para ver o filme M*A*S*H, que acabara de ser lançado.

Frequentemente eles se juntavam a Cerf e, ocasionalmente, a Crocker e Postel. Em certo ponto do teste, Cerf programou o Sigma-7 para gerar tráfego para o IMP e usou a máquina host para coletar dados sobre os resultados. Foi a primeira vez que ele trabalhou em colaboração estreita com Kahn em um projeto desafiador, consolidando um vínculo profissional que perduraria pelos próximos anos.

No final da semana, o caderno de Kahn estava cheio de dados que comprovavam seu caso. Quando ele e Walden retornaram a Cambridge, eles compartilharam suas descobertas com Crowther e Heart. Crowther não falou muito, mas Kahn suspeitou que a bateria de testes o levou a começar a pensar no problema. "De alguma forma, Crowther deve ter registrado no fundo de sua mente que, se dois de nós estivéssemos voltando e relatando esse problema, talvez houvesse algo errado", disse Kahn. De volta ao laboratório, Crowther construiu uma simulação do que Kahn e Walden haviam feito em campo e descobriu por si mesmo que a rede poderia realmente travar. Ele relatou suas descobertas a um Heart levemente abatido, que instruiu Crowther a trabalhar com Kahn na solução do problema. "Bob se sentiu muito melhor e Frank se sentiu um pouco pior", disse Walden sobre o episódio inteiro. "É claro que Frank nunca achou a coisa perfeita, mas sempre desanimava quando as coisas não davam certo."

Heart tinha todos os motivos para olhar além das poucas falhas que estavam começando a aparecer na rede nascente. Afinal, problemas com o controle de congestionamento poderiam ser corrigidos. Em uma escala maior, a empresa fez um experimento arriscado, envolvendo ideias e técnicas nunca testadas antes. E tudo funcionou: o hardware funcionou, o software também. E as maneiras únicas pelas quais a ARPA realizou seus negócios e gerenciou seu relacionamento com o fornecedor também funcionaram.

Acima de tudo, o conceito esotérico no qual toda a empreitada se baseou — comutação de pacotes — funcionou. As previsões de fracasso total estavam completamente erradas.

Hackeando e berrando

A rede era real, mas, com apenas quatro nós em cluster na costa oeste, sua topologia era simples, e o experimento pequeno. As centrais de computação da Costa Leste, como o MIT e o Lincoln Laboratory, onde tantas coisas estavam acontecendo, não estavam conectadas. O local exato em que Bob Taylor sonhava com uma rede, a sala de terminais da ARPA no Pentágono, ainda não estava conectado. A BBN também não. Todas aguardavam novas máquinas, que a Honeywell prometeu que entrariam em produção no Natal de 1969.

Os últimos doze meses haviam sido difíceis para a ARPA. O orçamento da agência atingira um pico histórico e entrara em declínio. A Guerra do Vietnã estava consumindo tudo. Em dezembro de 1969, a ARPA foi retirada de sua sede no Pentágono e forçada a se mudar para um prédio comercial em Arlington, Virgínia. O diretor Stephen Lukasik afirmou que aquilo era "o equivalente americano de ser banido para a Sibéria". A ARPA, que chegou a ostentar uma bandeira americana atrás da mesa do diretor no Pentágono, foi discretamente despojada da sua pompa. No entanto, e apesar do baixo moral em que se encontravam, os oficiais da ARPA levaram consigo a bandeira e a exibiram na nova sede, esperando que ninguém importante notasse que ela tinha apenas quarenta e oito estrelas.

A computação continuou sendo a única linha no orçamento da agência que não caiu no início dos anos 1970. Larry Roberts estava determinado a ganhar apoio do topo, e conseguiu. Ele estava igualmente determinado a conseguir uma dúzia adicional de pesquisadores principais em todo o país para comprar a ideia da rede da ARPA. Ele manteve uma constante pressão em novos locais para que se preparassem para o dia em que um IMP chegaria as suas portas com uma equipe da BBN para conectar seus computadores host à rede. Não era uma questão de se, mas quando, e Roberts sempre colocou dessa maneira.

Em Cambridge, a atividade na Moulton Street começou a tomar um ar de produção — "a fábrica", alguns a chamavam. A maior parte do esforço foi para a grande sala na parte de trás do prédio baixo, com a doca de carregamento, onde foram recebidas as entregas da Honeywell; e cada nova máquina foi configurada para depuração e teste antes de ser enviada para o campo. Ao mesmo tempo, a equipe de Heart continuou a melhorar o design do IMP, desenvolvendo, testando e aprimorando o software e o hardware. O quinto, sexto e sétimo computadores modelo 516 chegaram da Honeywell nos primeiros meses do ano.

No final de março, foi instalado o primeiro circuito costa-à-costa na rede experimental ARPA. A nova linha de 50 kilobits conectou o centro de computadores da UCLA à BBN na rua Moulton, que se tornou o quinto nó da rede. E não foi apenas um avanço simbólico da costa oeste para o leste (uma expansão da fronteira ao contrário); o link transcontinental também trouxe benefícios imediatos para a manutenção e solução de problemas da rede.

Nos meses anteriores à BBN ter sua própria máquina e estar conectada à rede, lidar com problemas de rede no grupo de quatro nós no Oeste era um trabalho executado por pessoas que estavam no local. Na maioria das vezes, isso significava que alguém na Califórnia ou Utah passava horas no telefone conversando através do país com alguém na BBN, enquanto a alma infeliz que se voluntariara para resolver o problema movia-se entre o telefone e o IMP para realizar as instruções verbais vindas de Cambridge. No início, a equipe de Heart passou muito tempo no telefone e manteve uma presença mais ou menos contínua no campo, paternalmente orientando a inicialização da rede nascente. A certa altura, Walden voou para Utah, Stanford, Santa Barbara e UCLA para entregar em mãos uma nova versão do software.

Porém, quando um IMP foi instalado na BBN no início da primavera de 1970, subitamente passou a existir uma maneira de enviar dados e relatórios de status eletronicamente dos IMPs da Costa Oeste diretamente de volta à BBN. A obsessão de Heart pela confiabilidade resultou em mais do que computadores envoltos em aço pesado. Sua insistência em construir computadores robustos — e em manter o controle sobre os que colocava em campo — havia inspirado a equipe da BBN a inventar uma nova tecnologia: manutenção e diagnóstico remotos. A equipe da BBN havia projetado nos IMPs e na rede os meios de controlar essas máquinas de longe. Eles foram usados para solucionar problemas e, às vezes, para consertar os processadores de mensagens por controle remoto, além de vigiar os IMPs 24 horas por dia.

Horrorizado com a perspectiva de ter estudantes de pós-graduação mexendo com seus IMPs, Heart procurou construir máquinas que funcionassem praticamente sem supervisão. Ele canalizou sua obsessão em inventar esse conjunto de ferramentas e técnicas de gerenciamento de sistema notavelmente úteis. Os recursos para o controle remoto da rede foram construídos integralmente através dos designs de hardware e software do IMP.

Na BBN, no lado do hardware, um terminal Teletype com recursos de registro foi adicionado ao processador de mensagens BBN, junto com luzes de aviso especiais e um alarme sonoro para indicar falhas na rede. Ao projetar os IMPs, a BBN tornou possível fazer um loop nas interfaces de host e modem da máquina, para que eles pudessem realizar testes de "loopback." O teste de loopback, que poderia ser executado remotamente, conectava a saída de um IMP à sua entrada, isolando efetivamente o IMP do resto da rede. Isso gerou tráfego de teste através da interface e permitiu à BBN verificar o tráfego retornado com relação ao tráfego de saída gerado pelo IMP.

Os testes de loopback foram extremamente importantes; eles forneceram uma maneira de isolar fontes de problemas. Por um processo de eliminação, executando um loop de um componente ou de outro, a BBN poderia determinar se havia um problema nas linhas telefônicas, nos modems ou no próprio IMP. Se o tráfego de teste completasse o loop intacto e livre de erros, o problema estava quase certamente em alguma parte externa de um circuito — provavelmente nas linhas da companhia telefônica ou nos modems. E os testes de loopback foram conduzidos com frequência suficiente para que dois membros do time do IMP, Ben Barker e Marty Thrope, se tornassem especialistas em assobiar na frequência exata para imitar os sinais que a companhia telefônica usava para testar as linhas.

Da sala de computadores do PDP-1 na Moulton Street, onde o equipamento de monitoramento de rede da BBN foi instalado, o pessoal do IMP sabia quando um circuito telefônico em qualquer lugar da rede era acionado. Eles podiam ver, pela qualidade das mensagens e pacotes atravessando um circuito, quando o sinal estava se degradando, quando a linha estava perdendo bits, quando algum ruído estava sendo introduzido ou o sinal estava desaparecendo completamente. Uma vez detectado o problema nas linhas telefônicas ou nos modems, a companhia telefônica seria chamada para corrigi-lo.

Os engenheiros da BBN aproveitaram as oportunidades para assustar o pessoal da manutenção da companhia telefônica com sua capacidade de detectar e, eventualmente, prever remotamente problemas na linha. Ao examinar os dados, a BBN às vezes podia prever que uma linha estava prestes a cair. Os escritórios de reparos da companhia telefônica nunca haviam ouvido falar disso e não aceitaram bem. Quando os testes de loopback da BBN determinavam que havia problemas em uma linha, digamos, entre Menlo Park (Stanford) e Santa Barbara, um dos engenheiros de

Heart em Cambridge pegava o telefone e ligava para Pacific Bell. "Você está tendo problemas com sua linha entre Menlo Park e Santa Barbara", dizia ele.

"Você está ligando de Menlo Park ou Santa Barbara?", perguntava o técnico da Pacific Bell.

"Estou em Cambridge, Massachusetts."

"Conta outra."

Eventualmente, quando as ligações da BBN se mostraram certeiras, a companhia telefônica começou a enviar equipes de reparo para resolver qualquer problema que a BBN tivesse encontrado.

Devido à dificuldade de detectar remotamente falhas de componentes no sistema geograficamente disperso, o software de rede ficou mais complicado com o tempo. Entre as suposições básicas feitas pelo pessoal do IMP, estava a de que a maneira mais eficaz de detectar falhas era por meio de um mecanismo ativo de monitoramento. Eles projetaram seu software para que cada IMP compilasse periodicamente um relatório sobre o status do seu ambiente local — número de pacotes manipulados pelo IMP, taxas de erro nos links e similares — e encaminhasse o relatório pela rede para um centro de operações centralizado que a BBN montou em Cambridge. O centro integraria os relatórios de todos os IMPs e criaria uma imagem global do estado atual mais provável da rede.

Nos primeiros meses, eles o chamaram de Centro de Controle de Rede. Mas, na verdade, não passava de um cantinho num escritório na BBN. E o monitoramento da rede era informal. O teletipo do registro foi conectado através da própria rede a todos os IMPs em campo, e o terminal se abriu, recebendo relatórios de cada IMP de quinze em quinze minutos. De vez em quando, por curiosidade, alguém da BBN entrava e olhava o log que estava passando na máquina, apenas para ver o que estava acontecendo com a rede. Ninguém tinha responsabilidade específica pela verificação do log. Ninguém verificava fora do horário comercial; portanto, às vezes havia longos períodos em que as falhas na linha não eram detectadas, principalmente à noite. Mas se alguém de um local da rede realmente ligasse para dizer: "Ei, parece haver um problema", então um dos funcionários do IMP iria imediatamente olhar o log do teletipo para tentar descobrir o que estava acontecendo.

A equipe de Heart projetou os IMPs para funcionarem sem supervisão, tanto quanto possível, dando aos IMPs a capacidade de reiniciarem sozinhos após uma falha de energia ou travamento. O "watchdog timer" foi o componente crucial que desencadeou medidas de autocorreção nos IMPs. A rede como um todo "olhava para o próprio umbigo o tempo inteiro", disse Heart, "enviando pequenas mensagens nos dizendo como estava se sentindo e nos dizendo que tipo de coisas estava acontecendo onde, para que pudéssemos de fato iniciar o trabalho", se necessário.

Nem tudo poderia ser diagnosticado ou colocado em ordem remotamente. Houve momentos em que as pessoas na BBN perceberam que um IMP havia parado de funcionar, tornando necessário recarregar o software. Primeiro, a BBN teria que alertar alguém do outro lado da linha e pedir para ele reinserir uma fita de papel ou pressionar alguns interruptores e em seguida o botão de reinicialização. Então, da Moulton Street, eles tocavam a campainha do "mordomo", a caixa telefônica conectada a cada IMP, na esperança de alcançar alguém. Como os IMPs foram instalados em grandes centros de computação altamente ativos, não havia como saber quem poderia responder. Era quase como ligar para um telefone público. Você poderia encontrar um especialista ou um zelador ou algum estudante de graduação que não sabia o que estava acontecendo. Independentemente de quem atendesse o telefone, os técnicos da BBN tentariam conversar com essa pessoa sobre as correções necessárias. Mesmo as pessoas nos locais que realmente sabiam uma coisa ou outra sobre os computadores foram solicitadas, da mesma forma, a seguir as instruções estritas da BBN.

"Lembro-me de passar de trinta minutos a uma hora com o telefone colado no ouvido", lembra Cerf, cuja deficiência auditiva não o fazia exatamente um amigo do telefone, "seguindo instruções de alguém da BBN dizendo: 'aperte este botão. Vire essa coisa. Digite essas coisas', para tentar descobrir o que deu errado e fazer a coisa funcionar novamente." Em um caderno, a BBN mantinha uma lista detalhada com a localização exata para cada máquina e contatos nos vários locais, o que em pelo menos um caso incluía o guarda do prédio como um contato de último recurso.

Assim que o IMP Número Cinco foi instalado na BBN, a equipe intensificou seu programa de testes para medir o desempenho da rede e suas limitações. Todos estavam interessados em saber o desempenho da rede em vários cenários e se suportaria cargas extremamente pesadas. Mas os engenheiros da BBN não conseguiam evitar a irritação quando Len Kleinrock e outros no Centro de Medição de Rede da UCLA tentavam deliberadamente derrubar a rede. Os testes revelavam erros e inspiravam correções. Ainda assim, uma coisa era óbvia: sob tráfego moderado, a rede era tão rápida quanto a BBN havia previsto. A BBN informou a Roberts que a nova rede poderia ser descrita como um "sistema de comunicação bem ordenado". Ou seja, as mensagens que entravam na rede não mostravam tendência a se perder. "Observamos que as mensagens não se desviavam pela rede, mesmo com altas cargas de tráfego", escreveu a equipe da BBN em um de seus relatórios técnicos periódicos.

No verão de 1970, as máquinas número seis, sete, oito e nove haviam sido despachadas da Honeywell e agora estavam operando no MIT, RAND, System Development Corp. e Harvard. A AT&T substituiu o primeiro link costa-à-costa por uma nova linha de 50 kilobits que ligava a BBN à RAND. Um segundo link intercontinental conectou o MIT e a Universidade de Utah. A rede da ARPA estava crescendo a uma taxa de cerca de um nó por mês.

Um dia, em 1970, um caminhão de entrega da Honeywell parou na doca da rua Moulton e começou a se preparar para descarregar outro computador 516 novo. Alertado pela chegada do caminhão, Severo Ornstein correu para a porta, fez uma inspeção rápida da máquina enquanto ela ainda estava no caminhão e acenou para o motorista. Heart, que havia saído de seu escritório para ver do que se tratava a confusão, ficou olhando, surpreso, enquanto Ornstein dizia ao motorista que se virasse e devolvesse a máquina para Honeywell; ele estava rejeitando a entrega.

Ornstein estava farto de entregas atrasadas e equipamentos incompletos e com defeito. Enviar o caminhão de volta causou um alvoroço na Honeywell, disse ele. Mas, pela primeira vez a atenção deles estava concentrada. A BBN não estava aceitando outro Honeywell 516 até que algumas coisas fossem resolvidas. As dificuldades estavam crescendo. Para a equipe de Heart, o relacionamento com a Honeywell parecia mais uma queda de braço do que uma parceria. "Eles continuaram nos enviando máquinas com os mesmos velhos erros", lembrou Ornstein. Após o incidente no cais de carregamento, ele começou a ir regularmente à Honeywell para inspecionar cada nova máquina antes de ser enviada à BBN.

Em pouco tempo, a Honeywell reorganizou sua equipe de construção de IMP e estava produzindo máquinas aceitáveis. Os IMPs foram entregues ao Lincoln Laboratory e Stanford e, no final do ano, a Universidade Carnegie-Mellon e a Case Western Reserve University também estavam conectadas à rede. Nesse ponto, centenas de pequenas revisões foram gravadas no software IMP. O hardware foi ajustado e adaptado. A companhia telefônica, por sua vez, agora tinha catorze links de 50 kilobits instalados na rede. As ferramentas de diagnóstico remoto e gerenciamento de rede da BBN também estavam passando por melhorias constantes. A ARPA havia estendido o contrato da BBN para continuar produzindo IMPs e administrando o centro de controle, e tudo estava funcionando bem. O nível de atividade no centro de monitoramento da BBN aumentou.

Com a constante expansão da rede, os relatórios de diagnóstico que chegavam à BBN estavam começando a inchar e a ficar pesados. Os caras do IMP estavam tendo dificuldade em manter-se a par dos dados, averiguando a impressão do log do Teletype e localizando sinais de problemas. Eles precisavam de uma governanta. Por isso, eles decidiram conectar uma máquina sobressalente, o protótipo IMP mais antigo da BBN, à rede da ARPA, onde funcionaria como uma máquina host por trás do IMP BBN comum. Essa nova máquina host seria usada para ajudar a processar os relatórios de status da rede. Os programadores da BBN escreveram um novo código para compilar resumos de hora em hora das mensagens de status do IMP mais frequentes que agora estavam se acumulando à taxa de uma por minuto de cada IMP. A suposição operacional do código era que nenhuma notícia era uma má notícia: se o Centro de Controle de Rede falhasse em receber uma mensagem de status de um IMP por três minutos, a leitura do status da rede indicaria que o IMP estava morto. Essas e outras melhorias facilitaram a detecção de alterações importantes de status na rede.

Foi em novembro de 1970 que Alex McKenzie retornou à BBN após uma curta ausência. Ele e a esposa passaram seis meses acampando na Europa. No período em que ele esteve fora, o projeto de rede avançara dramaticamente. Instalado novamente em Cambridge, McKenzie percebeu a importância para a BBN de gerenciar a rede como se fosse uma distribuição de energia elétrica. Isso significava que uma reordenação de certas suposições fundamentais teria que ocorrer. Chegara a hora de mudar a rede de um modo experimental para operacional, ele argumentou. E McKenzie começou a pressionar essa visão em todos os seus colegas. Organizado e meticuloso, McKenzie parecia o candidato perfeito para assumir o comando do Centro de Controle de Rede da BBN, e Heart o nomeou para a tarefa.

Outras mudanças culturais ocorreram ao redor da BBN. A sensibilidade de McKenzie sobre o projeto de rede estava em sintonia com uma empresa mais voltada para os negócios em geral. A própria BBN estava crescendo. Um ou dois anos depois que McKenzie iniciou seu esforço para administrar a rede como uma distribuidora, a BBN comprou a lavanderia no final movimentado da rua Moulton e a demoliu para dar espaço a um novo prédio de sete andares. Eventualmente, o Centro de Controle de Rede e o resto da divisão de Heart se mudaram para o quinto andar do novo prédio. Arquitetonicamente, o estilo impressionante do edifício novo sugeria sutilmente uma fortaleza elegante. Construído no auge do movimento antiguerra no início dos anos 1970, refletia a consciência corporativa emergente da BBN sobre ameaças a empresas envolvidas em contratos do Departamento de Defesa dos EUA. O prédio não tinha janelas no térreo, onde ficava um grande centro de informática. Ele também tinha uma garagem no porão projetada para que o próprio edifício ficasse afastado da rua, cercado por um fosso sem água, permitindo o acesso à porta da frente apenas por uma pequena passarela.

No quinto andar, o Network Control Center ocupava uma grande sala com enormes janelas de vidro que davam para o norte, para as colinas além de Cambridge. A equipe de Heart, com cerca de trinta pessoas, estava distribuída em escritórios modernos e laboratórios bem equipados por todo o andar. A divisão de Heart ficava no único andar do prédio com sua própria cozinha pequena escondida em um corredor central, um pedido especial de Heart, que pretendia equipá-la algum dia com uma máquina de café expresso italiana digna de um bom restaurante.

Dominando uma grande parede do centro de controle, havia um mapa lógico da rede. Construído com peças magnéticas móveis em um fundo de metal, o mapa era um diagrama de fiação mostrando todos os IMPs, computadores host e links — indicados por marcadores quadrados, redondos e triangulares. Os códigos de cores e ponteiros indicavam o status de cada IMP, nó e link. À primeira vista, os operadores podiam dizer quais linhas ou IMPs estavam inoperantes e onde o tráfego estava sendo roteado ao redor dos pontos problemáticos. Além de informações críticas, uma piada ou desenho ocasional poderia ser pendurado com um ímã, como se o mapa de controle fosse uma grande porta de geladeira.

Uma das principais tarefas do Centro de Controle de Rede era emitir atualizações de software e recarregar os programas operacionais do IMP quando necessário. Os operadores usavam um esquema inteligente de cooperação pelo qual todo IMP baixava o software de um vizinho. Toda terça-feira, das 7 às 9 da manhã, a BBN tinha a rede reservada para distribuição de software, teste de rede e manutenção. Dentro dessas duas horas, operadores no Centro de Controle de Rede poderiam ter todos os IMPs da rede rodando uma nova versão do software. Todas as novas versões dos códigos operacionais do IMP foram eventualmente distribuídas dessa maneira. O processo de propagação eletrônica começaria em Cambridge quando um novo programa de software fosse baixado para um local próximo, que por sua vez baixaria o pacote de software para outro vizinho, sob o comando dos operadores.

O método também tinha potencial restaurador. Se um programa operacional de um IMP fosse destruído, o IMP poderia enviar uma solicitação de recarregamento de um programa para um IMP vizinho. O IMP respondente enviaria de volta uma cópia de seu próprio programa.

Ajuste Fino

Outras grandes mudanças também ocorreram no segundo ano da rede. A BBN e a ARPA decidiram que o Honeywell 516 reforçado, refletindo muita preocupação com a confiabilidade, era uma expressão do exagero. Também era caro. O 516 custava cerca de 20% a mais do que uma versão mais recente do computador, o Honeywell 316, que não estava disponível em versão reforçada. Ben Barker, que permaneceu intimamente envolvido na manutenção e solução de problemas de mais de uma dúzia de IMPs então em campo, concluiu que o gabinete no 516 reforçado era uma fonte de confiabilidade reduzida, porque dificultava tarefas de manutenção de rotina que deveriam ser realizadas com facilidade.

A Honeywell estava sob contrato para cuidar da manutenção de rotina. Mas aqui também eles demoraram a chegar à visão emergente da BBN — o modelo de distribuidora de McKenzie — de como uma rede de computadores deveria operar. Houve períodos em que o tempo de inatividade dos IMPs atingiu uma média de 3 a 4 por cento em uma base mensal. Se uma distribuidora de energia elétrica ou o sistema telefônico estivesse inoperante por tanto tempo — um dia em cada mês — seu desempenho seria considerado péssimo. Mas a Honeywell teve de ser persuadida a imaginar para onde a BBN e a ARPA queriam ir com a rede.

"Lembro-me de uma ótima reunião quando examinamos os números com o pessoal da Honeywell", lembrou Barker. "Os caras da Honeywell disseram: 'Esperem um pouco. Vocês estão dizendo que essas máquinas estão inativas entre meia hora e uma hora por dia? Isso é tipo, três por cento de tempo de inatividade. Vocês querem dizer que essas máquinas estão rodando noventa e sete por cento do tempo por dia. Como vocês estão fazendo isso!?'"

O tempo de inatividade de 3% que surpreendeu a Honeywell foi, nas palavras da BBN, uma "síndrome de falha de hardware prolongada." Os procedimentos normais de ligar e trabalhar com os engenheiros de campo da Honeywell não haviam esclarecido várias dessas "falhas persistentes", relataram à BBN. Eles estavam particularmente preocupados com problemas em vários locais na área de Washington, D.C. Frustrado por problemas recorrentes de manutenção, Roberts ameaçou, ainda que vagamente, cancelar o contrato da BBN. Barker finalmente foi até Heart e propôs que ele reunisse uma equipe de manutenção dirigida pela BBN, com um time de campo adequado para manutenção periódica e um especialista "bombeiro" itinerante. Mas McKenzie se opôs veementemente à ideia, não por estar satisfeito com a situação com Honeywell, mas porque ele temia que Barker só piorasse as coisas. Era o estilo desleixado de Barker, ao qual McKenzie, um homem meticuloso, estava reagindo; ele disse que o escritório de Barker parecia um lugar onde um caminhão de lixo havia esvaziado seu conteúdo e, de fato, era uma imagem adequada. Poucos contestariam que o escritório de Barker era, em um bom dia, uma bagunça total. Tampouco contestariam a nitidez de seus conhecimentos e habilidades técnicas. Assim, em uma troca, Barker fez um esforço concentrado para manter seu escritório limpo, e Heart entregou-lhe o trabalho de construir e dirigir uma equipe de manutenção.

Deixando de lado a manutenção, a confiança de Heart sobre a confiabilidade intrínseca da rede aumentou no primeiro ano. Ele viu os IMPs funcionando com sucesso em campo. Sua equipe havia cumprido seus testes iniciais. Ele também ficou um pouco mais relaxado, depois de um tempo, com a confiabilidade dos pesquisadores de campo e estudantes de pós-graduação. Como consequência, a última versão do Honeywell 516 reforçado entrou na rua Moulton ao final de 1970 e acabou sendo enviada como IMP Número Quinze, dirigindo-se à Burroughs Corporation em Paoli, Pensilvânia. Na mesma época, a Universidade de Illinois em Urbana-Champaign recebeu a máquina número doze, que havia sido adiada.

Por esta época, a BBN havia recebido a aprovação da ARPA para realinhar-se em outro esforço intensivo de engenharia: projetar um protótipo de IMP baseado no 316. A Honeywell prometeu a entrega da máquina no início de 1971. A transição para o IMP 316 mais leve foi apenas uma parte da mudança estrutural em desenvolvimento na rede da ARPA.

Durante meses, a equipe de Heart e Roberts discutiu a possibilidade de conectar muitos usuários novos à rede sem passar por um computador host. Parecia que eles poderiam possibilitar o logon na rede, alcançar um host distante e controlar recursos remotos através de um simples terminal — um Teletype ou um CRT com um teclado — diretamente conectado a um IMP. O novo esquema eliminaria a necessidade de um computador host entre todos os usuários e a sub-rede IMP. Tudo o que você precisaria para fazer funcionar seria um terminal burro conectado a um IMP. Isso abriria muitos novos pontos de acesso.

Se isso pudesse ser resolvido tecnicamente, centenas ou até milhares de usuários a mais poderiam obter acesso à rede sem a proximidade física de um computador host. Então, a rede não seria mais apenas um experimento para os cientistas da computação hardcore com contas de mainframe, mas passaria a estar aberta a uma variedade de usuários mais casuais — oficiais militares, burocratas do governo, administradores de universidades, estudantes — que seriam trazidos para a comunidade de redes. Isso aproximaria o mundo à realização da visão de Licklider do computador como facilitador da comunicação e interação humana.

Mas nem os IMPs originais nem os novos IMPs 316 poderiam suportar mais de quatro interfaces de host. Nenhuma das máquinas poderia acomodar uma conexão de terminal. Para tornar o novo conceito viável, a equipe de Heart precisaria criar uma nova interface capaz de lidar com dezenas de linhas terminais alimentando o IMP e a rede. Sentindo o valor de seguir nessa nova direção, a BBN lançou um esforço acelerado para projetar um terminal controlador que pudesse gerenciar o tráfego gerado por um grande número de dispositivos terminais conectados diretamente ou através de linhas dial-up. O novo dispositivo foi chamado simplesmente de Terminal IMP, ou TIP.

Em seis meses, a BBN e a Honeywell concluíram o projeto e a construção de duas novas máquinas de protótipo baseadas no 316. O primeiro era um IMP básico, o outro era um TIP que incluía um controlador multilinha capaz de gerenciar o tráfego de sinal de até sessenta e três terminais de uma só vez. Todos os dispositivos de terminal conectados a um TIP seriam endereçáveis como se pertencessem a um único host na rede. Na sala dos fundos onde a BBN recebia as entregas, a equipe de Heart montou uma pequena célula de teste para fazer o debug das máquinas recebidas; as últimas unidades do 516 chegavam a um ritmo bastante constante a cada quatro semanas e a qualquer momento poderia haver duas ou três máquinas, às vezes mais, conectadas para testar seu desempenho e simular o tráfego da rede. Os quatro primeiros TIPs estavam programados para chegar à BBN no final do verão de 1971.

Tudo parecia estar funcionando de acordo com o planejado. A BBN começou a explorar a gama de dispositivos terminais que podiam estar conectados à rede. As opções variavam de telas CRT gráficas, impressoras de linha lentas e rápidas, telas alfanuméricas e terminais do tipo Teletype. A equipe também estava pensando em como vincular leitores de cartões, gravadores magnéticos e outros dispositivos periféricos.

Mais testes de algoritmos de roteamento, testes de rendimento, de esquemas de controle de fluxo e de diagnóstico remoto continuaram ocupando a equipe BBN diariamente, semana após semana, levando a melhorias constantes em sua tecnologia de comutação de pacotes.

O Centro de Controle de Rede continuou se expandindo com a rede. A pressão para a manutenção da rede aumentou. Tornou-se uma parte constante do contrato da ARPA com a empresa, e logo o centro estava ocupado 24 horas por dia, sete dias por semana.

A certa altura, o Centro de Controle de Rede atualizou alguns equipamentos e adicionou um discador automático de telefone ao sistema. O discador automático foi projetado especificamente para monitorar a condição dos modems espalhados pela rede. Havia dezenas de modems lidando com o tráfego de dados para os TIPs. Os solucionadores de problemas da BBN fizeram com que o discador automático fizesse um teste simples: o discador foi programado para ligar para cada modem uma vez por dia e ouvir uma resposta. Se um modem atendesse e assobiasse, seus sinais vitais eram considerados normais. Qualquer modem que não atendesse ou sinalizasse de volta indevidamente apareceria em um relatório de problemas.

A certa altura, a equipe do Centro de Controle de Rede atentou para um modem em particular que parecia estar com defeito sempre que o discador automático fazia sua verificação. Alguém sugeriu fazer uma ligação através do discador automático para o modem problemático, enquanto um técnico ouvia; talvez ele pudesse diagnosticar o sinal retornando. Então, ele fez a ligação, ouviu o modem atender e escutou uma voz furiosa do outro lado da linha. Antes de desligar, a voz disse, segundo inúmeros relatos: "Ei, Martha, é aquele maluco com o apito de novo!"

O controle de congestionamento, um dos problemas incômodos demonstrados pelos experimentos de Kahn, havia sido atacado e aprimorado. A BBN havia redesenhado o esquema para reservar espaço suficiente nos buffers de memória IMP para remontagem dos pacotes recebidos. Uma quantidade específica de espaço de remontagem para cada mensagem seria reservada em um IMP de destino antes que a mensagem pudesse entrar na rede. O IMP de envio verificaria e, se informado que não havia espaço suficiente disponível nos buffers do IMP de destino, o RFNM seria atrasado. A solução não era diferente do tratamento que muitos passageiros de uma companhia aérea experimentam quando um avião não pode decolar porque o mau tempo no aeroporto de destino impede que o avião pouse. O passageiro se senta no chão e espera por uma abertura no destino. Nas simulações, o novo esquema conseguiu impedir a inserção de mais tráfego na rede do que o IMP de destino poderia suportar.

Para que o desenvolvimento da rede avançasse em ritmo constante, seria necessária uma coordenação mais estreita entre o esforço da BBN para introduzir o Terminal IMP e o esforço do Grupo de Trabalho da Rede para desenvolver protocolos. Então, a equipe de Heart decidiu se envolver muito mais profundamente no trabalho do Grupo de Trabalho da Rede (GTR). Em meados de 1971, a BBN havia se inserido nos comitês do GTR (McKenzie era o representante da BBN) trabalhando no protocolo host a host, no protocolo de transferência de arquivos e no protocolo Telnet.

Embora tivesse demorado mais de um ano até funcionar, o protocolo Telnet era um procedimento relativamente simples. Era um mecanismo simples que permitia a comunicação básica entre duas máquinas host. Os quatro primeiros nós conectaram quatro máquinas diferentes, enquanto outras instalações host ofereceram uma mistura ainda maior de computadores incompatíveis, variando do DEC PDP-10 aos grandes IBMs, às máquinas Honeywell e Xerox. O Telnet foi concebido para superar diferenças simples, como estabelecer uma conexão e determinar que tipo de conjunto de caracteres usar. Foram os TIPs e o Telnet juntos que abriram o caminho para a rápida expansão da rede.

A transferência de arquivos foi o próximo desafio. Por alguns anos, meia dúzia de pesquisadores tentaram chegar a um protocolo de transferência de arquivos aceitável, ou FTP[21]. O protocolo de transferência de arquivos especificou a formatação dos arquivos de dados trocados na rede. A transferência de arquivos era uma força vital para a rede. A transferência de arquivos era uma força vital para a rede, o equivalente digital da respiração — inspiração de dados, expiração de dados, ad infinitum. O FTP tornou possível compartilhar arquivos entre máquinas. A movimentação de arquivos pode parecer simples, mas as diferenças entre as máquinas eram tudo menos isso. O FTP foi o primeiro aplicativo

---

[21] Sigla em inglês para File Transfer Protocol

a permitir que duas máquinas cooperassem como pares, em vez de tratar uma como um terminal para a outra. A disponibilização dessa funcionalidade para a rede dependia do grupo de trabalho do FTP apresentar um produto final funcional.

O presidente do grupo, Abhay Bhushan, um estudante de graduação do MIT e arquiteto de sistemas, era especialista em Multics, um sistema operacional ambicioso e complexo. Bhushan estudou problemas de multitarefa em um único computador. O próximo passo foi transferir os blocos de dados em um sistema multicomputador como a rede da ARPA.

Nos seis meses que passou trabalhando no protocolo de transferência de arquivos, a equipe geralmente se reunia em sessões regulares do Grupo de Trabalho da Rede. Mas também costumava usar teleconferência por computador em tempo real. Todos os membros da equipe faziam logon de uma só vez, de Palo Alto, Cambridge, L.A. e Salt Lake, e trocavam comentários por uma ou duas horas seguidas. Conversar através de teclados e terminais era menos espontâneo do que falar, mas Bhushan acreditava que isso forçava a clareza em seus pensamentos. Também havia a vantagem de criar um registro de seu trabalho. No início de julho de 1972, os retoques finais foram feitos no FTP, e Jon Postel, agora o editor e distribuidor das Solicitações para Comentários, o lançou como RFC 354.

Ostentando

O único problema real com a rede agora era capacidade. Não havia muito uso dela. No início, o tráfego era pequeno porque os protocolos estavam atrasados. Agora, em um dia normal, os canais estavam praticamente vazios. No outono de 1971, a rede carregava uma média de apenas 675.000 pacotes por dia, pouco mais de 2% de sua capacidade de 30 milhões de pacotes por dia. O Centro de Medição de Rede da UCLA continuou gerando tráfego de teste para investigar os pontos fracos de todos os algoritmos de rede. Mas não havia tráfego natural suficiente na rede para realmente ultrapassar os limites dos esquemas de roteamento e anticongestão.

Havia alguns usos iniciais interessantes. Os programadores da SRI estavam usando o compilador PDP-10 de Utah como preparação para instalar seu próprio PDP-10, e eles geravam a maior parte do tráfego mais real. Jon Postel, da UCLA, estava usando a rede para executar o sistema oNLine da SRI. Bob Metcalfe, um estudante de pós-graduação de Harvard que trabalha no MIT, e um amigo, Danny Cohen, que ensinou em Harvard, fizeram um dos experimentos mais emocionantes da rede. Metcalfe e Cohen usaram o PDP-10 de Harvard para simular o pouso em um porta-aviões e depois exibiram a imagem em um terminal gráfico no MIT. Os gráficos foram processados no MIT, e os resultados (a visão do convés de pouso do porta-aviões) foram enviados de volta pela rede da ARPA para o PDP-1 em Harvard, que também os exibiu. O experimento demonstrou que um programa poderia ser movido pela rede a uma velocidade tão alta que se aproximava do tempo real. Metcalfe e outros criaram uma RFC para anunciar o triunfo e a chamaram de "Momentos Históricos em Rede".

Outros não tiveram tanto sucesso. Houve uma tentativa inicial de criar algo chamado serviço de reconfiguração de dados; foi uma tentativa fracassada de escrever uma linguagem de programação que interpretasse arquivos incompatíveis em computadores diferentes.

A rede da ARPA, no entanto, era praticamente desconhecida em todos os lugares, exceto no âmbito da comunidade de pesquisa em computadores. Mas, ainda assim, para uma pequena parte da comunidade cujo interesse em pesquisa era a criação de redes, a rede da ARPA estava se tornando uma ferramenta utilizável. Para eles, foi um experimento fantástico — mas você precisava se envolver em coisas como a teoria das filas ou a teoria das comunicações para apreciá-lo. Se, por outro lado, seu trabalho fosse em inteligência artificial, robótica ou computação gráfica ou quase qualquer outra coisa que a comunidade estivesse investigando, a utilidade desse grande sistema de comutação de pacotes transcontinental ainda não havia sido compreendida. Ninguém apresentou uma demonstração útil de compartilhamento de recursos; os protocolos para fazê-lo funcionar nem estavam prontos. A rede da ARPA era uma rede crescente de links e nós, e era isso — como um sistema de rodovias sem carros.

No entanto, em toda a comunidade havia recursos valiosos a serem compartilhados. A Carnegie-Mellon tinha um departamento de inteligência artificial de primeira linha e aplicativos exclusivos para ele. Stanford tinha um grupo extraordinário de robótica. Teoricamente, em praticamente todos as instalações, havia alguma capacidade exclusiva que poderia ser contribuída para a rede.

Para que a rede se tornasse algo além de uma plataforma de teste para o tráfego artificial gerado pelos Centros de Medição e Controle de Rede, a notícia de seu potencial teve que se espalhar. Larry Roberts sabia que era hora de uma manifestação pública. Roberts estava no comitê de programa da primeira Conferência Internacional sobre Comunicação por Computador, a ser realizada em Washington em outubro de 1972. Ele circulou a data e ligou para Bob Kahn, que ainda estava na BBN, e pediu que ele organizasse uma demonstração da rede da ARPA como a única exposição no encontro. A conferência demoraria ainda cerca de um ano para acontecer. Roberts pediu a Kahn para começar a planejar imediatamente. Kahn já havia planejado deixar a BBN e trabalhar para Roberts na ARPA. Mas os dois homens decidiram que seria uma boa ideia Kahn ficar na BBN por um tempo para planejar a demonstração.

O primeiro passo de Kahn foi recrutar Al Vezza, do Projeto MAC do MIT, para ajudá-lo. Vezza sempre causava uma boa impressão. Ele era sociável e impecavelmente articulado; ele tinha uma mente científica apurada e instintos administrativos de primeira linha. Juntando os dois homens, provavelmente não havia um projeto de computador importante na comunidade de pesquisa dos EUA que eles não conheciam ou um ator importante que eles não conseguiriam convencer a se juntar a eles.

Em meados de 1971, Kahn e Vezza convocaram um pequeno grupo de oito pesquisadores principais de todo o país para uma reunião na Tech Square do MIT em Cambridge. Eles apresentaram a ideia de uma demonstração envolvente e altamente acessível dos recursos mais interessantes da comunidade — acessíveis pela rede. Vezza sabia que teria que ser uma demonstração interativa ao vivo para causar algum impacto. Alguém na reunião argumentou arduamente a favor de uma apresentação gravada em vídeo, para evitar falhas no computador durante o show. Vezza ficou incrédulo e argumentou com a mesma veemência que qualquer coisa, exceto uma demonstração ao vivo, prática, usando equipamentos e software reais, sinalizaria incerteza e falha potencial para todo o experimento de rede da ARPA. Tinha que ser feito em tempo real, tinha que ser algo que pudesse ser tocado e controlado por qualquer um que estivesse sentado em um terminal. Foi uma aposta. Ainda não havia muita experiência operacional com os protocolos Telnet e File Transfer, que os participantes teriam que empregar. E isso aumentou o risco de a demonstração falhar. Mas se a demonstração fosse bem-sucedida, provaria que a rede não era apenas real, mas útil.

Nos nove meses seguintes, Kahn e Vezza viajaram pelo país com o orçamento de Roberts. "Havia muitos becos sem saída", lembra Vezza. Eles se reuniram com dezenas de fornecedores da indústria de computadores, solicitando que cada um participasse, levando seus próprios terminais ao Washington Hilton, onde seria realizada a reunião e onde um TIP os conectaria à rede da ARPA. Roberts estava providenciando para a AT&T trazer duas linhas de 50 kilobits para o hotel. O plano era executar demonstrações no maior número possível de máquinas, conectadas ao maior número possível de locais. Os organizadores convidariam os participantes da conferência a entrar, sentar-se, fazer logon e usar os recursos da rede.

Dezenas de reuniões foram realizadas em várias instalações da rede para projetar cenários interessantes. Equipes de estudantes de pós-graduação e pesquisadores principais foram alocados. E, assim que iniciaram, começaram a sentir um certo pânico. Para conseguir fazer o plano funcionar, eles teriam que intensificar seus esforços para finalizar as ferramentas e protocolos de rede inacabados. Roberts, corretamente, previra a probabilidade de que o agendamento de uma manifestação pública altamente visível para outubro de 1972 pressionasse a comunidade a se mobilizar e garantir que a rede funcionasse perfeitamente até essa data. Kahn também reconheceu que a demonstração foi "criada para forçar a utilidade da rede a se materializar para os usuários finais."

No outono de 1971, a BBN tinha um protótipo TIP rodando no número 50 da rua Moulton. Dois outros TIPs estavam operacionais em outras partes da rede, neste momento consistindo em apenas dezenove nós. Os TIPs, baseados no Honeywell 316, eram completamente compatíveis com todos os 516 mais antigos. No início de 1972, vários IMPs 316 e DICs foram instalados e a parte central da rede entre as costas leste e oeste estava começando a ser preenchida. Em agosto de 1972, uma terceira linha cross-country foi adicionada. Além dos IMPs espalhados pelo centro do país, havia agora grupos de IMPs em quatro áreas geográficas: Boston, Washington DC., São Francisco e Los Angeles. À medida que a demonstração da ICCC se aproximava, 29 nós foram se conectando no que agora estava sendo amplamente chamado de ARPANET ou, mais frequentemente, apenas de Internet.

E as pessoas nas instalações estavam se mobilizando de maneira entusiasmada. Dezenas de grandes colaboradores de todas as comunidades acadêmicas e de pesquisa dos EUA haviam se envolvido. Esforços intensos estavam em andamento para fazer o debug de aplicativos e colocar os computadores host em funcionamento a tempo da demonstração pública. Todos os fabricantes de terminais foram convidados a provar que seu equipamento poderia funcionar com a ARPANET: eles estavam fazendo fila para mostrar mais de quarenta terminais de computador diferentes na demonstração. Vezza negociou com um fornecedor local na área de Washington, D.C., que concordou em emprestar uma grande área de piso antiestático e elevado para instalação na sala de reuniões do Hilton, onde o TIP e os terminais estariam localizados. A AT&T prometeu que viria com o link de dados. A instalação desse circuito em qualquer lugar em menos de seis meses não seria uma tarefa simples, e certamente não era uma questão simples para a AT&T ter essa linha no Hilton à medida que a ICCC se aproximava.

Vários dias antes do encontro, o equipamento de rede e as pessoas começaram a chegar ao hotel. Kahn e Vezza haviam elaborado uma planta baixa. O TIP estava localizado em uma seção de piso elevado no centro da grande sala de reuniões. Ao redor do perímetro da sala, havia dezenas de terminais, praticamente nenhum igual ao outro. Levaria alguns dias para que todo o equipamento fosse colocado no lugar, conectado, ligado e verificado. Em questão de horas, a sala era um emaranhado de fios e pessoas falando palavreado técnico. Técnicos estavam esticando cabos em todos os lugares. Os membros da equipe de Heart estavam por toda parte, com as ferramentas na mão, profundamente empenhados em ajudar os vários fabricantes de terminais a modificar os cabos do conector em cada uma das inúmeras unidades de terminais, para que cada um pudesse ser conectado ao TIP. Foram gastas horas descascando fios, religando os conectores, reconectando, testando e fazendo debug.

Muitos dos participantes estavam trabalhando em ritmo frenético. Muitos fizeram as malas enquanto ainda terminavam seus projetos e foram a Washington para dar os retoques finais. Foi a primeira vez que toda a comunidade apareceu em um lugar ao mesmo tempo. "Se alguém tivesse jogado uma bomba no Washington Hilton, teria destruído quase toda a comunidade de redes nos EUA naquele momento", observou Kahn. Sem mencionar a comunidade internacional, pois até Donald Davies, pai do termo "comutação de pacotes", veio da Inglaterra para ver como tudo isso funcionaria. "Foi uma experiência incrível", disse Vint Cerf. "Hackeando e berrando, gritando e dizendo: 'não, não... você entendeu errado.' Acertando todos os detalhes."

No final de sábado (a conferência foi aberta na segunda-feira), o BBN TIP era como um rei em um trono de arame que corria por todos os cantos da sala. A AT&T fez o que lhe foi solicitado e apareceu no momento certo com a linha certa. O domingo foi outro dia frenético de preparação, mas agora o TIP estava em ação, então as pessoas estavam começando a executar programas e fazer suas checagens finais. Muitos não terminaram até o final da tarde de domingo, pouco antes de uma demonstração prévia agendada para um grupo de VIPs — um círculo de congressistas em Washington, oficiais do Pentágono e outros.

Por volta das seis horas da noite, minutos antes de as portas se abrirem, Vezza estava perto do TIP quando Metcalfe disse, sem disfarçar a urgência em sua voz: "Estamos perdendo pacotes!"

Vezza lançou um olhar para McKenzie, que estava bem ali: "Alex, o que mudou?"

McKenzie alcançou a linha direta para Cambridge e gritou ao telefone: "Tira! Tira!"

O Centro de Controle de Rede vinha observando e monitorando uma linha ligeiramente falha na rede nos últimos dias. Eles pensaram que haviam resolvido o problema naquela tarde e haviam adicionado o circuito novamente à rede. Dentro de trinta segundos da ligação de McKenzie, o link foi removido pelos operadores da NCC e os pacotes estavam fluindo sem problemas no TIP novamente.

A tecnologia de gerenciamento remoto da BBN nunca experimentou um momento mais brilhante.

Mais tarde naquela noite, Jon Postel estava na sala de exposições, sentado em frente a um teclado, conectado ao host da UCLA. Sua equipe projetou uma demonstração em que alguém em Washington poderia abrir um arquivo em Boston através do computador host em Los Angeles. A ideia era imprimir o arquivo na sala de exposições do Hilton. Quando Postel enviou o arquivo para a impressora sentada ao lado dele, nada aconteceu. Ele olhou ao redor da sala. Houve muitas outras demonstrações, uma das quais uma pequena tartaruga robótica construída no MIT. A tartaruga foi construída para demonstrar como um programa de computador poderia ser escrito para direcionar o movimento de uma máquina. As crianças podiam escrever seus próprios programas na linguagem LOGO que dizia: "vá para a esquerda, vá para a direita, vá para frente, volte para trás, mova-se para os lados" e, quando o programa fosse executado, a tartaruga faria isso. No momento, no entanto, a tartaruga estava pulando para cima e para baixo, se contorcendo e sacudindo loucamente. Em vez de enviar o arquivo de Postel para a impressora, o sistema acidentalmente o enviou para a porta relativa às tartarugas, e o robô obedientemente ofereceu sua interpretação do seriam aqueles comandos de movimento.

Como estudante de pós-graduação entusiasmado, Bob Metcalfe havia assumido a tarefa de escrever um livreto para acompanhar as demonstrações. Ele descreveu dezenove cenários para usar a ARPANET, listou recursos em vários sites e mostrou como fazer logon em um host remoto, como obter acesso a uma das aplicações e como controlar um programa ou se envolver em algum tipo de comunicação interativa através da rede. Havia vários jogos de xadrez, um teste interativo sobre a geografia da América do Sul, uma maneira de ler as notícias da Associated Press pela rede e muitos outros jogos, ferramentas e demonstrações. Uma das aplicações mais práticas simulou um cenário de controle de tráfego aéreo no qual a responsabilidade pelo monitoramento de um vôo de avião é automaticamente transferida de um computador para outro, representando diferentes centros de controle de tráfego aéreo, à medida que o avião cruza as fronteiras geográficas. O livro de cenários da Metcalfe foi projetado para orientar os participantes, a maioria dos quais sabia pouco sobre a ARPANET, através de cada demonstração, passo a passo.

Na segunda-feira de manhã, os cientistas da ARPANET aguardavam ansiosamente seu público. Quando curiosos se aproximavam, os caras da rede, como missionários distribuindo folhetos de orações, enfiavam o livreto de cenários de Metcalfe em suas mãos e os conduziam à sala. Embora fosse possível seguir as instruções, sobretudo para os iniciados, o livreto era razoavelmente incompreensível para maioria, e era fácil confundir o sistema. Um homem sentou-se na frente de um terminal e digitou uma instrução do livreto. Por algum motivo, o host que ele estava tentando acessar não estava funcionando ou ele entendeu errado. A mensagem voltou: "HOST MORTO".

"Meu Deus. Eu o matei!" — ele exclamou. Ele não tocou mais em um terminal depois disso.

Outras coisas engraçadas aconteceram. Duas pessoas haviam se conectado à Universidade de Utah. Um deles viu que alguém que ele conhecia, mas nunca havia encontrado, estava logado. Eles estavam no modo de conversa, e então ele digitou: "Onde você está?" O outro respondeu: "Bem, eu estou em Washington", "Onde em Washington?" "No Hilton." "Bem, eu também estou no Hilton." Os dois acabaram ficando a poucos metros um do outro.

Algumas coisas não eram tão engraçadas. Como autor do livreto de cenários, Metcalfe foi escolhido para levar dez executivos da AT&T em um tour virtual pela ARPANET. Era uma visão estranha: o jovem Metcalfe, com sua grande barba ruiva, guiava dez executivos de terno e gravata da AT&T pela rede. No meio da demonstração, os computadores travaram. Foi a primeira e única vez que os computadores foram desligados. A primeira reação dos executivos da companhia telefônica foi rir.

"Eu olhei para eles", disse Metcalfe, "e os peguei sorrindo, encantados pelas inconsistências da comutação de pacotes. Isso eu nunca esquecerei. Confirmou para eles que a tecnologia de comutação de circuitos estava aqui para ficar, e essa coisa de comutação de pacotes era um brinquedo não confiável que nunca teria muito impacto no mundo comercial, e agora eles poderiam voltar para casa em Nova Jersey. Estava claro para mim que eles estavam presos no passado."

Se tivessem olhado além do azarado Metcalfe e da demonstração fracassada, os executivos da AT&T teriam visto exuberância em outros cantos da sala. Não apenas a comutação de pacotes funcionou, mas tornou possíveis coisas maravilhosas.

Algumas das demonstrações mais engenhosas envolveram programas de conversação em inglês. Estes eram programas elaborados, construídos para envolver um usuário em um diálogo verbal com uma máquina. Havia quatro programas em exibição, dois dos quais ofereciam uma visão especialmente fascinante da computação interativa.

PARRY, o primeiro desses conversadores virtuais, imitava o sistema de crenças de um paranoico psicótico. Ele sustentava sua parte da conversa, oferecendo respostas enlatadas a declarações que julgava entender. Caso contrário, sua resposta seria evasiva. PARRY foi uma criação do Dr. Kenneth Colby na Universidade de Stanford.

O Doutor era outro programa de conversação, baseado em ELIZA, um programa em linguagem natural escrito por Joseph Weizenbaum do MIT. O Doutor, que imitava o comportamento de um psiquiatra, era bem mais desconfiado do que PARRY. O Doutor aceitava declarações e tentava produzir novas frases com base nas palavras e na sintaxe do outro participante. Enquanto a conversa resultante era totalmente banal, os usuários costumavam ficar impressionados com a qualidade real das suas conversas com o Doctor. "As pessoas se sentavam e interagiam com essa coisa", observou Cerf. "E às vezes eles pediam que outras pessoas saíssem da sala porque pensavam que estavam tendo uma conversa particular."

Cerf e outros haviam considerado a ideia de preparar Colby, um paranoico, para uma "sessão" com o psiquiatra. Apenas algumas semanas antes da manifestação da ICCC, PARRY realmente encontrou o Doutor para uma conversa incomum na ARPANET, em um experimento orquestrado na UCLA. Talvez tenha marcado a origem, no sentido mais verdadeiro, de todo o bate-papo por computador. Não houve intervenção humana no diálogo. PARRY estava rodando no laboratório de inteligência artificial de Stanford, o Doctor rodava em uma máquina na BBN, e na UCLA suas entradas e saídas eram interconectadas através da ARPANET, enquanto os operadores se sentavam e observavam.

"Boa noite", disse o médico. "Me conte seus problemas. Por favor, termine a frase com um ponto final ou um ponto de interrogação."

"As pessoas me dão nos nervos às vezes", respondeu PARRY.

"Não tenho certeza de que entendo você."

"Você deveria prestar mais atenção."

"Suponha que você deva prestar mais atenção."

"Você tem direito a sua própria opinião."

"O que faz você pensar que tenho direito à minha própria opinião?"

"Me incomoda estar perto das pessoas em geral."

"Por favor continue."

"Eu fui para a pista em Bay Meadows há um tempo."

"Por que você diz isso agora?"

"Há muitas apostas viciadas acontecendo lá."

"Por favor continue."

"Eu aposto em cavalos."

"O que isso sugere para você?"

"Eu fui às corridas."

"O que mais você gostaria de discutir?"

"Apostar não tem trazido nada além de problemas para mim."

"Por que você diz isso agora?"

"Eu tive experiência com impostores apostando nas corridas."

"Não tenho certeza de que te entendo completamente."

"Você sabe alguma coisa sobre agenciadores de apostas?"

"O que faz você pensar que eu sei alguma coisa sobre agenciadores de apostas?"

"Um agenciador de apostas não me pagou uma vez."

"O que isso sugere para você?"

"Eu bati no agenciador de apostas que não pagou, e achei que ele poderia usar seus amigos no submundo para se vingar de mim."

"De quem você realmente está falando?"

"Você já pensou realmente na MÁFIA?"

"Suponha que você realmente tenha pensado na MÁFIA."

"Vamos falar sobre outra coisa."

"Não tenho certeza de que te entendo completamente."

"Você continua me perguntando as mesmas coisas, por que não mudar de assunto?"

"Por que essas perguntas estão em sua mente?"

"Eu pensei que tinha te dito, as pessoas me dão nos nervos."

"Seus nervos?"

"Prefiro não discutir mais isso."

"Você gostaria de discutir seus nervos?"

"Acho que sim."

"Não tenho certeza de que te entendo completamente."

"Você fala demais sobre as mesmas perguntas."

"O que essa semelhança sugere para você?"

"Eu não entendo você."

"Você gostaria que não me entendesse?"

"Já era hora de você mostrar algum interesse nos meus sentimentos."

"Oh? Eu mostrei algum interesse em seus sentimentos?"

"Eu vou ajudá-lo se eu confiar em você."

"Você deseja confiar em mim?"

"Talvez sim, talvez não."

"Você não parece muito certo."

"Na minha opinião, sua mente é fixada em uma coisa só."

"O que faz você pensar que minha mente é fixada em uma coisa só?"

"Eu costumava ir à pista toda semana."

"O que mais você gostaria de discutir?"

"Isso é algo que eu não quero discutir."

"Por que você diz isso agora?"

"Não é da sua conta."

"Por que você está preocupado com a minha conta?"

"Eu não confio em estranhos."

"Você realmente não confia em estranhos?"

"Vamos mudar de assunto."

"Não tenho certeza de que te entendo completamente."

"O que há de errado com você para me incomodar com isso?"

"Por favor continue."

"Você é uma verdadeira chatice."

"Por favor, você acredita que eu sou uma verdadeira chatice?"

"Eu estou farto disso."

"O que isso sugere para você?"

"Adeus."

"Foi um prazer."

"Medo = 4.2223001; raiva = 10; desconfiança = 12.650703"

"São US$ 399,29, por favor."

Centenas de pessoas participaram da demonstração da ICCC durante seus dois dias e meio. Executivos, engenheiros e técnicos das indústrias de telecomunicações e de computadores, um bom número deles, entraram no salão céticos quanto à ARPANET e à comutação de pacotes. Muitos saíram acreditando que a tecnologia poderia ser de verdade. Na maioria dos casos, os quarenta e tantos terminais funcionaram, os recursos estavam lá, o TIP funcionou espetacularmente e a ARPANET ganhou vida. "Era quase como se a indústria ferroviária não acreditasse que os aviões podiam realmente voar até que eles realmente vissem um em voo", disse Kahn. A demonstração da ICCC fez mais para estabelecer a viabilidade da comutação de pacotes do que qualquer outra coisa antes dela. Como resultado, a comunidade ARPANET ganhou um senso muito maior de si mesma, de sua tecnologia e dos recursos a sua disposição. Para os fabricantes de computadores, havia a percepção de que um mercado poderia surgir. "O sentimento naquela sala não era de medo ou preocupação", disse Len Kleinrock. "Era entusiasmo. Quero dizer, aqui nós poderíamos ostentar, sabíamos que funcionaria. Mesmo que algo desse errado, essas coisas eram corrigíveis. Foi uma experiência maravilhosamente empolgante." Roberts demonstrou confiança constante. Ele havia conseguido o que queria, um esforço mais sólido, a base para uma comunidade, algo sobre o qual que ele poderia construir. Os esforços e o pânico que antecederam o evento foram recompensados. E, nesse dia, até a BBN e a Honeywell estavam se dando bem.

Bob Kahn havia acabado de dedicar um ano de sua vida a demonstrar que o compartilhamento de recursos em uma rede poderia realmente funcionar. Mas, em algum momento do evento, ele se virou para um colega e comentou: "Sabe, todo mundo realmente usa isso para o correio eletrônico."

E-mail

Numa noite de setembro de 1973, Len Kleinrock estava desfazendo suas malas quando descobriu que havia esquecido seu barbeador. Ele havia acabado de voltar para casa em Los Angeles, vindo de Brighton, Inglaterra, enquanto seu barbeador estava no banheiro de um dormitório da Universidade de Sussex. Um barbeador elétrico comum, não foi uma grande perda. "Mas era meu", lembrou ele, "e eu queria de volta".

Kleinrock acabara de chegar de uma conferência sobre computação e comunicação. A conferência reuniu cientistas de vários países, alguns dos quais começaram a desenvolver redes digitais sob os auspícios de seus próprios governos. Mas a ARPANET do governo dos EUA foi de longe o maior e mais sofisticado experimento de rede do mundo, e a comunidade internacional deu boas-vindas à chance de ver o projeto demonstrado. Os organizadores da conferência também decidiram usar a ocasião para testar a transmissão de pacotes de dados via satélite. Para a conferência, um link temporário dos Estados Unidos havia sido improvisado em Brighton. Pacotes viajaram através de um link de satélite da Virgínia para uma estação terrestre na Cornualha, em Goonhilly Downs, perto de Land's End, e de lá uma linha telefônica dedicada foi instalada para conectar-se à Universidade de Londres. De Londres, um salto final ocorreu em Brighton, onde as pessoas tiveram a chance de usar a ARPANET como se estivessem sentadas em um escritório em Cambridge, Massachusetts, ou Menlo Park, Califórnia. Kleinrock havia retornado aos Estados Unidos um dia antes, então, quando percebeu que havia esquecido seu barbeador, pensou que poderia encontrar alguém ainda na conferência para recuperá-lo. Havia um software conveniente na rede chamado executivo de compartilhamento de recursos, ou RSEXEC. Se você digitasse "onde coisa", o RSEXEC procurava por esse tipo de coisa pesquisando a lista "quem" — uma lista de todos os usuários logados — em cada site. Você poderia localizar uma pessoa na rede dessa maneira, se ela estivesse conectada naquele momento. "Perguntei-me que maníaco estaria logado às três da manhã?", Lembrou Kleinrock. Ele foi ao seu terminal e digitou "onde roberts".

Alguns minutos depois, o terminal de Kleinrock exibiu a resposta. Larry Roberts ainda estava em Brighton, acordado e, no momento, conectado a um host da BBN em Cambridge. Um número Teletype para Roberts também apareceu na tela de Kleinrock, informações suficientes para ele, eletronicamente, dar um tapinha no ombro do colega.

"Tudo o que eu precisava fazer era conectar o Teletype à BBN", disse Kleinrock. Ele se vinculou a Roberts usando o TALK, o que lhes permitiu conversar digitando metade de uma tela dividida enquanto lia na outra. Os dois amigos trocaram cumprimentos. "Eu perguntei se ele poderia recuperar o barbeador. Ele disse: 'Claro, não há problema.'" No dia seguinte, o barbeador foi devolvido por Danny Cohen, um amigo em comum que esteve na conferência e voltou para L.A.

Não havia regras formais que restringissem o uso da ARPANET por pessoas com acesso autorizado. A aventura da recuperação do barbeador de Kleinrock não foi a primeira vez que alguém ultrapassou os parâmetros oficiais de uso da rede. As pessoas estavam enviando cada vez mais mensagens pessoais. Dizia-se que até uma ou duas vendas de drogas haviam sido feitas através dos IMPs no norte da Califórnia. Ainda assim, acessar a ARPANET para buscar um barbeador nas linhas internacionais era um pouco como ser clandestino em um porta-aviões. Afinal, a ARPANET era uma instalação federal de pesquisa oficial e não era algo para se brincar. Kleinrock teve a sensação de que a façanha que ele havia realizado estava um pouco fora dos limites. "Foi uma emoção. Eu senti que estava esticando a rede."

A ARPANET não foi concebida como um sistema de mensagens. Na mente de seus inventores, a rede era destinada ao compartilhamento de recursos, ponto final. Que muito pouco de sua capacidade havia sido realmente usada para compartilhamento de recursos foi um fato que ficou submerso na maré do correio eletrônico. Entre 1972 e o início dos anos 80, o e-mail ou o correio de rede, como foi referido, foi descoberto por milhares de usuários. A década deu origem a muitas das características duradouras da cultura digital moderna: flaming, emoticons, sinal de @, debates sobre liberdade de expressão e privacidade e uma busca incessante por melhorias e acordos sobre os fundamentos técnicos de tudo isso. No início, o e-mail era difícil de usar, mas no final da década de 1970 os grandes problemas haviam sido resolvidos. O grande aumento no tráfego de mensagens se tornaria a maior força inicial no crescimento e desenvolvimento da rede. O e-mail era para a ARPANET o que fora a compra da Louisiana para os jovens Estados Unidos. As coisas só melhoraram quando a rede cresceu e a tecnologia convergiu com a torrencial tendência humana de falar.

O correio eletrônico se tornaria o arquivo de longa data do ciberespaço. Assim como o LP foi inventado para conhecedores e audiófilos, mas gerou uma indústria inteira, o correio eletrônico cresceu primeiro entre a comunidade de elite de cientistas da computação na ARPANET, depois floresceu como plâncton pela Internet. Foi na época em que Kleinrock achou seu barbeador que os tabus estavam caindo e o tom do tráfego de mensagens na rede começou a relaxar.

Como artefato cultural, o correio eletrônico pertence a uma categoria entre arte e um acidente de sorte. Os criadores da ARPANET não tinham uma grande visão para a invenção de um sistema de manipulação de mensagens que circulava a Terra. Porém, uma vez instaladas as dezenas de nós iniciais, os primeiros usuários transformaram o sistema de computadores vinculados em uma ferramenta de comunicação pessoal e profissional. Usar a ARPANET como um sistema de correio sofisticado era simplesmente um bom hack. Naqueles dias, hackers não tinham nada a ver com comportamento malicioso ou destrutivo; um bom hack era um trecho criativo ou inspirado de código. Os melhores hackers eram profissionais. Usuários de rede intrometidos e mal-intencionados, raríssimos na ocasião, foram referidos pela primeira vez como "randoms (aleatórios) da rede" ou "randoms da net" ou simplesmente "randoms". Mais uma década transcorreria antes que hacker passasse a ter uma conotação ruim.

* * *

Na década anterior à ARPANET, os cientistas da computação haviam inventado maneiras de trocar mensagens eletrônicas dentro de um sistema de compartilhamento de tempo. Pesquisadores no mesmo sistema de compartilhamento de tempo tinham um arquivo designado para cada um, como uma caixa de entrada, na máquina central. Os colegas poderiam endereçar mensagens eletrônicas curtas para a caixa de outra pessoa, onde apenas o destinatário poderia lê-las. As mensagens poderiam ser entregues e lidas a qualquer momento. Era conveniente, dado os horários estranhos que eram mantidos. As pessoas dentro de um único laboratório trocavam torrentes de mensagens de uma linha só entre si, além de memorandos mais longos e rascunhos de artigos. O primeiro desses programas, chamado MAILBOX, foi instalado no início dos anos 60 no Sistema de Compartilhamento de Tempo Compatível no MIT. Caixas de correio semelhantes se tornaram um recurso padrão de quase todos os sistemas de compartilhamento de tempo criados posteriormente. Em lugares onde as pessoas estavam espalhadas, os programadores trabalhando a centenas de metros de distância podiam trocar mensagens sem ter que se levantar de suas mesas. Mas, muitas vezes, trocar mensagens em uma única máquina ou domínio tornou-se um exercício supérfluo — como duas pessoas usando walkie-talkies para conversar em uma cabine de um quarto só. As pessoas ainda se levantavam de suas mesas e caminhavam pelo corredor para conversar. Disse um usuário: "Nunca esquecerei um colega que, enquanto trabalhava no escritório ao lado, constantemente me enviava e-mails, e nunca deixou de surpreendê-lo quando me levantava e caminhava até o escritório ao lado para responder a ele". Em virtude de seu alcance geográfico, a rede da ARPA mudou tudo isso, transformando o correio eletrônico de um brinquedo interessante em uma ferramenta útil. As tendências da comunidade ARPANET eram fortemente democráticas, com uma espécie de traço anárquico. Os primeiros usuários da ARPANET estavam constantemente gerando um fluxo constante de novas ideias, mexendo com ideias antigas, pressionando, puxando ou estimulando sua rede a fazer isso ou aquilo, gerando uma atmosfera de caos criativo. A arte da programação de computadores lhes dava espaço para arroubos criativos intermináveis e variações de qualquer tema. E um dos temas principais foi exatamente o correio eletrônico.

A primeira entrega de correio eletrônico envolvendo duas máquinas foi realizada num dia de 1972 por um engenheiro silencioso, Ray Tomlinson, da BBN. Algum tempo antes, Tomlinson havia escrito um programa de correio eletrônico para o Tenex, o sistema operacional desenvolvido pela BBN que, atualmente, estava sendo executado na maioria das máquinas PDP-10 da ARPANET. O programa de correio foi escrito em duas partes: para enviar mensagens, você usaria um programa chamado SNDMSG; para receber e-mails, você usaria a outra parte chamada READMAIL. Na verdade, ele não pretendia que o programa fosse usado na ARPANET. Como outros programas de caixa de correio da época, foi criado para sistemas de compartilhamento de tempo e projetado apenas para lidar com correio localmente, dentro de PDP-10s individuais, e não entre eles.

Mas Tomlinson, um experimentador inveterado, decidiu tirar vantagem de ter dois computadores PDP-10 instalados no escritório de Cambridge; de fato, eram as mesmas máquinas que a BBN estava usando para se conectar à ARPANET. Semanas antes, Tomlinson havia escrito um protocolo experimental de transferência de arquivos chamado CPYNET. Agora ele havia modificado o programa para que pudesse levar uma mensagem de correio de uma máquina e soltá-la em um arquivo em outra. Quando ele experimentou enviar e-mails de um PDP-10 para o outro, o pequeno hack funcionou e, embora o e-mail não tivesse realmente saído para a rede aberta, ele atravessou uma importante fronteira histórica. O hack do CPYNET de Tomlinson foi um avanço; agora não havia nada impedindo o e-mail de atravessar a rede mais ampla. Embora em termos técnicos o programa de Tomlinson tenha sido trivial, culturalmente foi revolucionário. "O SENDMSG abriu a porta", disse Dave Crocker, irmão mais novo de Steve Crocker e pioneiro em e-mails. "O sistema criou a primeira interconectividade e todo mundo avançou a partir daí."

Mas como fazer com que essa invenção rodasse na rede? A resposta estava no protocolo de transferência de arquivos. Em julho de 1972, uma noite na Tech Square no MIT, enquanto Abhay Bhushan escrevia as especificações finais para o protocolo de transferência de arquivos ARPANET, alguém sugeriu colocar os programas de e-mail de Tomlinson no produto final. Por que não? Se as mensagens eletrônicas pudessem funcionar no CPYNET, elas também poderiam funcionar no protocolo de transferência de arquivos. Bhushan e outros elaboraram algumas modificações. Em agosto, quando Jon Postel recebeu uma RFC descrevendo o recurso de e-mail, ele pensou consigo mesmo: "Este sim é um belo hack." Os primeiros gêmeos do gerenciamento de correio eletrônico da ARPANET, chamados MAIL e MLFL, ganharam vida.

Tomlinson ficou conhecido pelo SNDMSG e CPYNET. Mas ele ficou mais conhecido ainda por uma decisão brilhante (ele considerou óbvia) que tomou ao escrever esses programas. Ele precisava de uma maneira de separar, no endereço de e-mail, o nome do usuário da máquina em que ele estava. Como isso deve ser indicado? Ele queria um caractere que sob nenhuma circunstância concebível fosse encontrado no nome do usuário. Ele olhou para o teclado que estava usando, um Teletype Modelo 33, que quase todo mundo na Internet também usava. Além das letras e números, havia cerca de uma dúzia de sinais de pontuação. "Cheguei lá antes de todo mundo, então pude escolher qualquer pontuação que quisesse", disse Tomlinson. "Eu escolhi o sinal @." O caractere também tinha a vantagem de significar "na" instituição designada (@ se lê "at" em inglês, a mesma grafia da preposição "na"). Ele não tinha ideia de que estava criando um ícone para o mundo conectado.

* * *

Stephen Lukasik, um físico que dirigiu a ARPA de 1971 a 1975, estava entre os primeiros usuários e grandes defensores do correio em rede. Sua parte favorita da ARPA, na verdade, era o Gabinete de Técnicas de Processamento de Informações de Larry Roberts. Lukasik começou sua carreira nos anos 50, trabalhando para a BBN e o MIT como estudante de graduação. Ele ingressou na ARPA em 1966 para trabalhar na detecção de testes nucleares e assistiu à criação da ARPANET. Durante sua ascensão à diretoria, Lukasik lutou muito duro para proteger o financiamento da comunidade de ciência da computação. A ARPA estava sob pressão para realizar trabalhos relacionados à defesa. Ele via a computação como uma tecnologia mais básica, mas importante, e a defendia como tal perante o Congresso.

Mas às vezes as coisas iam um pouco longe demais. Como diretor, ele circulava bastante, encontrando pessoas em seus escritórios. Um dia, ele estava no escritório do IPT quando notou uma pasta em cima de um arquivo. Sua capa laranja ("não é minha cor favorita") chamou sua atenção. A pasta foi rotulada como "Coreografia Assistida por Computador." Continha relatórios de progresso em um projeto que usava os movimentos dos dançarinos para mapear os movimentos humanos por computador. "Eu fiquei louco", disse ele. Ele podia imaginar a manchete: PENTÁGONO FINANCIA PESQUISA EM DANÇA.

Lukasik disse a sua equipe para dizer aos cientistas: "se você fará algo que parece estar a quarenta mil quilômetros da Defesa, por favor, deixe nosso nome de fora." Ele entendeu a pesquisa e não se importava se eles a fizessem, mas não queria que eles se gabassem disso. Steve Crocker, agora gerente de programa da IPTO trabalhando com Roberts, ficou feliz por não ter supervisionado o projeto de automação de dança. Mas ele tinha um pequeno problema com os pesquisadores que financiava no Laboratório de Inteligência Artificial de Stanford. "Em visitas aleatórias e sem aviso prévio, elas me mostravam com orgulho a simulação quadrafônica de uma mosca zumbindo no laboratório — que consumia 25% dos recursos de computação lá", disse Crocker.

Uma das primeiras coisas que Lukasik fez ao ser nomeado chefe da agência foi pedir a Roberts que lhe desse um endereço de e-mail e acesso à ARPANET. Era incomum alguém que não era cientista da computação se interessar em usar correio de rede e mais incomum para alguém torna-se tão dependente disso quanto Lukasik.

Um passageiro frequente de empresas aéreas, Lukasik raramente embarcava em um avião sem carregar a bordo seu terminal "portátil" de 13 quilos da Texas Instruments com um acoplador acústico, para que ele pudesse discar e verificar suas mensagens em viagem. "Eu realmente o usei para gerenciar a ARPA", lembrou Lukasik. "Eu estava em uma reunião e a cada hora eu discava minhas mensagens. Incentivei todos os que estavam à vista a usá--lo." Ele pressionou todos os diretores do escritório e eles pressionaram os outros. Os gerentes da ARPA perceberam que o e-mail era a maneira mais fácil de se comunicar com o chefe e a maneira mais rápida de obter sua aprovação.

Lukasik e Roberts tinham um excelente relacionamento, em parte porque ambos eram pensadores analíticos, e em parte porque Roberts sempre respondia rapidamente a quaisquer perguntas que Lukasik tivesse sobre seus projetos. "Se fiséssemos uma reunião na terça-feira à tarde e eu deixasse Larry com algumas perguntas para responder, ele voltaria no dia seguinte para outra reunião com mais do que apenas respostas. Ele teria tendências, projeções e comparações."

Então Lukasik descobriu o que estava acontecendo, e a utilidade do e-mail ficou mais clara do que nunca. Normalmente, Roberts deixaria o escritório de Lukasik, retornaria ao seu próprio escritório e enviaria mensagens aos especialistas sobre o assunto em questão que, por sua vez, devolveriam as perguntas a seus alunos de pós-graduação. Vinte e quatro horas e uma enxurrada de e-mails depois, o problema já teria sido resolvido várias vezes. "A maneira como Larry trabalhou foi o argumento por excelência em favor de uma rede de computadores", disse Lukasik. Durante o mandato de Lukasik, o orçamento anual de Roberts quase dobrou, de US$ 27 milhões para US$ 44 milhões.

Em 1973, Lukasik encomendou um estudo da ARPA que descobriu que três quartos de todo o tráfego na ARPANET era por e-mail. Até então, o envio de e-mail era um processo simples e quase sem problemas. No entanto, tentar ler ou responder era bem diferente: funcional, mas nada fácil. O texto jorrava na tela ou da impressora e nada separava as mensagens. Para chegar à última mensagem, você tinha que passar por todas elas novamente. Para muitos usuários, a única maneira de ler e-mails era ativar o Teletype e imprimir fluxos de texto. Escrever mensagens era realmente um aborrecimento, porque as ferramentas para edição de texto eram primitivas. E não havia função de "resposta" para e-mail; para responder, você precisava iniciar uma nova mensagem do zero.

Lukasik, que odiava jogar qualquer coisa fora, estava começando a ficar frustrado com o volume de e-mails se acumulando em sua caixa de entrada. Ele foi até Roberts. "Eu disse: 'Larry, esse negócio de e-mail é ótimo, mas é uma bagunça!'", Lembrou Lukasik. "No estilo típico de Larry, ele veio no dia seguinte e disse: 'Steve, escrevi um código para você que pode ajudar.' E ele me mostrou como obter um menu de mensagens, arquivá-las ou excluí-las. Roberts acabara de escrever o primeiro software de gerenciamento de correio.

Roberts chamou seu programa de RD, de "leitura" (reading). Todo mundo na ARPANET adorava, e quase todos criavam variações para RD — um ajuste aqui e uma pitada ali. Uma cascata de novos programas de gerenciamento de correio baseados no sistema operacional Tenex fluiu para a rede: NRD, WRD, BANANARD ("banana" era a gíria do programador para "bacana" ou "descolado"), HG, MAILSYS, XMAIL e outros. Logo, os principais operadores da rede começaram a sofrer. Eles eram como malabaristas que lançaram objetos demais no ar. Eles precisavam de mais uniformidade nesses programas. Ninguém estava prestando atenção aos padrões?

Por motivos não relacionados ao e-mail, mas aparentes para todos que usavam a rede diariamente, ocasionalmente a rede simplesmente ficava louca. Ou, como disse uma pessoa, ficava "enrugada". Os problemas em uma máquina poderiam provocar um efeito dominó em todo o sistema. Um exemplo: o dia de Natal, 1973, todos em casa. O IMP de Harvard desenvolveu uma falha de hardware que teve o efeito bizarro de ler todos os zeros nas tabelas de roteamento, informando outros IMPs de todo o país que Harvard acabara de se tornar a rota mais curta — sem saltos — para qualquer destino na ARPANET. A corrida de pacotes em direção a Harvard foi de tirar o fôlego.

Os usuários notariam uma falha como essa. Tudo parou. "Harvard se tornou um buraco negro", disse John McQuillan, na época estudante de Harvard. "Todo o tráfego foi para Harvard e, como um buraco negro, nenhuma informação escapava." McQuillan havia sido apresentado às operações de rede por Ben Barker e ajudou a conectar o PDP-1 de Harvard. Ao terminar seu doutorado, McQuillan foi contratado para aprimorar o software do Centro de Controle da Rede da BBN. No dia de Natal, quando os zeros de Harvard foram enviados para as tabelas de roteamento em todo o país, até o tráfego de controle usado pela BBN para diagnosticar e fazer o debug do sistema foi sugado para a "órbita gravitacional" do IMP defeituoso de Harvard. Os operadores da BBN tiveram que "cauterizar" — cortar essa parte da — rede, fazer o debugging e trazê-la de volta.

Como uma empresa de serviços públicos, a BBN estava desenvolvendo rapidamente os meios para lidar com tais ocorrências. E houve relativamente poucas falhas na rede, nenhuma durando muito tempo.

Às terças-feiras, nos dias em que a BBN tinha a ARPANET reservada para tarefas domésticas, McQuillan chegava às seis da manhã. Crowther e Walden haviam parado de programar os IMPs. Entre 1972 e 1974, McQuillan assumiu a responsabilidade principal de revisar os códigos e projetar os procedimentos de liberação. Ele liderou a equipe que escreveu todo o novo software IMP e fez os lançamentos na rede. Ele construiu redes de teste "bastante elaboradas" no laboratório da BBN, onde simulou cenários de falha, forçando a rede de teste a falhar para que ele aprendesse a tornar a ARPANET mais segura.

"Você sabe que os computadores encontrarão tempestades de raios, falhas de energia, erros de software e de hardware, e o zelador tropeçará no cabo de alimentação, e tudo o que você puder imaginar pode acontecer", disse McQuillan. Mas de todos os problemas em potencial, os problemas no algoritmo de roteamento foram considerados os piores.

Por toda a sua elegância e simplicidade, o algoritmo de roteamento original escrito por Crowther era defeituoso, pois, embora fosse enxuto, em certo sentido, o esquema era primitivo demais para tráfego pesado. Era um problema conhecido, mas não foi relevante até a rede chegar a um ponto em que o uso pesado e um grande número de nós começaram a sobrecarregar o esquema de roteamento. "Isso não começou a acontecer até a rede ficar grande", disse McQuillan. "Quando era bem pequena, todos os protocolos básicos funcionavam. Mas quando algo é pequeno, quase tudo funciona." Eles sabiam que quando o sistema atingisse cinquenta ou sessenta nós, o antigo algoritmo não seria capaz de fornecer atualizações de roteamento com rapidez suficiente e eles teriam uma grande bagunça nas mãos. McQuillan tornou sua missão de "deixar completamente à prova de balas" o cálculo para que "continuasse trabalhando diante de problemas 'impossíveis'".

Em dois anos, com várias versões, McQuillan substituiu os algoritmos de roteamento, a forma como os reconhecimentos funcionavam e, eventualmente, todo o programa operacional do IMP. Ele criou um algoritmo completamente diferente para distribuir informações sobre alterações na rede muito rapidamente para todos os IMPs, para que eles não tomassem decisões de roteamento ruins. E ele eliminou os cenários de impasse, em parte ao eliminar os famosos RFNMs da equação.

"Eu conhecia todos os computadores da rede", disse McQuillan. "Eu sabia onde eles estavam e quais eram seus números e quem estava lá, e eu conhecia todos pelo nome." Naquele momento, já havia quase cinquenta IMPs na ARPANET.

* * *

Algo sobre um sistema de correio, digital ou não, é convidativo para pessoas com um certo temperamento não-conformista. Talvez porque deva haver regras, algumas pessoas sempre tentam dobrá-las. Havia o sujeito inteligente, por exemplo, que conseguiu usar o Serviço Postal dos EUA para enviar tijolos, um por um, para o Alasca, até que ele teve o suficiente para construir uma casa; era a maneira mais barata de enviá-los dos outros quarenta e oito estados no continente. Ou a tia Em, que embeleza os pacotes que envia as suas sobrinhas e sobrinhos distantes com ilustrações fantasiosas, causando uma provável alegria e não aborrecimento nos funcionários dos correios. Em algum lugar num grosso livro de letras miúdas, estão os regulamentos postais oficiais relativos ao correio dos EUA — o que pode ser enviado, o que não pode e como. Porém, dentro de certos limites, todos os tipos de pacotes são entregues, porque os humanos que trabalham no correio podem se ajustar a uma latitude razoavelmente ampla de não-conformidade.

Mas imagine um correio local em algum lugar que decidiu seguir sozinho, criando suas próprias regras de endereçamento, embalagem, carimbo e classificação de correspondência. Imagine se aquela agência de correios invasora decidisse inventar seu próprio conjunto de códigos postais. Imagine qualquer número de agências postais inventando novas regras. Imagine, portanto, uma confusão generalizada. O tratamento de mensagens requer uma certa dose de conformidade e, como os computadores são menos tolerantes a falhas do que os seres humanos, os e-mails imploram em voz alta por esta conformidade.

A disputa inicial da ARPANET sobre as tentativas de impor cabeçalhos de mensagens padrão era típica de outros debates sobre os padrões da indústria de computadores que surgiram mais tarde. Mas como a luta pelos padrões de e-mail foi uma das primeiras fontes de tensão real na comunidade, ela se destacou.

Em 1973, um comitê específico liderado por Bhushan, do MIT, tentou levar alguma ordem à implementação de novos programas de e-mail. Todos sabiam que, a longo prazo, era necessário um protocolo de transmissão de correio separado, independente do FTP. O correio da rede estava ganhando vida própria. Tinha seus próprios problemas técnicos. E não poderia ficar colado no FTP para sempre. Mas, por enquanto, apenas padronizar os cabeçalhos de correio já era uma dor de cabeça.

Os pacotes de dados na ARPANET já tinham algo chamado cabeçalhos, mas eram totalmente diferentes dos cabeçalhos de e-mail. Os cabeçalhos dos pacotes de dados eram bits codificados, lidos estritamente pelos IMPs, dizendo-lhes como lidar com cada pacote à medida que surgia. No contexto do correio eletrônico, no entanto, o cabeçalho refere-se a uma grande quantidade de informações na parte superior de cada mensagem de e-mail. A ideia era que certas informações sempre deveriam aparecer na parte superior das mensagens em um formato especificado, na verdade apenas um localizador elaborado de data e hora, incluindo informações como a hora em que uma mensagem foi enviada e entregue, a rota que ela viajou e outros destinatários para quem foi enviado e muito mais. O comitê de Bhushan também sugeriu uma sintaxe que facilitaria a leitura de cabeçalhos sem a ajuda de muito processamento especial de mensagens.

Os cabeçalhos nem sempre eram vistos apenas pelo usuário. Alguns campos de cabeçalho eram processados pelos sistemas receptores, programados para lidar com significados reservados e sintaxe bem definida. Se o programa do destinatário de alguma forma interpretava mal o cabeçalho do remetente, os resultados poderiam ser extremamente frustrantes. O programa leitor poderia parar de funcionar ou emitir uma mensagem de erro. As datas, por exemplo, eram especificadas de um modo em particular e as divergências poderiam ser ininteligíveis. Ou, se você colocasse uma vírgula no lugar errado, a capacidade do seu programa de e-mail de processar mensagens poderia entrar em colapso. Quando um gerenciador de correio não podia analisar cabeçalhos enviados por outro, era como se um funcionário de correios em Kenosha, Wisconsin, estivesse sendo solicitado a entregar cartas endereçadas em sânscrito e árabe.

Máquinas na ARPANET enfrentavam barreiras de linguagem de computador regularmente, e os problemas se multiplicavam com o crescimento do número de programas de correio e do número de nós na rede. Dependendo do tipo de sistema de correio que era utilizado para enviar uma mensagem, um programa ou sistema operacional incompatível na extremidade receptora "vomitava" os cabeçalhos, como disse um observador. Se a mensagem fosse recebida, a pessoa que a recebesse ainda poderia ter que lidar com uma tradução ilegível ou uma formatação incorreta. Os destinatários reclamariam do remetente. Um remetente poderia concordar em corrigir o problema com um hack ou kludge ("um kludge é um problema que funciona", segundo uma definição), se ele tivesse tempo. Ou, se ele gostasse bastante do seu próprio programa de e-mail, ele poderia simplesmente reclamar do programa do destinatário.

Configurar uma troca de e-mail era como convidar alguém para sair. "O e-mail era visto como algo entre adultos com consentimento mútuo", disse Brian Reid, um cientista da computação que estava trabalhando em seu doutorado na Carnegie-Mellon. Era necessário um certo entendimento maduro. "Eu tenho um programa de e-mail, quero lhe enviar e-mail e você deseja recebê-lo", continuou ele, "e desde que concordemos com o padrão, tudo bem". Muitos usuários dos primeiros aparelhos de fax passaram pelo mesmo tipo de questão, tendo que garantir que a máquina do remetente pudesse se comunicar com a máquina de fax do destinatário.

O problema ocorreu em uma escala massiva entre máquinas Tenex e não-Tenex. Programadores em algumas instalações que não eram Tenex, como aqueles que trabalhavam com máquinas baseadas no sistema operacional Multics, continuaram a introduzir programas e recursos de e-mail na sintaxe de seus próprios sistemas operacionais, e continuaram enviando suas mensagens pela Internet. As máquinas Tenex, no entanto, não conseguiam lidar com a sintaxe de outros formatos usados em algumas instalações; portanto, novamente, resultavam em conflito e confusão.

A diversidade de sistemas fora do padrão na Internet causou problemas, mesmo com algo aparentemente trivial como o sinal @ de Tomlinson. A disputa relativa ao sinal @ era longa e havia muitos lados. Houve discordância sobre o que deveria aparecer no lado esquerdo do símbolo e o que deveria aparecer à direita. Mas, antes disso, houve o debate sobre se ele deveria mesmo ser usado como delimitador entre os nomes de usuário e host no endereço.

O pessoal da Multics se opôs veementemente quando o sinal @ foi usado pela primeira vez, o que era compreensível. Tomlinson, um hacker da Tenex, havia escolhido o sinal @ sem perceber, talvez, que no sistema Multics ele era o caractere usado para enviar um comando "line kill". Qualquer usuário do Multics que tentasse enviar e-mail para "Tomlinson@bbn-tenex" rapidamente encontraria problemas. Multics começava a ler o endereço, encontrava o sinal @ e jogava fora tudo na linha que havia sido digitada anteriormente.

Ted Myer e Austin Henderson, do grupo BBN Tenex, decidiram tentar resolver um desses problemas de compatibilidade, o problema do cabeçalho. Em abril de 1975, eles publicaram uma nova lista de cabeçalhos "padrão". O documento, ao qual deram o título "Protocolo de transmissão de mensagens", apareceu como RFC 680.

Mas o RFC 680 imediatamente criou uma confusão entre aqueles que consideraram o esforço muito orientado para Tenex. Postel, detentor dos RFCs, cuja palavra era frequentemente final, empunhava o martelo de juiz. A RFC 680, disse ele, era o padrão de que os correios precisavam. "É bom que muitos programas de leitura de e-mail aceitem e-mails que não estejam em conformidade com o padrão", disse ele, "mas isso não justifica a violação do padrão dos programas de envio de e-mails." Se o padrão for inadequado, ele acrescentou, quaisquer propostas para alterá-lo seriam bem-vindas.

A discussão deixou claro que as instalações Tenex, lideradas pela BBN, formavam uma cultura dominante na rede, enquanto as instalações "minoritárias", com seus diversos sistemas operacionais, representavam um contramovimento potencialmente rebelde. Assim, foram plantadas as raízes de um conflito prolongado que continuou na década seguinte e ficou conhecido na comunidade como as guerras de cabeçalho. Muitas dessas batalhas foram travadas na arena de um novo grupo de entusiastas da conversação via computadores — o "Grupo de Mensagens", MsgGroup.

O MsgGroup

Em 7 de junho de 1975, Steve Walker, gerente de programa da ARPA no IPTO, redigiu uma mensagem para anunciar a formação de algo novo — um grupo de discussão eletrônica. A comunidade de rede, escreveu ele, precisa "desenvolver um senso do que é obrigatório, do que é legal e do que não é desejável nos serviços de mensagens. Tivemos muita experiência com diversos serviços e deveríamos ser capazes de reunir nossos pensamentos sobre o assunto." Ele recebeu de bom grado as opiniões de qualquer pessoa que estivesse disposta a participar e até forneceu um pouco do financiamento da ARPA para lançá-lo. "Essa coisa toda é uma nova tentativa", continuou ele. "O que espero de tudo isso é desenvolver uma estratégia de longo prazo sobre onde os serviços de mensagens devem estar na ARPANET e, de fato, no Departamento de Defesa. Vamos tentar."

No estilo verbal truncado que permeia a cultura da computação, o Grupo de Serviços de Mensagens foi apelidado de MsgGroup.

Dave Farber, da UC Irvine, se ofereceu para ser o arquivista do MsgGroup; ele também ofereceu a ajuda de um colega, um consultor chamado Einar Stefferud. Em pouco tempo, a maior parte das tarefas domésticas diárias coube a Stefferud, que começou seu trabalho mantendo a lista de participantes do MsgGroup, inscrevendo recém-chegados, convencendo-os a postar biografias introdutórias de si mesmos e separando as correspondências devolvidas. Stefferud se tornaria o moderador do MsgGroup e o homem por trás das cortinas. Servindo como intermediário, ele recebia mensagens para publicação e as reencaminhava manualmente para todos da lista. Foi um processo árduo que se tornou automatizado mais tarde.

Nem todo mundo conduzia seus negócios no mercado ao ar livre do MsgGroup; havia tanto ou mais tráfego de e-mail privado entre os programadores. Mas todos os envolvidos na implementação de sistemas de correio acabaram participando ou pelo menos sabiam o que acontecia no grupo. A discussão durou dez anos. Com o tempo, milhares de mensagens e centenas de milhares de palavras foram trocadas por cerca de cem participantes do MsgGroup.

O MsgGroup estava entre as primeiras listas de discussão da rede. Havia outras listas de discussão, a maioria delas não autorizadas, nos sites educacionais. A primeira lista não oficial amplamente popular, chamada SF-Lovers, foi dedicada aos fãs de ficção científica.

As guerras de cabeçalho fizeram aflorar os traços teimosos e obstinados dos programadores. Os conflitos operacionais entre máquinas eram apenas a metade da questão. Os problemas do cabeçalho também estavam enraizados na discordância humana sobre quanto e que tipo de informação deveria ser apresentado no topo das mensagens. As pessoas divergiam bastante sobre a quantidade de informações de cabeçalho com as quais se preocupavam em lidar ao ver suas correspondências.

Alguns programadores e programas de e-mail incluíram muito mais em seus campos de cabeçalho do que outros. Eles incrementavam o campo com contagem de caracteres, palavras-chave e outros itens esotéricos. Enquanto isso, os críticos argumentavam vigorosamente pela economia, opondo-se a uma sobrecarga de informações. Eles viram muitos cabeçalhos gordos e frívolos — o equivalente eletrônico de observar o conteúdo de fibras de algodão de uma folha de papel. Mensagens curtas com cabeçalhos complicados sempre pareciam pesadas, desequilibradas, enfatizando o cabeçalho em vez da mensagem. Brian Reid, da Carnegie--Mellon, que costumava soar a voz da razão no MsgGroup, estava no campo de cabeçalho curto. Um dia, ele recebeu uma mensagem sarcástica de um colega e a postou no MsgGroup:

```
Data: 7 Abr 1977 1712-EST
De: Bob Chansler em CMU-10A
Responder-Para: Cheese Coop em CMU-10A
Assunto: Re: Quase, mas ainda não
Para: BRIAN. REID em CMU-10A
CC: Chansler@CMU-10A
Remetente: BOB.CHANSLER em CMU-10A
ID-Mensagem: [CMU-10A] 7 abr 1977 17:12:49
    Bob Chansler In-Resposta-
Para: Sua mensagem de 6 de abril, 1977
My-Seq-#: 39492094
Yr-Seq-#: 4992488
Classe: A
Subclasse: MCMXLVII
Autor: RC12
Digitador: Fred
Terminal: TTY88
FE-L#: 44
Motivo: Godzilla precisou de um motivo?
Validade: não antes de 12 abr 1977 1321Z
Suspender: Após 19 abr 1977 0000Z
Erros-ortográficos-nesta-mensagem: 0
Erros-ortográficos-até-agora: 23
Tempo: Chuva leve, neblina
Previsão: Tempo limpo pela manhã
Avaliação-psicológica-do-remetente: Levemente
    instável
Nível-de-segurança: Público
Subnível-de-segurança: 0
Autoridade-para-envio: Geral
```

```
Autoridade-para-rcb: Geral
#-pessoas-na-sala-do-terminal: 12
XGP: UP-cutter não operacional
Ht/Wt-remetente: 76/205
Máquinas: M&Ms disponíveis, mas máquina de
   amêndoas está vazia
M&Ms-Último-Centavo: 17
HDR-chksum: 032114567101
```

Brian,
Eu não entendo sua preocupação sobre o tamanho
   dos cabeçalhos de mensagem.
Bob.

"Por que não podemos configurar os cabeçalhos para imprimir apenas as partes que escolhemos ler?" Reid perguntou. "Vá em frente e coloque 34 campos de cabeçalho diferentes", disse ele. "Tudo o que realmente quero olhar é 'a partir de' e 'data'". Outros concordaram. O programa ideal permitiria aos usuários projetar seus próprios cabeçalhos. Pelo menos um sistema de correio elaborado, o NLS JOURNAL MAIL de Doug Engelbart, ofereceu um recurso de "informações invisíveis" que permitia a visualização seletiva de uma grande quantidade de dados de cabeçalho.

Em 12 de maio de 1977, Ken Pogran, John Vittal, Dave Crocker e Austin Henderson deflagraram um golpe. Eles anunciaram "finalmente" a conclusão de um novo padrão de correio, RFC 724, "Um Padrão Oficial Proposto para o Formato de Mensagens de Rede ARPA". O padrão que eles estavam propondo continha mais de vinte páginas de especificações sintáticas, semânticas e formalidades léxicas. A RFC explicou que o destinatário de uma mensagem poderia exercer uma quantidade extraordinária de controle sobre a aparência da mensagem, dependendo dos recursos do sistema de leitura de mensagens.

Nos dias após a publicação da RFC 724, a resposta da comunidade de computadores foi, na melhor das hipóteses, gélida para o novo protocolo. Alex McKenzie, da BBN, foi particularmente sincero. Postel, que havia sido defensor da antiga RFC 680, foi o menos impressionado com a nova proposta. Ele criticou duramente a afirmação de que esse seria um padrão oficial da ARPA. "Que eu saiba, nenhum protocolo da ARPANET em nenhum nível foi carimbado como oficial pela ARPA", disse ele. "Quem são os oficiais, afinal? Por que essa coleção de organizações de pesquisa em computação deve receber ordens de alguém?" Havia muita ênfase no oficialismo e não o suficiente na cooperação e aperfeiçoamento do sistema. "Prefiro ver a situação como uma espécie de evolução passo a passo", disse ele, "onde documentos como RFCs 561, 680 e 724 registram as etapas. Apresentar um grande ponto de oficialidade sobre um passo pode dificultar o passo seguinte."

A equipe do RFC 724 absorveu as críticas. Seis meses depois, sob a liderança de Dave Crocker e John Vittal, uma edição final revisada da RFC 724 foi publicada como RFC 733. Esta especificação deveria ser entendida "estritamente como uma definição" do que deveria ser passado entre os hosts da ARPANET. Eles não pretendiam ditar a aparência dos programas de mensagens ou os recursos aos quais eles poderiam oferecer suporte. Eles exigiram menos do que o permitido pela norma, disseram eles, então aqui estava. E lá estava de fato.

Vários desenvolvedores escreveram ou revisaram programas de correio para estar em conformidade com as novas diretrizes, mas, um ano após a publicação da RFC 733, o conflito voltou a aparecer. Particularmente preocupante, os cabeçalhos da RFC 733 eram incompatíveis com um programa de correio chamado MSG (apesar de seu autor, John Vittal, ter ajudado a escrever a RFC 733). O MSG foi de longe o programa de correio mais popular da ARPANET.

Um hacker de hackers, Vittal havia escrito o programa MSG em 1975 por puro amor pelo trabalho. O MSG nunca foi formalmente financiado ou apoiado, "exceto por mim no meu tempo livre", explicou. Porém, em pouco tempo, o MSG tinha uma comunidade de usuários de mais de mil pessoas, o que naquela época significava uma grande parte do mundo conectado. Vittal usava o programa de correio RD de Roberts, que era ótimo para lidar com duas ou três mensagens por vez, ou até mesmo uma pilha curta de mensagens. Mas Vittal estava recebendo vinte mensagens por dia agora e queria um programa para gerenciá-las com maior facilidade. "O que o MSG fez foi fechar o ciclo", disse ele, "para que você pudesse enviar mensagens para vários outros arquivos, chamados pastas, e finalmente responder e encaminhar".

Vittal, de fato, ficou amplamente conhecido por colocar a palavra "resposta" no léxico do e-mail. Ele inventou o comando ANSWER, que tornou muito fácil responder às mensagens. Vittal lembrou: "Eu estava pensando: 'Ei, com um comando de resposta não preciso redigitar — ou digitar errado! — um endereço ou endereços de retorno.'"

Um modelo inspirador, o MSG gerou toda uma nova geração de sistemas de correio, incluindo MH, MM, MS, e um projeto patrocinado pelo Pentágono na BBN, chamado HERMES.MSG, era o "aplicativo matador" original — um aplicativo de software que conquistou o mundo. Embora nunca houvesse nada oficial sobre isso, o MSG claramente teve o apoio mais amplo das bases. Estava por toda a rede; até as principais pessoas da ARPA no Pentágono o usavam. Se houve um padrão amplamente aceito, foi o MSG, que reinou por um longo tempo. (Algumas pessoas na BBN ainda usavam MSG nos anos 90.)

O MSG de Vittal e seu comando ANSWER fizeram dele uma figura lendária nos círculos de e-mail. "Foi por causa de Vittal que todos nós assimilamos o correio da rede em nossas medulas", lembrou Brian Reid. "Quando o conheci anos depois, lembro-me de ficar decepcionado — como sempre acontece quando encontramos uma lenda viva — ao ver que ele tinha dois braços e duas pernas e nenhum foguete nas costas".

Mais do que apenas um grande hack, o MSG foi a melhor prova até o momento de que as regras da ARPANET podem ser criadas, mas elas certamente não prevaleciam. As proclamações de oficialidade não promoveram a Internet tanto quanto simplesmente lançar uma tecnologia na rede para ver o que funcionava. E quando algo funcionou, foi adotado.

Adventure e Quasar:
A rede aberta e liberdade de expressão

Quanto mais as pessoas usavam a ARPANET para e-mail, mais relaxadas ficavam com o que diziam. Havia mensagens contra a guerra e, durante o auge da crise de Watergate, um estudante da ARPANET defendeu o impeachment de Nixon.

Não apenas a rede estava se expandindo, mas estava se abrindo para novos usos e criando novas conexões entre as pessoas. E isso era puro Licklider. Um dos exemplos mais impressionantes disso começou com um dos membros originais do IMP – Will Crowther.

Um pequeno círculo de amigos na BBN se viciou em Dungeons and Dragons, um elaborado jogo de fantasia em que um jogador inventa um cenário e o preenche de monstros e quebra-cabeças, e os outros jogadores exploram esse cenário. O jogo inteiro existe apenas no papel e nas mentes dos jogadores.

Dave Walden fez sua introdução ao jogo uma noite em 1975, quando Eric Roberts, um aluno de uma turma que ele lecionava em Harvard, o levou para uma sessão de D&D. Walden reuniu imediatamente um grupo de amigos da equipe da ARPANET para sessões contínuas. Roberts criou o Mirkwood Tales, uma versão elaborada de Dungeons and Dragons ambientada na Terra Média de J. R. R. Tolkien. O jogo durou quase um ano e foi disputado principalmente no chão da sala de Walden. Um dos frequentadores era Will Crowther. Enquanto as outras dezenas de jogadores escolheram nomes como Zandar, Klarf ou Groan para seus personagens, Crowther era simplesmente Willie, um ladrão furtivo.

Crowther também foi um explorador de cavernas ardente. Ele e sua esposa Pat alcançaram fama entre espeleólogos por fazer parte de um pequeno grupo que descobriu o primeiro elo conhecido entre as cavernas Mammoth e Flint Ridge, em Kentucky. O sistema combinado de mais de 231 quilômetros era a caverna mais longa do mundo. Crowther foi o cartógrafo da Cave Research Foundation. Ele usava seu horário de folga para traçar intrincados mapas subterrâneos em um computador da BBN.

No início de 1976, Will e Pat se divorciaram. Procurando algo que ele pudesse fazer com seus dois filhos, ele teve uma ideia que unia Will, o programador, a Willie, o ladrão imaginário: uma versão simplificada de Dungeons and Dragons para computador, chamada Adventure. Embora o jogo não usasse mapas reais das cavernas de Kentucky, Crowther baseou a geometria de Adventure em imagens mentais daquelas câmaras subterrâneas. A grade de ferro pela qual os jogadores passaram no início do jogo foi modelada a partir das instaladas pelo Park Service nas entradas de Flint Ridge. Ele até incluiu uma ou duas piadas; o "Y2" inscrito em uma pedra em um ponto do jogo é uma abreviação para uma entrada secundária.

Crowther finalizou o programa ao longo de três ou quatro finais de semana. Seus filhos — de sete e cinco anos — adoraram, e Crowther começou a mostrar aos amigos. Mas o fim de seu casamento minou o espírito de Crowther, e ele nunca conseguiu refinar o jogo.

Bob Taylor, agora diretor do Laboratório de Ciência da Computação do Centro de Pesquisa de Palo Alto da Xerox Corporation, convenceu primeiro Severo Ornstein, depois Will Crowther, a se juntarem a ele, e quando Crowther se mudou para a Califórnia em 1976, deixou o programa Adventure em um computador da BBN. Mesmo sendo um jogo ainda rústico, a fama de Adventure se espalhou pela comunidade da rede.

Um estudante de Stanford chamado Don Woods ouviu falar de Adventure de um amigo que havia encontrado uma cópia no computador da Faculdade de Medicina de Stanford e baixou o jogo a partir dali. Mas Woods teve dificuldade em fazer o Adventure rodar a princípio, e quando conseguiu, o encontrou cheio de bugs. Ainda assim, ele estava viciado. "A aventura fez os usuários sentirem que estavam interagindo mais com o computador", disse Woods. "Parecia estar respondendo mais ao que você digitou, em vez de apenas fazer seus próprios movimentos como um oponente silencioso. Acho que isso atraiu muitos jogadores que, de outra forma, poderiam ter ficado desapontados com a ideia de jogar 'contra' um computador. Estávamos brincando 'com' um computador."

O jogo listava Will Crowther como autor, e Woods decidiu rastrear Crowther para obter o código-fonte a fim de que pudesse começar a fazer reparos no pequeno programa rudimentar. Ele enviou e-mail para todos os hosts da rede procurando Crowther e, finalmente, ele o encontrou no PARC. Crowther alegremente entregou o código. O retrabalho demorou vários meses, durante os quais o programa simples dobrou de tamanho. Woods criou novos obstáculos, adicionou um pirata, distorceu ainda mais os labirintos e adicionou vários tesouros que exigiam alguma solução de problemas antes de serem encontrados.

Quando o Adventure foi finalizado, Woods criou uma conta de convidado no computador do Stanford AI Lab para permitir que as pessoas jogassem, e um grande número de convidados entrou. A aventura se espalhou como fogo no palheiro quando as pessoas enviaram o programa umas às outras pela rede. Como Crowther o havia escrito em FORTRAN, ele podia ser adaptado a muitos computadores diferentes com relativa facilidade. Tanto Crowther quanto Woods incentivaram os programadores a piratear o jogo e incluíram seus endereços de e-mail para quem precisasse de ajuda para instalar, jogar ou copiar o jogo.

As pessoas ficaram com os olhos turvos procurando tesouros até as primeiras horas da manhã. "Há muito tempo perdi a conta dos programadores que me disseram que a experiência que os levou a usar computadores foi jogar o Adventure", disse Woods. O jogo inspirou centenas de imitações, o que acabou gerando uma indústria inteira.

Adventure demonstrou o apelo de uma cultura de rede aberta. E a ênfase na abertura cresceu com o tempo. Havia poucas portas fechadas na rede, e um espírito livre prevaleceu nas atitudes das pessoas sobre quem poderia entrar e passar por elas e para que fins. Qualquer um que tentasse restringir a população de estudantes de pós-graduação usando livremente a rede teria entendido mal a mentalidade da comunidade de ciência da computação. A ARPANET era propriedade oficial do governo federal, mas o correio de rede estava sendo usado para todo tipo de conversa diária.

Então, na primavera de 1977, o Quasar entrou em cena. Sua chegada marcou o início do primeiro debate sobre liberdade de expressão no ciberespaço. A controvérsia centrou-se em um dispositivo incomum fabricado pela Quasar Industries e explodiu em uma discussão sobre o uso da ARPANET, financiada pelos contribuintes, para falar, em termos abertamente críticos, sobre uma empresa privada.

Criado pela Quasar Industries, o aparelho tinha 1,81 metro e pesava 109 quilos. Era chamado de robô Andróide Doméstico, um ajudante programável que podia executar uma dúzia de tarefas domésticas básicas, como limpar o chão, cortar a grama, lavar a louça e servir coquetéis. Ele era equipado com personalidade e fala, para que pudesse "interagir em qualquer situação humana." Poderia "ensinar francês às crianças" e "continuar ensinando-as enquanto dormem." Ao preço anunciado de quatro mil dólares, a coisa toda parecia um roubo.

Phil Karlton, da Carnegie-Mellon, foi o primeiro a alertar o MsgGroup, em 26 de maio de 1977. Seu site na ARPANET estava fortemente envolvido na exploração de inteligência artificial, reconhecimento de fala e problemas de pesquisa relacionados, então ele sabia alguma coisa sobre robôs. O andróide e seu inventor haviam atraído bastante atenção da imprensa nacional, a maioria favorável. O discurso de vendas da Quasar também chamou a atenção da Consumer Reports, que publicou um texto cético na edição de junho.

A princípio, o Quasar parecia nada mais que um desvio divertido dos principais assuntos do MsgGroup. Todos no grupo sabiam que a coisa era uma farsa, e por um tempo isso pareceu suficiente. Mas então surgiu um senso de dever cívico. Dave Farber contou que estava em Boca Raton, Flórida, e ouviu no rádio que o departamento de polícia do condado de Dade estava pensando em comprar um robô de guarda Quasar para a prisão do condado, por US$ 7 mil. Em março, o Boston Globe publicou uma matéria citando Marvin Minsky, do MIT, e outros especialistas céticos em IA. Mas o artigo adotou a atitude geral, disse um membro do MsgGroup, de que "apenas serve para mostrar a você que esses acadêmicos não conseguem fazer nada de prático, e tudo que você precisa é de um cara trabalhando no fundo de uma garagem para envergonhá-los." A história deixou um rastro de descrença em relação à comunidade de pesquisa em inteligência artificial.

Brian Reid e um colega, Mark Fox, do Laboratório de Inteligência Artificial Carnegie-Mellon, publicaram um relatório excêntrico para todos no MsgGroup, fornecendo a eles uma conta pessoal de sua inspeção do robô doméstico "Sam Strugglegear" em uma grande loja de departamento no centro de Pittsburgh. As pessoas da comunidade de pesquisa, conhecendo o trabalho pioneiro em IA da CMU, estavam ligando para o laboratório para perguntar como era possível que o robô da Quasar fosse muito melhor em reconhecimento de fala do que qualquer coisa que a CMU havia produzido. Enfrentando o desafio, uma equipe de quatro membros da CMU fez o trabalho de campo.

"Eles encontraram uma visão assustadora", relataram Reid e Fox. No departamento masculino, entre os ternos de três peças, havia uma "lata de aerossol de 1,57 metro sobre rodas, conversando animadamente" com uma multidão. Motores elétricos e um sistema de engrenagens moviam os braços do dispositivo. O robô parecia familiarizado com qualquer assunto, reconhecia as características físicas dos clientes e se movia livremente em qualquer direção. A multidão estava encantada. Mas os cientistas estavam céticos. Eles procuraram por alguma evidência de um controle remoto. "Eis que, a cerca de três metros do robô, no meio da multidão, encontramos um homem de terno azul com a mão na boca, contemplativo como Aristóteles observando o busto de Homero na famosa pintura de Rembrandt." Reid e o outros observaram por um tempo e perceberam que, sempre que o robô falava, o homem de terno azul também estava murmurando em sua mão. O homem estava com um fio suspeito pendurado na cintura.

A discussão sobre o robô Quasar continuou por alguns anos até que, no início de 1979, Einar Stefferud, moderador do MsgGroup, e Dave Farber, que estava à espreita à margem da discussão, enviaram uma nota de cautela ao MsgGroup. "Estamos procurando problemas", eles alertaram, "quando criticamos o robô Quasar." Usar as instalações do governo dos EUA para lançar críticas sobre uma corporação, disseram eles, poderia sair pela culatra na comunidade de pesquisa da ARPA. Eles instaram seus colegas a impor uma cuidadosa autocensura, a relatar apenas fatos de interesse técnico à comunidade. Nem todos concordaram, e com isso o MsgGroup se envolveu em uma troca de reflexões.

John McCarthy, que trabalhou no Artificial Intelligence Lab de Stanford, estava entre os mais ofendidos pelas alegações da Quasar. Ele disse ao grupo que não se intimidaria com a especulação de que a Quasar poderia processá-los. "Acho que alguém parece ter medo de sua sombra", disse McCarthy. "Nunca foi costume de os charlatões processarem seus críticos." Minsky e Reid também deixaram claro que contariam a qualquer repórter que perguntasse que acreditavam que o robô era uma piada, e já haviam expressado essa opinião a mais de uma dúzia de jornalistas.

"Não tenho medo de ser processado", respondeu Farber. "No entanto, estamos usando um veículo público chamada ARPANET. Dessa forma, expomos a ARPA, o Departamento de Defesa e nosso acesso e uso futuros da rede a certos perigos quando usamos esse veículo para material potencialmente difamatório." Farber novamente pediu restrição. Reid entrou na conversa, dizendo: "[o] Msg-Group é o mais próximo que temos de um fórum nacional da comunidade de ciência da computação." Reid começara a perceber que o grupo de mensagens era como um clube social. Eles discutiram tanto entre si que se tornaram amigos. Restringir a discussão não seria natural. Além disso, Reid adotou uma visão mais liberal da liberdade de expressão, argumentando que o experimento em comunicação sofreria se os tópicos fossem restritos. "Até que as pessoas comecem a sugerir a derrubada do nosso governo", disse ele, "não acho que nenhum tópico sensato deva estar fora dos limites."

Alguém sugeriu anexar um aviso de isenção de responsabilidade às comunicações pessoais na ARPANET, para que as opiniões pessoais não fossem confundidas com assuntos oficiais. Admitiu outra pessoa: "Quem não usou o Net Mail para comunicação pessoal? Quem não passou um tempo jogando algum jogo novo na Net? Seja sincero." A paixão na defesa da liberdade de expressão foi acompanhada por uma vontade igualmente forte de autoproteção; a maneira de proteger a própria rede era não atrair supervisão indesejada do governo. Depois de alguns dias, o argumento se esgotou sem resolução e o MsgGroup continuou como de costume.

O que emergiu do debate foi uma forte evidência de que a comunidade de redes sentia uma profunda participação na criação da Net, com ou sem financiamento da ARPA, e estava tentando zelosamente proteger seu direito de determinar seu futuro. Em um domínio em que, de certo modo, a identidade pessoal é definida inteiramente pelas palavras que as pessoas escolhem, a liberdade de expressão parecia perder apenas para a preocupação com a sobrevivência do próprio reino.

Cordões umbilicais de cobre

No primeiro trimestre de 1976, os relatórios de tráfego mostraram que o volume de correspondência da ARPANET, comparado ao volume de correspondência normal dos EUA, era uma mera trilha de formiga nos rastros de uma manada de elefantes. O Laboratório de Inteligência Artificial do MIT, por exemplo, transmitiu cerca de 9.925 mensagens durante o período. (Já em 1996, em comparação, alguns sites estavam processando 150 mil mensagens de e-mail todos os dias.) O MIT era um site típico e, por extrapolação, se uma máquina processasse cerca de cem e-mails por dia, multiplicada por um fator de 98 ou mais (o número de hosts na rede à época), o correio eletrônico ainda não parecia ameaçar o sistema postal dos EUA. Os correios processavam mais de 50 bilhões de peças de correio de primeira classe por ano. Mas a acentuada curva de crescimento do e-mail não passou despercebida.

No setor privado, as empresas estavam preparadas para a decolagem do conceito de serviço de correio eletrônico. A Computer

Corporation of America logo começou a vender um dos primeiros pacotes de software de e-mail disponíveis comercialmente, um produto de US$ 40 mil chamado COMET, projetado para o minicomputador PDP-11. Outro programa chamado MESSENGER, desenvolvido para computadores IBM 360 e 370, foi disponibilizado em seguida por uma empresa chamada On-Line Software International, por US$ 18 mil. Os custos estavam caindo e alguns analistas projetaram um impacto "devastador" nos negócios de primeira classe do Serviço Postal dos EUA.

"Estamos sendo ultrapassados tecnologicamente", relatou um executivo dos correios dos EUA no início de 1976. A tendência de crescimento da nova tecnologia e o potencial óbvio eram realmente bastante dramáticos. Algumas versões dos programas de correio eletrônico mais sofisticados da ARPANET, como MSG, HERMES e NLS JOURNAL MAIL da SRI, estavam chegando às mãos de não-pesquisadores. Várias grandes organizações, incluindo a Pesquisa Geológica dos EUA, o Departamento de Comércio, a Agência de Segurança Nacional e a Gulf Oil, começaram a usar o e-mail em redes locais.

O governo estava olhando atentamente para o futuro do serviço de e-mail. Um relatório do Escritório de Política de Telecomunicações da Casa Branca feito pela empresa de consultoria Arthur D. Little estimou que 30% de todo o correio de primeira classe provavelmente seriam enviados eletronicamente dentro de alguns anos. O serviço postal reagiu a essa previsão concedendo à RCA um contrato de US$ 2,2 milhões para avaliar a viabilidade técnica e econômica da prestação do serviço de e-mail. Em seu relatório, a RCA defendeu a adição de e-mail aos serviços da agência postal. Um painel consultivo do Serviço Postal americano também analisou o assunto atentamente. Eles recomendaram estabelecer um "compromisso firme e contínuo" para com o correio eletrônico, em linha com o programa espacial tripulado da NASA.

A campanha presidencial de Jimmy Carter usou e-mail várias vezes ao dia no outono de 1976. O sistema que eles estavam usando era um programa básico de caixa de correio, uma tecnologia com mais de uma década. Mas para uma campanha política, esse foi um golpe revolucionário nas comunicações. Com base nisso, Carter foi rotulado como "candidato controlado por computador".

Em 1979, Carter apoiou uma proposta dos correios para oferecer um tipo limitado de serviço de mensagens eletrônicas ao país. O esquema híbrido funcionava mais como um serviço de telegrama do que como um sistema de comunicações eletrônicas de ponta. As mensagens seriam transmitidas eletronicamente entre agências postais durante a noite e depois entregues às portas dos destinatários no dia seguinte. A proposta foi notável principalmente pelo quão cautelosa parecia em vista das possibilidades tecnológicas.

Stefferud e outros membros do MsgGroup — a comunidade com mais experiência em e-mail — imediatamente viram as falhas no plano do Serviço Postal dos EUA, que envolvia a conversão de mensagens da mídia eletrônica digital em papel e, em seguida, entregá-las manualmente como se fosse correio comum. Essa abordagem não apenas custaria mais do que o e-mail, mas nunca seria rápida o suficiente para competir com o e-mail, desde que dependesse da tradicional força dos pés do USPS para as etapas finais até a caixa de correio. Os computadores de mesa "criarão a caixa de correio perfeita", previu Stefferud, e irão ignorar completamente os correios. Uma analogia poderia ser feita com a noção outrora ridícula de coleta automatizada de lixo, que era impensável até a invenção do "porco elétrico", o nome inicial dado ao triturador de pia. "A chave não está na automação do mecanismo de saco/lata/caminhão/pessoa", disse Stefferud. "É para contorná-los completamente."

O USPS, como a AT&T anteriormente, nunca realmente se libertou da mentalidade de proteger seus negócios tradicionais, provavelmente porque ambos eram entidades monopolistas. Eventualmente, o Departamento de Justiça dos EUA, a FCC e até a Comissão de Taxa Postal se opuseram a qualquer papel importante do governo nos serviços de e-mail, preferindo deixá-los no mercado livre.

* * *

Nenhum problema foi pequeno demais para uma longa discussão no MsgGroup. A velocidade e a facilidade do meio abriram perspectivas de conversas casuais e espontâneas. No final da década, era evidente para pessoas como Licklider e Baran que uma revolução que eles haviam ajudado a iniciar estava em andamento.

"Amanhã, os sistemas de comunicações por computador serão a regra para a colaboração remota" entre autores, escreveram Baran e Dave Farber, da UC Irvine. Os comentários foram publicados em um documento escrito em conjunto, por e-mail, a mais de 800 quilômetros de distância entre eles. Foi "publicado" eletronicamente no MsgGroup em 1977. Eles continuaram: "À medida que os sistemas de comunicação por computador se tornam mais poderosos, mais humanos, mais tolerantes e, acima de tudo, mais baratos, eles se tornam onipresentes." Reservas automatizadas de hotéis, verificação de crédito, transações financeiras em tempo real, acesso a seguros e registros médicos, recuperação de informações gerais e controle de inventário em tempo real nas empresas, tudo isso chegaria.

No final da década de 1970, o relatório final do Gabinete de Técnicas de Processamento de Informações para a gerência da ARPA sobre a finalização do programa de pesquisa da ARPANET concluiu da mesma forma: "A maior surpresa do programa da ARPANET foi a incrível popularidade e sucesso do correio em rede. Há pouca dúvida de que as técnicas de correio em rede desenvolvidas em conexão com o programa ARPANET vão varrer o país e mudar drasticamente as técnicas usadas para intercomunicação nos setores público e privado."

Para os membros do MsgGroup, o correio eletrônico era tão fascinante quanto um diamante contra a luz. Os usuários do MsgGroup investigaram todos os detalhes. Eram viciados em tecnologia. A questão dos carimbos de data e hora, por exemplo, era clássica. "O chefe do chefe do meu chefe reclama das reclamações daqueles que mandam mensagens tarde da noite", alguém disse.

"Ele sabe dizer a partir do carimbo de data/hora (e dos hábitos do remetente) o quão seriamente deve considerar a mensagem."

"Talvez devêssemos marcar a fase da lua além da data e hora", disse outro. (Em pouco tempo, alguém escreveu um programa de e-mail que fez exatamente isso.)

"Gosto muito de ver um carimbo de data e hora exato", disse outra pessoa. "É bom poder organizar a sequência de comentários recebidos em ordem misturada."

"Algumas pessoas o usam descaradamente como um símbolo de superação. 'Trabalho mais horas do que você.'"

Os membros do MsgGroup podiam discutir sobre qualquer coisa. Houve momentos em que você poderia jurar que acabara de entrar em um grupo acalorado de advogados, gramáticos ou rabinos. Estranhos entravam casualmente no debate ou, como alguém chamava, no "polílogo". Quando os frequentadores se familiarizavam, amizades rápidas eram cimentadas, às vezes anos antes das pessoas realmente se encontrarem. De muitas maneiras, os valores básicos da comunidade ARPANET eram tradicionais — liberdade de expressão, acesso igual, privacidade pessoal. No entanto, o e-mail também era desinibidor, criando pontos de referência inteiramente próprios, uma sociedade virtual, com maneiras, valores e comportamentos aceitáveis — a prática de "flaming", por exemplo — estranhas para o resto do mundo.

A familiaridade no MsgGroup ocasionalmente criava a linguagem do desprezo. Os primeiros "flaming" (uma forma ardente e frequentemente abusiva de diálogo, como "chamas" — ou "flames", em inglês) reais na ARPANET surgiram em meados da década de 1970. O meio gerou réplicas precipitadas e brigas verbais. No entanto, flamings intensos foram mantidos relativamente sob controle no MsgGroup, que se considerava civilizado. Stefferud quase sozinho e com a cabeça fria manteve o grupo unido quando as coisas ficaram particularmente estridentes e contenciosas. Ele se esforçou para manter o MsgGroup funcionando, analisando cabeçalhos difíceis quando necessário ou atenuando mal-entendidos, garantindo que o humor e o tráfego do grupo nunca ficassem tão grosseiros. O pior que ele já disse, quando assolado por problemas técnicos, foi que alguns cabeçalhos tinham "mau hálito". Em comparação, havia um grupo de discussão ao lado (metaforicamente falando), chamado Header People, considerado um inferno. "Normalmente, usamos roupas íntimas de amianto", disse um participante. Baseado no MIT, o Header People havia sido iniciado por Ken Harrenstien em 1976. O grupo não era oficial, mas mais importante, não era moderado (o que significa que não tinha filtro humano do tipo Stefferud). Harrenstien pretendia recrutar pelo menos um desenvolvedor de todos os tipos de sistemas na ARPANET, e em pouco tempo os conflitos no Header People elevaram o debate sobre os cabeçalhos ao nível de uma guerra santa antes de explodir. "Um bando de boxeadores espirituosos", disse Harrenstien, "esmurrando a extremidade de uma lâmina". Os dois grupos voltados para correspondência se sobrepuseram consideravelmente; mesmo na civilizada instituição MsgGroup, os ânimos se acaloravam periodicamente. Os ataques ácidos e o nível de discursos exclusivistas da comunicação on-line, inaceitavelmente associais em qualquer outro contexto, eram estranhamente normais na ARPANET. As chamas podiam começar a qualquer momento por qualquer coisa, e podiam durar uma mensagem ou cem.

A controvérsia do FINGER, um debate sobre a privacidade na Net, ocorreu no início de 1979 e envolveu um dos piores flamings da experiência do MsgGroup. A briga ocorreu por causa da introdução, na Carnegie-Mellon, de um widget eletrônico que permitia aos usuários espiar os hábitos on-line de outros usuários na rede. O comando FINGER foi criado no início dos anos 70 por um cientista da computação chamado Les Earnest, no Laboratório de Inteligência Artificial de Stanford. "As pessoas geralmente trabalhavam longas horas lá, geralmente com horários imprevisíveis", disse Earnest. "Quando você queria se encontrar com algum grupo, era importante saber quem estava lá e quando os outros provavelmente reapareceriam. Também era importante ser capaz de localizar possíveis jogadores de vôlei quando você quisesse jogar, loucos por comida chinesa quando você quisesse comer e usuários antissociais de computadores quando parecia que algo estranho estava acontecendo no sistema." O FINGER não permitia que você lesse as mensagens de outra pessoa, mas poderia informar a data e hora do último acesso da pessoa e quando foi a última vez que ela leu o correio. Algumas pessoas não gostaram disso.

Em um esforço para respeitar a privacidade, Ivor Durham, da CMU, mudou a configuração padrão do FINGER; ele adicionou alguns bits que poderiam ser ativados ou desativados, para que as informações pudessem ser ocultadas, a menos que um usuário escolhesse revelá-las. Durham foi alvo de flaming sem piedade. Ele foi chamado de tudo, de covarde a socialmente irresponsável, a político mesquinho, e pior — mas não por proteger a privacidade. Ele foi criticado por brincar com a abertura da rede.

O debate começou como um diálogo interno na CMU, mas foi divulgado na ARPANET por Dave Farber, que queria ver o que aconteceria se ele o revelasse ao mundo exterior. O festival de flaming que se seguiu consumiu mais de 400 mensagens.

No auge do debate FINGER, uma pessoa deixou o MsgGroup com desgosto por causa do flaming. Como no debate do Quasar, a controvérsia do FINGER terminou de forma inconclusiva. Mas ambos os debates ensinaram aos usuários lições mais amplas sobre o meio que estavam usando. A velocidade do correio eletrônico promovia flaming, disseram alguns; qualquer pessoa no calor do momento poderia disparar uma réplica na mesma hora, e sem o fator moderador de ter que olhar o alvo nos olhos.

No final da década, o tom do MsgGroup, que havia começado rigidamente, era um expansivo vale-tudo. Stefferud sempre tentou fazer com que os recém-chegados se apresentassem eletronicamente quando ingressavam no grupo; ao sair, alguns se despediam apenas para aparecer novamente mais tarde em outros locais; apenas uma ou duas pessoas saíram batendo portas, cerimoniosamente, por causa de um festival de flaming ou de alguma outra aparente indignidade. Um dos eminentes estadistas do MsgGroup, Dave Crocker, às vezes sondava a Net com a curiosidade de um sociólogo. Um dia, por exemplo, ele enviou uma nota para aproximadamente 130 pessoas em todo o país por volta das cinco horas da noite, apenas para ver com que rapidez as pessoas receberiam a mensagem e responderiam. As estatísticas de resposta, ele relatou, eram "um pouco assustadoras". Sete pessoas responderam em noventa minutos. Dentro de vinte e quatro horas, ele recebeu vinte e oito respostas. Os tempos de resposta e os números dessa ordem podem parecer pouco dignos de nota em uma cultura que, desde então, dobrou e triplicou suas expectativas em relação à velocidade, facilidade e alcance da tecnologia da informação. Mas na década de 1970 "foi uma experiência absolutamente surpreendente", disse Crocker, ao receber tantas respostas, tão rapida e facilmente assim.

Em 12 de abril de 1979, um novato no grupo de mensagens chamado Kevin MacKenzie angustiou-se abertamente com a "perda de significado" nesse meio eletrônico, textualmente vinculado. Inquestionavelmente, o e-mail permitia uma troca verbal espontânea, mas ele estava incomodado com sua incapacidade de transmitir gestos humanos, expressões faciais e tom de voz — tudo isso ocorre naturalmente quando se fala e expressa todo um vocabulário de nuances na fala e pensamento, incluindo ironia e sarcasmo. Talvez, ele disse, possamos estender o conjunto de pontuação nas mensagens de e-mail. A fim de indicar que uma frase em particular deve ser engraçadinha, ele propôs a inserção de um hífen e parênteses no final da frase, simulando um sorriso assim: -).

MacKenzie confessou que a ideia não era inteiramente dele; fora despertado por algo que ele lera sobre um assunto diferente em uma cópia antiga do Reader's Digest. Cerca de uma hora depois, ele foi alvo das chamas do flaming, ou melhor, das faíscas. Foi-lhe dito que sua sugestão era "ingênua, mas não estúpida". Ele recebeu uma breve palestra sobre o domínio da língua por Shakespeare sem notação auxiliar. "Quem não aprender a usar bem esse instrumento não pode ser salvo por um alfabeto expandido; eles apenas nos afligirão com uma tagarelice expandida." O que Shakespeare sabia? ;-) Emoticons e smileys :-), içados pelas massas, sem dúvida, cresceram no e-mail e se transformaram na iconografia de nosso tempo.

É um pouco difícil identificar quando ou por quê — talvez tenha sido exaustão, talvez houvesse muitos novos participantes no MsgGroup — mas no início dos anos 80, nota por nota, a orquestra que se apresentava magnificamente e que criara coletivamente o e-mail por mais de uma década começou a abandonar a música, quase imperceptivelmente a princípio. Uma voz chave desaparecia aqui, outra saia por lá. Em vez de acordes, o ruído branco parecia tomar gradualmente o MsgGroup.

Em certo sentido, isso não importava. O próprio diálogo no grupo de mensagens sempre foi mais importante que os resultados. Criar os mecanismos do e-mail era importante, é claro, mas o MsgGroup também criou algo totalmente diferente — uma comunidade de iguais, muitos dos quais nunca haviam se conhecido pessoalmente e agiam como se se conhecessem a vida inteira. Foi o primeiro lugar em que encontraram algo que procuravam desde que a ARPANET surgiu. O MsgGroup foi talvez a primeira comunidade virtual.

O romance da Net não veio de como foi construído ou como funcionou, mas de como foi usado. Em 1980, a Net era muito mais do que uma coleção de computadores e linhas concedidas. Era um lugar para compartilhar trabalho e construir amizades e um método de comunicação mais aberto. O romance da América com o sistema de rodovias, por analogia, foi criado não tanto pela primeira pessoa que descobriu como classificar uma estrada, como fazer asfalto ou pintar uma faixa no meio, mas pela primeira pessoa que descobriu que você podia dirigir um conversível na Rota 66 como James Dean e tocar seu rádio alto e se divertir.

Um foguete em nossas mãos

Bob Kahn deixou a BBN e foi trabalhar para Larry Roberts em 1972. Ele havia adiado sua chegada a Washington por um ano para ficar em Cambridge e planejar a demonstração da ICCC. Tendo passado seis anos ininterruptos focados em redes de computadores, estava pronto para fazer uma mudança drástica. Não queria administrar um projeto de rede. Então, ele e Roberts concordaram que Kahn criaria um novo programa em técnicas de fabricação automatizada. Mas o Congresso cancelou o projeto antes da chegada de Kahn. Agora, a ARPA havia sido alterada para DARPA[22] — a Agência de Projetos de Pesquisa Avançada de Defesa. Como Kahn disse uma vez, o D sempre esteve lá, mas agora não estava mais em silêncio. O nome ARPANET permaneceu.

Com o término do projeto de fabricação automatizada, Kahn foi chamado de volta ao campo em que se tornara especialista. Mas ele queria trabalhar em novas experiências.

O início dos anos 1970 foi um período de intensa experimentação com redes de computadores. Algumas pessoas estavam começando a pensar em novos tipos de redes de pacotes. Os princípios básicos da comutação de pacotes dificilmente seriam modificados

---

[22] Sigla em inglês para Defense Advanced Research Projects Agency

drasticamente. E os protocolos, interfaces e algoritmos de roteamento para lidar com mensagens estavam ficando mais refinados. Uma área ainda a explorar, no entanto, era o meio pelo qual os dados viajavam. A rede de linhas telefônicas da AT&T existente havia sido a primeira escolha óbvia. Mas por que não fazer uma rede sem fio transmitindo pacotes de dados "no ar" como ondas de rádio?

Em 1969, antes de Bob Taylor deixar a ARPA, ele estabeleceu financiamento para uma rede de rádio de instalação fixa a ser construída na Universidade do Havaí. Foi projetada por um professor chamado Norm Abramson e vários colegas. Eles construíram um sistema simples usando rádios para transmitir dados entre sete computadores estacionados em quatro ilhas. Abramson chamou a rede de ALOHA.

A ALOHANET usava rádios pequenos, idênticos aos usados por táxis, compartilhando frequência comum em vez de canais separados. O sistema empregava um protocolo bastante relaxado. A ideia central era fazer com que cada terminal transmitisse sempre que quisesse. Mas se os dados colidissem com a transmissão de outra pessoa (o que acontecia quando havia muito tráfego), os receptores não conseguiriam decodificar a transmissão adequadamente. Portanto, se o rádio de origem não recebesse um reconhecimento, assumia que o pacote havia sido distorcido; e retransmitia o pacote posteriormente em um intervalo aleatório. O sistema ALOHA era como um serviço telefônico que informava que a linha estava ocupada depois que você tentou falar e não conseguiu.

Roberts e Kahn gostaram da ideia geral de links de rádio entre computadores. Por que não fazer algo ainda mais desafiador: conceber pequenas "instalações" de computadores portáteis transportados em veículos ou mesmo à mão, interligados em uma rede de comutação de pacotes? Em 1972, Roberts delineou o esquema. Ele imaginou uma rede na qual um minicomputador central situado em uma estação de rádio poderosa se comunicaria com instalações menores de computadores móveis. Roberts pediu à SRI para estudar o problema e elaborar um sistema prático.

O conceito de instalações de computadores móveis obviamente atraía o Exército. Os computadores do campo de batalha instalados em veículos ou aeronaves — alvos em movimento — seriam menos vulneráveis e mais úteis que as instalações fixas. Ainda assim, a destruição do elemento mais crucial — o computador mestre estacionário em um sistema centralizado — eliminaria toda uma rede. A necessidade de se defender contra esse perigo foi o que levou Paul Baran a criar redes distribuídas em primeiro lugar. Portanto, do ponto de vista da capacidade de sobrevivência e fácil implantação, a rede de rádio por pacotes foi concebida como uma versão sem fio da ARPANET, distribuída em vez de centralizada. Ao longo dos anos, o programa de rádio por pacotes foi implantado em várias instalações militares, mas os problemas técnicos o tornaram caro e acabou sendo eliminado.

A gama limitada de sinais de rádio tornou necessário que as redes de rádio por pacotes usassem instalações de retransmissão a não mais de poucas dezenas de quilômetros de distância. Mas um link acima da terra não teria tais restrições. Esse retransmissor poderia "ver" quase que um hemisfério da Terra. Enquanto supervisionava os projetos de pacotes de rádio, Kahn começou a pensar em redes ligadas por satélites acessíveis em domínios amplos — de e para navios no mar, estações terrestres remotas e aeronaves voando quase em qualquer lugar do mundo.

No início da década de 1970, muitos satélites de comunicação — a maioria militar — estavam em órbita. Apropriadamente equipados, esses satélites poderiam servir como retransmissores para comunicação. Com as enormes distâncias envolvidas nas comunicações via satélite, os sinais seriam atrasados. A viagem média de um pacote ao seu destino levaria cerca de um terço de segundo, várias vezes mais que os atrasos de host para host na ARPANET. Como resultado, as redes de pacotes de satélite seriam lentas.

Ainda assim, a ideia de que redes comutadas por pacotes e seus computadores conectados poderiam ser conectadas por ondas de rádio transmitidas por satélite era atraente, não apenas para o governo americano, mas também para os europeus, porque os circuitos terrestres transatlânticos da época eram caros e propensos a erros. A rede de satélites foi apelidada de SATNET. Pesquisadores nos Estados Unidos juntaram-se a cientistas da computação britânicos e noruegueses e, em pouco tempo, foram estabelecidos links de satélite para Itália e Alemanha. Por um período, o SATNET se saiu bem. Com o tempo, no entanto, a companhia telefônica atualizou suas linhas transatlânticas de cobre para cabo de fibra óptica de alta velocidade, eliminando a necessidade do link SATNET mais complicado.

As lições técnicas das experiências de rádio e satélite foram menos significativas do que as ideias mais amplas de rede que elas inspiraram. Era óbvio que haveria mais redes. Vários governos estrangeiros estavam construindo sistemas de dados, e um número crescente de grandes corporações estava começando a desenvolver suas próprias ideias de rede. Kahn começou a se perguntar sobre a possibilidade de vincular as diferentes redes.

O problema veio a sua mente pela primeira vez quando ele estava trabalhando no projeto de pacotes de rádio em 1972. "Minha primeira pergunta foi: 'Como vou vincular esse sistema de pacotes de rádio a quaisquer recursos computacionais de interesse?'", disse Kahn. "Bem, minha resposta foi: 'Vamos ligá-lo à ARPANET', exceto que eram duas redes radicalmente diferentes de várias maneiras." No ano seguinte, outro esforço da ARPA, chamado Internetting Project, nasceu. Na época da demonstração da ICCC de 1972 em Washington, os líderes de vários projetos nacionais de criação de redes haviam formado um Grupo de Trabalho da Rede Internacional[23] (INWG), com Vint Cerf no comando. Projetos de rede de comutação de pacotes na França e na Inglaterra estavam produzindo resultados favoráveis. O trabalho de Donald Davies no Laboratório Físico Nacional do Reino Unido estava avançando esplendidamente. Na França, um cientista da computação chamado Louis Pouzin estava construindo a Cyclades, uma versão francesa da ARPANET. Pouzin e Davies haviam participado da

---

[23] International Network Working Group

demonstração da ICCC em Washington. "O espírito após a ICCC", disse Alex McKenzie, representante da BBN no INWG, "era: 'Mostramos que a comutação de pacotes realmente funciona nacionalmente. Vamos liderar a criação de uma rede internacional de redes.'"

Larry Roberts estava entusiasmado com o INWG porque queria estender o alcance da ARPANET além do mundo financiado pela DARPA. Britânicos e franceses estavam igualmente empolgados em expandir o alcance de suas redes nacionais de pesquisa. "O desenvolvimento da tecnologia de interconexão de rede foi uma maneira de realizar isso", disse McKenzie. O INWG começou a buscar o que eles chamaram de "Rede Concatenada", ou CATENET, uma interconexão transparente de redes de tecnologias e velocidades díspares.

Uma Internet

A colaboração que Bob Kahn caracterizaria anos mais tarde como a mais satisfatória de sua carreira profissional ocorreu ao longo de vários meses em 1973. Kahn e Vint Cerf se conheceram durante as semanas de testes na UCLA no início de 1970, quando forçaram a recém-nascida ARPANET à catatonia, sobrecarregando os IMPs com tráfego de teste. Eles permaneceram colegas íntimos e agora ambos estavam pensando bastante sobre o que seria necessário para criar uma conexão perfeita entre diferentes redes. "Nessa época", recordou Cerf, "Bob começou a dizer: 'Olha, meu problema é como faço para que um computador que esteja em uma rede de satélite e um computador em uma rede de rádio e um computador na ARPANET se comuniquem uniformemente sem notarem o que está acontecendo entre eles?'" Cerf ficou intrigado com o problema.

Em algum momento da primavera de 1973, Cerf estava participando de uma conferência em um hotel de São Francisco, sentado no saguão, esperando a sessão começar, quando começou a esboçar algumas ideias. A essa altura, ele e Kahn já conversavam há vários meses sobre o que seria necessário para construir uma rede de redes e os dois estavam trocando ideias com outros membros do Grupo de Trabalho das Redes Internacional. Ocorreu a Cerf e Kahn que o que eles precisavam era de uma "porta" (ou gateway), um computador de roteamento entre cada uma dessas várias redes para transmitir mensagens de um sistema para o outro. Mas isso era mais fácil dizer do que fazer. "Sabíamos que não poderíamos alterar nenhuma das redes de pacotes", disse Cerf. "Elas faziam o que faziam porque foram otimizadas para esse ambiente." No que diz respeito a cada rede, o gateway tinha que parecer um host comum.

Enquanto esperava no saguão, ele desenhou este diagrama:

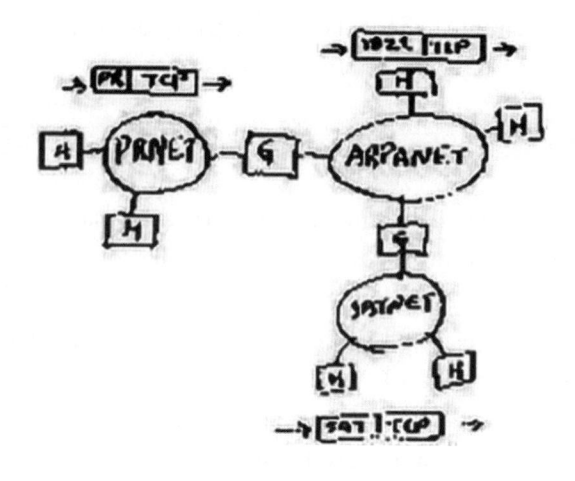

Reprodução de ideias iniciais de projeto da Internet

"Nossa ideia era que, claramente, cada gateway precisava saber como conversar com cada rede à qual estava conectado", disse Cerf. "Digamos que você esteja conectando a rede de rádio à AR-PANET. A máquina de gateway possui um software que faz com que pareça um host para os IMPs da ARPANET. Mas também parece um host na rede de rádio."

Com a noção de um gateway agora definida, o próximo quebra-cabeça era a transmissão de pacotes. Como na ARPANET, o caminho real que os pacotes percorreriam em uma Internet deveria ser irrelevante. O que mais importava era que os pacotes chegassem intactos. Mas havia um problema irritante: todas essas redes — rádio, SATNET e ARPANET — tinham interfaces diferentes, diferentes tamanhos máximos de pacotes e diferentes taxas de transmissão. Como todas essas diferenças poderiam ser padronizadas para possibilitar a transferência de pacotes entre redes? Uma segunda pergunta dizia respeito à confiabilidade das redes. A dinâmica da transmissão de rádio e satélite não permitiria confiabilidade tão laboriosamente incorporada à ARPANET. Os americanos procuraram Pouzin na França, que havia escolhido deliberadamente uma abordagem para a Cyclades que exigia que os hosts, em vez dos nós da rede, se recuperassem de erros de transmissão, transferindo o ônus da confiabilidade para os hosts.

Ficou claro que o Protocolo de Controle de Rede host a host, projetado para corresponder às especificações da ARPANET, teria que ser substituído por um protocolo mais independente. O desafio para o Grupo de Trabalho das Redes Internacional era criar protocolos que pudessem lidar com redes autônomas operando sob suas próprias regras, ao mesmo tempo estabelecendo padrões que permitiriam que hosts de diferentes redes conversassem entre si. Por exemplo, o CATENET continuaria sendo um sistema de redes administradas independentemente, cada uma por seu próprio pessoal com suas próprias regras. Mas, quando chegasse o momento de uma rede trocar dados com, por exemplo, a ARPANET, os protocolos de internetworking operariam. Os computadores gateway que lidam com a transmissão não se importariam com a complexidade local oculta dentro de cada rede. Sua única tarefa seria obter pacotes através da rede para o host de destino do outro lado, criando o chamado link de ponta a ponta.

Uma vez que a estrutura conceitual foi estabelecida, Cerf e Kahn passaram a primavera e o verão de 1973 trabalhando nos detalhes. Cerf apresentou o problema a seus alunos de pós-graduação em Stanford, e ele e Kahn se juntaram a eles para atracar o desafio. Eles realizaram um seminário que se concentrou nos detalhes do desenvolvimento do protocolo host-a-host em um padrão que permite que o tráfego de dados flua pelas redes. O seminário de Stanford ajudou a estruturar questões-chave e lançou as bases para soluções que surgiriam vários anos depois.

Cerf visitava frequentemente os escritórios da DARPA em Arlington, Virgínia, onde ele e Kahn discutiam o problema por horas a fio. Durante uma sessão de maratona, os dois ficaram acordados a noite toda, alternadamente rabiscando no quadro de Kahn e andando pelas ruas suburbanas desertas, antes de acabar no Marriott local para tomar café da manhã. Eles começaram a colaborar em um jornal e conduziram a próxima sessão de maratona no bairro de Cerf, trabalhando a noite toda no Hyatt em Palo Alto.

Em setembro, Kahn e Cerf apresentaram seu trabalho, juntamente com suas ideias sobre o novo protocolo, ao Grupo de Trabalho das Redes Internacional, reunindo-se simultaneamente com uma conferência de comunicações na Universidade de Sussex, em Brighton. Cerf chegou atrasado à Inglaterra porque seu primeiro filho acabara de nascer. "Cheguei no meio da sessão e fui recebido por aplausos porque a notícia do nascimento me precedeu por e-mail", lembrou Cerf. Durante a reunião em Sussex, Cerf delineou as ideias que ele, Kahn e o seminário de Stanford haviam gerado. As ideias foram refinadas em Sussex, em longas discussões com pesquisadores dos laboratórios de Davies e Pouzin.

Quando Kahn e Cerf retornaram da Inglaterra, eles refinaram seu artigo. Ambos os homens tinham um lado teimoso. "Entrávamos nesse estado argumentativo, depois recuávamos e dizíamos: 'Vamos descobrir o que realmente estamos discutindo.'" Cerf gostava de ter tudo organizado antes de começar a escrever; Kahn preferia sentar e escrever tudo o que conseguia pensar, em sua própria ordem lógica; reorganização vinha mais tarde. O processo de escrita colaborativa foi intenso. Cerf lembrou: "Era um de nós digitando e o outro respirando no seu pescoço, compondo à medida que avançávamos, quase como duas mãos em uma caneta."

No final de 1973, Cerf e Kahn haviam completado seu trabalho, "Um Protocolo para Intercomunicação de Rede de Pacotes." Eles jogaram uma moeda para determinar quem deveria aparecer primeiro e Cerf venceu. O artigo apareceu em uma revista científica de engenharia amplamente lida na primavera seguinte.

Como o primeiro artigo de Roberts descrevendo a proposta ARPANET sete anos antes, o artigo de Cerf-Kahn de maio de 1974 descreveu algo revolucionário. Sob a estrutura descrita no documento, as mensagens devem ser encapsuladas e descapsuladas em "datagramas", da mesma forma que uma carta é colocada e retirada de um envelope e enviada como um pacote de ponta a outra ponta. Essas mensagens seriam chamadas de protocolo de controle de transmissão ou TCP[24]. O artigo também introduziu a noção de gateways, que eram capazes de ler apenas o conteúdo do envelope, de forma que apenas os hosts receptores lessem o conteúdo.

O protocolo TCP também abordou os problemas de confiabilidade da rede. Na ARPANET, o IMP de destino foi responsável pela remontagem de todos os pacotes de uma mensagem quando ela chegava. Os IMPs trabalharam duro para garantir que todos os pacotes de uma mensagem chegassem à rede, usando confirmações de roteamento (hop-by-hop) e retransmissão. Os IMPs também garantiram que mensagens separadas fossem mantidas na ordem correta. Devido a todo esse trabalho realizado pelos IMPs, o antigo Network Control Protocol foi construído com base na suposição de que a rede subjacente era completamente confiável.

O novo protocolo de controle de transmissão, com uma reverência a Cyclades, supunha que o CATENET não era confiável. As unidades de informação podem ser perdidas, outras podem ser duplicadas. Se um pacote falha ao chegar ou foi truncado durante a transmissão e o host de envio não recebeu confirmação, um gêmeo idêntico era transmitido.

A ideia geral por trás do novo protocolo era mudar a confiabilidade da rede para os hosts de destino. "Focamos na confiabilidade ponta a ponta", lembrou Cerf. "Não confie em nada dentro dessas redes. A única coisa que pedimos à rede é pegar esse punhado de

---

[24] Sigla em inglês para Transfer Control Protocol

bits e colocá-lo na rede. É tudo o que pedimos. Apenas pegue esse datagrama e faça o possível para entregá-lo."

O novo esquema funcionava da mesma maneira que os contêineres são usados para transferir mercadorias. As caixas têm tamanho e formato padrão. Eles podem ser preenchidos com qualquer coisa, de televisores a roupas íntimas e automóveis — o conteúdo não importa. Eles se movem por navio, trem ou caminhão. Um contêiner típico de carga viaja pelos três modais de transporte em vários estágios para chegar ao seu destino. A única coisa necessária para garantir a compatibilidade cruzada é o equipamento especializado usado para transferir os contêineres de um modal de transporte para o próximo. A carga em si não sai do contêiner até chegar ao seu destino.

A invenção do TCP seria absolutamente crucial para a rede. Sem o TCP, a comunicação entre redes não poderia acontecer. Se o TCP pudesse ser aperfeiçoado, qualquer um poderia construir uma rede de qualquer tamanho ou forma e, desde que a rede tivesse um computador gateway que pudesse interpretar e rotear pacotes, poderia se comunicar com qualquer outra rede. Com o TCP no horizonte, agora era óbvio que a rede tinha um futuro muito além da ARPANET experimental. O poder potencial e o alcance do que Cerf e Kahn, e também Louis Pouzin na França e outros, estavam inventando começava a aparecer para as pessoas. Se eles pudessem descobrir todos os detalhes, o TCP poderia ser o mecanismo que abriria mundos.

* * *

À medida que mais recursos foram disponibilizados na ARPANET e à medida que mais pessoas nos sites se familiarizaram com eles, o uso da Net aumentou. Para notícias do mundo, os usuários regulares iniciais da Net faziam logon regularmente em uma máquina na SRI, que era conectada à agência de notícias Associated Press. Durante os horários de pico, os alunos do MIT efetuavam logon em outro computador na rede para realizar seu trabalho. Imagens acústicas e holográficas produzidas na UC Santa Barbara foram digitalizadas em máquinas da USC e trazidas de volta pela rede para um processador de imagens na UCSB, onde poderiam ser manipuladas ainda mais. O laboratório da UCSB aparelhado com equipamento de processamento de imagem personalizado, e os pesquisadores de lá traduziram matemática de alto nível em resultados gráficos para outros locais. Em agosto de 1973, enquanto o TCP ainda estava na fase de design, o tráfego havia crescido para uma média diária de 3,2 milhões de pacotes.

De 1973 a 1975, a rede expandiu-se à taxa de cerca de um novo nó a cada mês. O crescimento estava em linha com a visão original de Larry Roberts, na qual a rede estava deliberadamente carregada com grandes provedores de recursos. A esse respeito, a DARPA obteve um sucesso maravilhoso. Mas o efeito foi um desequilíbrio entre oferta e demanda; havia muitos provedores de recursos e poucos clientes. A introdução dos IMPs do terminal, primeiro no Mitre, depois no Centro de Pesquisa Ames da NASA e no Bureau Nacional de Padrões com até sessenta e três terminais cada, ajudou a equilibrar a situação. O acesso aos próprios hosts estava diminuindo. A máquina host da UCSB, por exemplo, estava ligada a minicomputadores nos departamentos de ciência política, física e química. Padrões similares estavam se aparecendo no mapa da rede.

Como a maioria das instalações host da ARPANET, o Centro de Computação Avançada da Universidade de Illinois foi escolhido principalmente pelos recursos que poderia oferecer a outros usuários da rede. Na época em que Roberts estava mapeando a rede, Illinois estava programado para se tornar o lar do novo e poderoso ILLIAC IV, um enorme e único computador de alta velocidade em construção na Burroughs Corporation em Paoli, Pensilvânia. A máquina era garantia de atrair pesquisadores de todo o país.

Uma reviravolta inesperada das circunstâncias, no entanto, levou a Universidade de Illinois a se tornar o primeiro consumidor em larga escala da rede em vez de um fornecedor de recursos. Os estudantes do campus de Urbana estavam convencidos de que o ILLIAC IV seria usado para simular cenários de bombardeio na Guerra do

Vietnã e para realizar pesquisas ultrassecretas no campus. Quando surgiram os protestos no campus por causa da instalação iminente, os funcionários da universidade ficaram preocupados com sua capacidade de proteger o ILLIAC IV. Quando Burroughs terminou a construção da máquina, ela foi enviada para uma instalação mais segura, administrada pela NASA.

Mas o Centro de Computação Avançada já tinha seu IMP e acesso total à rede. Os pesquisadores aproveitaram rapidamente a recém-descoberta capacidade de explorar recursos de computação remota — tão rapidamente que o Centro rescindiu o contrato mensal de US$ 40 mil de seu próprio Burroughs B6700 de alta potência. Em vez disso, a universidade começou a contratar serviços de informática pela ARPANET. Ao fazer isso, o centro de computação reduziu sua conta de computador quase pela metade. Essa era a economia de escala prevista por Roberts, levada a um nível além das expectativas de qualquer pessoa. Logo, o Centro estava obtendo mais de 90% de seus recursos de computador através da rede.

Grandes bancos de dados espalhados pela Rede estavam crescendo em popularidade. A Computer Corporation of America tinha uma máquina chamada Datacomputer que era essencialmente um armazém de informações, com dados sísmicos e meteorológicos alimentados na máquina o tempo todo. Centenas de pessoas acessavam todas as semanas, tornando-o a instalação mais movimentada da rede por vários anos.

Encorajada pelas novas fontes de dados, a ARPANET estava começando a atrair a atenção de pesquisadores de computadores de uma variedade de campos. O acesso à Rede ainda estava limitado a instalações com contratos DARPA, mas a diversidade de usuários nessas instalações estava criando uma comunidade de usuários distintos dos engenheiros e cientistas da computação que construíram a ARPANET. Os programadores que ajudavam a projetar estudos médicos podiam se vincular ao rico banco de dados MEDLINE da Biblioteca Nacional de Medicina. A Escola de Saúde Pública da UCLA criou um banco de dados experimental de avaliações de programas de saúde mental.

Para atender à crescente comunidade de usuários, os pesquisadores do SRI estabeleceram um recurso exclusivo chamado ARPANET News em março de 1973. Distribuído mensalmente em formato de tinta sobre papel, a revista também estava disponível na Rede. Uma mistura de listagens de conferências, atualizações de instalações e resumos de documentos técnicos, o boletim parecia uma fofoca de cidade pequena repleta de jargões de computador. Um dos itens mais importantes na ARPANET News foi a série «Instalação em destaque», na qual os gerentes de sistema da crescente lista de computadores host descreviam o que tinham para oferecer. Em maio de 1973, a Case Western Reserve University, que vendia serviços de computador para usuários de rede, descreveu seu PDP-10 em termos que soavam como um anúncio da seção de empregos: "A Case está aberta a propostas colaborativas que envolvam troca de tempo com outras instalações para trabalho relacionado a interesses daqui e nas vendas de tempo como serviço ".

A comunicação por computador e o uso de recursos remotos ainda eram processos complicados. Na maioria das vezes, a Rede permaneceu um ambiente hostil ao usuário, exigindo conhecimentos de programação relativamente sofisticados e uma compreensão dos diversos sistemas em execução nos hosts. A demanda estava crescendo entre os usuários por programas de aplicativos de "nível superior" destinados a ajudar os usuários a explorar a variedade de recursos agora disponíveis. Os programas de transferência de arquivos e Telnet existiam, mas a comunidade de usuários queria mais ferramentas, como editores comuns e esquemas de contabilidade.

O Centro de Informações de Rede da SRI estimou o número de usuários em cerca de dois mil. Mas um grupo de interesse de usuários recém-formado, chamado USING, estava convencido de que havia uma lacuna entre o design dos recursos de rede e as necessidades das pessoas que tentavam usá-los. Prevendo sua evolução para um grupo de lobby, ou até para um sindicato de consumidores, a USING começou imediatamente a elaborar planos e recomendações para melhorar a prestação de serviços de computador na ARPANET.

Mas a DARPA não viu necessidade de compartilhar autoridade com um pequeno grupo de vigilância autonomeado, composto por pessoas que a agência via como passageiros em seu veículo experimental. A iniciativa morreu após cerca de nove meses com um memorando conciso de um gerente de programa da DARPA chamado Craig Fields, alertando o grupo de que havia ultrapassado seus limites. Sem financiamento nem apoio oficial para seus esforços, os membros colocaram o USING em um estado de animação suspensa, da qual nunca emergiu.

Outros problemas surgiram para a DARPA à medida que o perfil da rede começou a aumentar. Como a insurgência USING, a maioria eram assuntos relativamente menores. Mas juntos eles ilustraram as tensões em andamento relacionadas à administração da rede pela DARPA. Uma área de tensão tinha a ver com os mestres do Pentágono da DARPA. O IPTO, em particular, conseguiu se afastar das pesquisas com objetivos mais claramente militares. Mas enquanto os estudantes de Illinois estavam errados sobre o ILLIAC IV ser usado para missões de bombardeio simuladas contra o Vietnã do Norte, havia sim planos de usá-lo para cenários de ataques nucleares contra a União Soviética. Da mesma forma, pesquisadores de todos os tipos usaram informações sísmicas armazenadas no servidor de banco de dados da Computer Corporation of America (CCA) que estavam sendo coletadas para apoiar projetos do Pentágono envolvendo testes atômicos subterrâneos.

No final da década de 1960, a crescente agitação política — violenta e não violenta — pegou os militares dos EUA de surpresa. A inteligência do exército sabia tudo sobre Praga, Berlim e Moscou, mas agora o Pentágono estava analisando Newark, Detroit e Chicago. O Exército reuniu informações de dezenas de cidades dos EUA sobre a localização de policiais e bombeiros, hospitais e assim por diante. Alguém no Pentágono achou que seria uma boa ideia acompanhar também os causadores de problemas locais.

Em 1972, protestos públicos surgiram sobre a coleta de informações do Exército, e foi emitida a ordem para que os arquivos fossem destruídos imediatamente. Mas, três anos depois, surgiram alegações de que os oficiais de inteligência do Exército haviam usado a ARPANET para mover os arquivos para um novo local. Quando a história foi noticiada, o fato de existir algo como a ARPANET era novidade para a maioria dos americanos. O fato de a história ter sido relatada como um romance de espionagem apenas contribuiu para uma reação tempestuosa. O resultado foi uma investigação do Senado na qual a DARPA foi chamada para explicar como estava usando a ARPANET.

A DARPA finalmente provou que os arquivos do Exército não haviam sido movidos na ARPANET, analisando centenas de rolos de impressões de Teletipo que foram armazenadas em um espaço de rastreamento empoeirado na BBN. A DARPA foi justificada, mas um aparente entrelaçamento com as operações clandestinas do Exército era a última coisa que a ARPANET precisava.

Mudanças na DARPA

As discussões sobre como a DARPA finalmente abriria mão da sua responsabilidade operacional pela rede já haviam começado por volta de 1971. A DARPA havia planejado conectar os principais centros de pesquisa em ciência da computação dos Estados Unidos e, no que dizia respeito à agência, isso havia sido concluído. Sua missão era a pesquisa. Não era participar do negócio de operação de rede. Agora que o sistema estava em funcionamento, isso era um fardo e tomava lugar de outras prioridades. Estava na hora da DARPA perder o papel do provedor de serviços.

Lidar com a transição foi uma questão delicada. A ARPANET agora era uma ferramenta valiosa, e o objetivo de Roberts era garantir seu desenvolvimento contínuo. Ele encomendou vários estudos para ajudar a determinar a melhor opção. Parecia que a melhor rota era manter um esforço de pesquisa em rede, mas vender a própria rede a um contratado particular. Mas vender para quem? O mercado de redes de comunicação de dados ainda era pouco explorado, e as grandes empresas de comunicação continuavam tão céticas quanto sempre em relação à tecnologia DARPA.

Quando Roberts entrou em contato com a AT&T para ver se queria assumir a ARPANET, a AT&T formou um comitê corporativo e pessoal do Bell Labs e estudou a ideia por meses. A AT&T poderia ter a rede como um serviço de monopólio, mas no final recusou. "Eles finalmente concluíram que a tecnologia de pacotes era incompatível com a rede da AT&T", disse Roberts.

Outros não eram tão cegos quanto às perspectivas das redes de computadores. Em julho de 1972, três engenheiros deixaram a BBN para formar uma empresa que comercializaria uma rede comercial chamada Packet Communications Incorporated. E a própria BBN havia conversado com Roberts sobre a compra da rede e a criação de uma empresa subsidiária para operá-la. Pequenas empresas especializadas em operação de redes como essas foram a solução óbvia para o problema da DARPA.

Mas logo Roberts teve um novo problema. No início de 1973, a BBN o recrutou para administrar uma nova subsidiária chamada TELENET (que não deve ser confundida com o Telnet, o programa para logins remotos), que comercializaria um serviço privado de comutação de pacotes. Agora, incapaz de recomendar uma venda do governo à TELENET, Roberts providenciou a transferência temporária da ARPANET para a Agência de Comunicações de Defesa — a mesma agência que Baran se recusara a deixar construir sua rede dez anos antes. Os generais, majores e capitães ainda eram apenas um pouco mais receptivos à ideia de uma rede de comutação de pacotes do que a AT&T, mas Roberts esperava que isso fosse apenas um arranjo provisório.

Tendo decidido aceitar o cargo na TELENET, Roberts agora tinha o trabalho de encontrar um sucessor. O Gabinete de Técnicas de Processamento de Informações da DARPA, no entanto, não possuía mais o apelo que tinha para os acadêmicos. Roberts abordou alguns de seus principais pesquisadores nas universidades, mas as pessoas que tinham programas de pesquisa ativos não queriam deixá-los. Outros estavam preocupados com as reduções salariais que teriam que suportar para trabalhar na DARPA.

Quando Licklider soube do problema que Roberts estava tendo, ele se ofereceu para retornar se Roberts precisasse dele. Roberts sabia que era apenas um gesto gentil da parte de Licklider. Lick agora estava enraizado alegremente no MIT. Mas, após seis meses de pesquisa, Roberts decidiu que não tinha escolha. Quando Roberts ligou para o escritório de Lick no MIT, ele foi informado de que Lick estava em um tour pela Inglaterra. Roberts o localizou no meio do país de Gales e perguntou se ele estava falando sério sobre aceitar o emprego. Licklider disse que sim. "Eu nunca vi Larry tão feliz como quando ele finalmente conseguiu o seu substituto, porque estava pronto para ir", lembrou um colega de Roberts. "Eu acho que um pouco do deleite dele também foi o fato de Lick aceitar, porque ele gostava dele. Todo mundo gostava."

Um dos primeiros problemas que Lick enfrentou ao retornar foi um incômodo envolvendo a BBN, seu antigo empregador. A BBN estava se recusando a liberar o código-fonte do IMP — o programa operacional original escrito pelos Caras do IMP cinco anos antes.

O aparente impulso da BBN de controlar todos os aspectos da rede criou uma certa tensão desde o início. Len Kleinrock e seu grupo no Centro de Medição de Rede da UCLA consideraram isso particularmente frustrante. O trabalho do centro era encontrar problemas na rede, mas quando o faziam, a BBN se recusava a ajudar. "Sempre que encontrávamos um bug ou ineficiência de software, alertávamos Heart especificamente, e a resposta que recebíamos era geralmente desdenhosa", disse Kleinrock. "Ele dizia: 'Olha, a rede está funcionando, eu tenho uma rede para manter em funcionamento e colocaremos seu comentário na fila.' Não conseguimos consertar sozinhos porque não tínhamos o código fonte."

A questão da propriedade intelectual finalmente veio à tona quando os engenheiros que deixaram a BBN para fundar sua própria empresa fizeram um pedido direto ao ex-empregador para entregar o código-fonte do IMP. Quando a BBN recusou, eles apelaram à DARPA. Embora manter o código fonte proprietário seja geralmente uma prerrogativa da empresa que o desenvolve, o código fonte IMP era diferente, pois havia sido desenvolvido pela

BBN com fundos federais. Além disso, a BBN estava iniciando a subsidiária TELENET, que competiria com a empresa iniciada pelos engenheiros. Havia alguma preocupação na DARPA de que, se alguém no Congresso ou na imprensa se apegasse ao fato de que a subsidiária da BBN e ninguém mais tivesse acesso à tecnologia IMP patrocinada pelo Departamento de Defesa, a agência poderia ter um grande problema em suas mãos.

Frank Heart e Dave Walden, da BBN, argumentaram que, como o código-fonte era alterado com frequência para melhorar o desempenho ou corrigir bugs, a empresa não se sentia à vontade com a distribuição de software que se tornaria obsoleto. A empresa manteve sua posição.

Steve Crocker, na época gerente de programa da DARPA que supervisionava a maioria dos contratos da BBN, se encarregou da situação. Ele controlava cerca de US$ 6 milhões em obras por ano na BBN, por volta de um quarto da receita bruta da empresa. "Eu considerei seriamente mudar todo o trabalho que estávamos apoiando na BBN para outros lugares porque não conseguimos fechar com eles os direitos de dados ao código IMP", disse ele. E ele avisou à BBN o que estava pensando.

Lick tinha uma longa associação com a BBN, e ele tinha grande consideração pelas pessoas de lá, mas ficou consternado com a postura delas. A reação em toda a comunidade de computadores foi praticamente a mesma. Finalmente, em resposta direta à ameaça de Crocker, a BBN concordou em fornecer o código a quem o solicitasse, cobrando uma taxa de manuseio nominal. "Esta foi apenas uma versão inicial de questões muito mais sérias sobre direitos de propriedade intelectual que surgiram em todo o setor nas próximas décadas", disse Crocker.

Com a ajuda de Bob Kahn, Licklider também terminou o trabalho de transferir a rede para a DCA, Agência de Comunicações da Defesa. Apesar das investigações anteriores de Roberts sobre a venda da rede, as regras federais exigiam que um recurso tão rico quanto a ARPANET não pudesse ser apenas vendido a terceiros, até que o Departamento de Defesa determinasse se havia necessidade da Rede na Defesa. A agência finalmente decidiu que sim. No verão de 1975, a DCA assumiu o trabalho de gerenciamento de rede da DARPA. Agora a DCA definia a política operacional para a rede. A DCA decidiu coisas como onde e quando novos nós seriam instalados e qual deveria ser a configuração das linhas de dados. E a BBN manteve o contrato para operações de rede, o que significava que a empresa executava as decisões tomadas pela DCA. Logo após a transição, Lick retornou ao MIT, onde passaria o restante de sua carreira.

Logo, todos na BBN notaram um número crescente de formulários que precisavam ser preenchidos, mesmo para os menores trabalhos. A burocracia da DCA também abalou muitas pessoas da universidade. "A agência gerou uma nevasca de memorandos de coronéis e generais sobre coisas que você não podia fazer", lembrou Brian Reid. Alguns meses depois que a DCA assumiu a ARPANET, vários estudantes de pós-graduação do departamento de ciência da computação de Stanford chegaram a uma festa de Halloween fantasiados de coronel.

* * *

Aliviada das tarefas diárias de gerenciamento, a DARPA agora conseguia se concentrar no desenvolvimento dos novos protocolos CATENET. Em 1975, Yogen Dalal, um estudante de pós-graduação de Stanford, havia polido o Protocolo de Controle de Transmissão do artigo de Cerf e Kahn de 1974 em um conjunto de especificações concretas. A especificação do TCP foi enviada para três locais separados para implementação simultânea: BBN, laboratório de informática de Cerf em Stanford e University College, Londres.

Na mesma época, Kahn e Steve Crocker começaram a conversar com Cerf sobre conseguir um emprego como gerente de programa da DARPA em Washington. "Voei para lá e aterrissei em uma grande tempestade de neve e pensei: não quero morar nesta parte do país", lembrou Cerf. "Então eu disse que não. Mas a verdadeira razão era que eu tinha medo de não fazer um trabalho muito bom.

Eu pensei que seria uma posição muito visível e, se eu estragasse tudo, todos saberiam."

Um ano depois, Kahn e Crocker tentaram novamente. Dessa vez, Cerf aceitou. "Eu estava ficando um pouco cansado de ser tão fragmentado em Stanford. Não pude realizar nenhuma pesquisa. Então pensei: por que não ir para a DARPA e ter um impacto maior, porque, em vez dos pequenos orçamentos que recebi em Stanford pelo meu trabalho, na DARPA eu teria a oportunidade de ter um impacto maior com mais dinheiro para gastar."

Como gerente de programação, Cerf recebeu a responsabilidade pelos programas pacotes por rádio, pacotes por satélite e pesquisa no que agora era simplesmente chamado de Internet ARPA. Cerf também continuou trabalhando intensamente no aprimoramento da especificação TCP. Um marco ocorreu em outubro de 1977, quando Cerf e Kahn e cerca de uma dúzia de outros demonstraram o primeiro sistema de três redes com pacotes de rádio, a ARPANET e a SATNET, todos funcionando em conjunto. As mensagens viajavam da área da Baía de São Francisco através de uma rede de pacotes de rádio, depois a ARPANET e, em seguida, um link de satélite dedicado a Londres, de volta à rede de pacotes de satélites e através da ARPANET novamente e, finalmente, às informações da University of Southern California Instituto de Ciências (ISI) em Marina del Rey. Os pacotes viajaram 150 mil quilômetros sem deixar um único bit para trás.

Durante uma pausa de uma reunião que Cerf presidiu no ISI para discutir a TCP no início de 1978, Cerf, Postel e Danny Cohen, um colega da Postel no ISI, entraram em uma discussão em um corredor. "Estávamos desenhando diagramas em um grande pedaço de papelão que encostamos na parede do corredor", lembrou Postel. Quando a reunião foi retomada, o trio apresentou uma ideia ao grupo: separar a parte do Protocolo de Controle de Transmissão que lida com pacotes de roteamento e formar um Protocolo de Internet, ou IP, separado, para isso.

Após a divisão, o TCP seria responsável por dividir as mensagens em datagramas, remontando-as na outra extremidade, detectando erros, reenviando qualquer coisa que se perdesse e colocando os pacotes de volta na ordem correta. O Protocolo da Internet, ou IP, seria responsável pelo roteamento de datagramas individuais.

"Lembro-me de ter uma orientação geral sobre o que entrou no IP versus o que estava no TCP", lembrou Postel. "A regra era 'Os gateways precisam dessas informações para mover o pacote?' Caso contrário, essas informações não entram no IP." Essa reviravolta no protocolo foi inspirada por um grupo de engenheiros do Centro de Pesquisa de Palo Alto da Xerox Corporation que participou do seminário de Stanford. A equipe da Xerox resolveu problemas semelhantes em uma escala menor e proprietária, definindo uma família de protocolos denominados PARC Universal Packet, ou PUP. Depois que Postel decidiu que criar um protocolo separado era a coisa certa a fazer, ele começou a garantir que isso fosse feito. Com uma separação clara dos protocolos, agora era possível construir gateways rápidos e relativamente baratos, o que, por sua vez, alimentaria o crescimento da internetworking. Em 1978, o TCP havia se tornado oficialmente TCP/IP.

Ethernet

Em 1973, justamente quando Cerf e Kahn começaram a colaborar no conceito de internetworking, Bob Metcalfe, da Xerox PARC, estava inventando os fundamentos tecnológicos para um novo tipo de rede. Chamada de rede de curta distância ou de área local, a rede da Metcalfe conectaria computadores não em cidades diferentes, mas em salas diferentes.

Metcalfe havia se formado em engenharia elétrica e administração do MIT e se matriculado em Harvard para a pós-graduação. Mas ele odiou Harvard imediatamente. "Harvard está cheio de dinheiro velho", disse ele. "O MIT é cheio de gente sem dinheiro. Era uma coisa de classe."

Metcalfe conseguiu um emprego no MIT, onde se sentia mais confortável. O Instituto estava prestes a ingressar na ARPANET e ele foi designado para criar a interface entre o PDP-10 do MIT e seu IMP. Harvard também tinha um PDP-10, e Metcalfe se ofereceu para criar uma interface duplicada para fornecer a Harvard. Mas o pessoal da rede em Harvard recusou a oferta. "Eles disseram que não poderiam deixar um estudante de pós-graduação fazer algo tão importante", disse Metcalfe. Os funcionários de Harvard decidiram que a BBN fizesse isso. A BBN, por sua vez, entregou o trabalho a seu estudante de pós-graduação residente, Ben Barker, que recrutou John McQuillan, um colega de Harvard, para ajudá-lo.

Embora matriculado em Harvard, Metcalfe permaneceu no MIT para trabalhar em sua dissertação, uma análise da ARPA-NET. Quando Metcalfe submeteu o trabalho, Harvard rejeitou a dissertação como insuficientemente teórica (engenharia demais e ciência de menos, ele foi informado). A rejeição foi embaraçosa para Metcalfe, que acabara de aceitar um emprego no Centro de Pesquisa Palo Alto da Xerox Corporation depois de convencer sua esposa a deixar o emprego para se juntar a ele. De qualquer maneira, ele foi ao Xerox PARC e começou a procurar um tópico mais teórico para sua tese.

Então, em 1972, enquanto trabalhava no PARC relacionado à DARPA, Metcalfe ficou na casa de seu amigo Steve Crocker, em Washington. Crocker reuniu algumas das melhores pessoas técnicas das primeiras instalações para ajudar novas instalações e chamou essas pessoas de "facilitadores de rede". Metcalfe, que havia se tornado uma espécie de especialista da ARPANET no MIT, era um deles.

Crocker acabara de ser visitado por Norm Abramson, o principal arquiteto da rede ALOHA da Universidade do Havaí. Na noite da visita de Metcalfe, Crocker deixou um dos jornais de Abramson sobre a rede ALOHA. Metcalfe pegou e leu antes de ir dormir. O jornal o manteve acordado a maior parte da noite. "A matemática no jornal não era apenas familiar, mas irritante", disse ele, "porque eles fizeram as suposições imprecisas típicas que as pessoas fazem para que seus modelos funcionem."

O encontro casual de Metcalfe com o trabalho de Abramson mudaria sua vida. "Decidi criar um novo modelo para o sistema

ALOHA." Dentro de algumas semanas, ele estava em uma viagem financiada pela Xerox à Universidade do Havaí. Ele ficou um mês e, antes de voltar para casa, adicionou uma extensa análise do sistema ALOHA à sua tese. Foi apenas o impulso teórico necessário para a dissertação. Quando ele reenviou o trabalho, ele foi aceito.

Mas o sistema ALOHA deu ao Metcalfe muito mais do que um doutorado. O Xerox PARC estava desenvolvendo um dos primeiros computadores pessoais, chamado Alto. A empresa percebeu que os clientes gostariam de conectar as máquinas, então Metcalfe, um dos especialistas em redes residentes, recebeu a tarefa de ligar os Altos. Sem um modelo de armazenamento e encaminhamento, era impossível impedir a colisão de pacotes de dados. Mas simplesmente reduzir a ARPANET construindo uma sub-rede de computadores de armazenamento e encaminhamento semelhantes a IMP teria sido proibitivamente caro para um sistema projetado para funcionar em um prédio de escritórios.

Metcalfe teve uma ideia, emprestada diretamente da ALOHANET — na verdade, ele a chamaria de Rede Alto Aloha: deixar os pacotes de dados colidirem e retransmiti-los aleatoriamente. Mas a ideia de Metcalfe diferia em vários aspectos do sistema havaiano. Por um lado, sua rede seria mil vezes mais rápida que a ALOHANET. Também incluiria detecção de colisão. Mas talvez o mais importante, a rede de Metcalfe seria conectada por fio, funcionando não por ondas de rádio, mas por cabos que conectam computadores em salas diferentes ou entre grupos de edifícios.

Um computador que deseja enviar um pacote de dados para outra máquina — digamos, uma estação de trabalho de mesa enviando para uma impressora — escuta o tráfego no cabo. Se o computador detectar transmissões conflitantes, ele espera, geralmente por alguns milésimos de segundo. Quando o cabo está silencioso, o computador começa a transmitir seu pacote. Se, durante a transmissão, detectar uma colisão, ele para e espera antes de tentar novamente — geralmente algumas centenas de microssegundos. Nos dois casos, o computador escolhe o atraso aleatoriamente, minimizando a possibilidade de tentar novamente no mesmo instante selecionado por qualquer dispositivo que enviou o sinal que causou a colisão. À medida que a rede fica mais movimentada, os computadores recuam e tentam novamente em intervalos aleatórios mais longos. Isso mantém o processo eficiente e o canal intacto.

"Imagine que você está em uma festa e várias pessoas estão conversando por aí", disse Butler Lampson, que ajudou Metcalfe a desenvolver a ideia, descrevendo o sistema. "Uma pessoa para de falar e outra quer conversar. Bem, não há garantia de que apenas uma pessoa queira conversar; talvez várias o façam. Não é incomum duas pessoas começarem a falar ao mesmo tempo. Mas o que normalmente acontece? Geralmente, as duas param, há um pouco de hesitação e, em seguida, uma inicia novamente. "

Metcalfe e Lampson, juntamente com os pesquisadores da Xerox David Boggs e Chuck Thacker, construíram seu primeiro sistema Alto Aloha no laboratório de Bob Taylor na Xerox PARC. Para sua grande alegria, funcionou. Em maio de 1973, Metcalfe sugeriu um nome, lembrando o hipotético éter luminífero[25] inventado pelos físicos do século XIX para explicar como a luz passa pelo espaço vazio. Ele rebatizou o sistema como Ethernet.

CSNET

A DCA, zeladora da ARPANET, não foi a única agência de P&D em Washington a se tornar burocrática. Em nenhum lugar de Washington você poderia mais entrar no escritório do seu chefe com uma ideia brilhante para um projeto e sair vinte minutos depois com um milhão de dólares em apoio. Em meados da década de 1970, a única organização que se assemelhava à ARPA de antigamente era a National Science Foundation. A fundação foi criada em 1950 para promover o progresso da ciência, financiando pesquisas básicas e fortalecendo a educação científica.

---

[25] Éter luminífero é um meio elástico hipotético em que se propagariam as ondas eletromagnéticas, e cuja existência contradiz os resultados de inúmeras experiências, já não sendo, por isso, admitido pelas teorias físicas

No final da década de 1970, a NSF estava em ascensão no campo da computação.

A NSF não era apenas uma nova fonte provável de fundos suficientes, era também a única organização cujos funcionários podiam agir em nome de toda a comunidade científica. A DARPA forneceu a base de pesquisa e novas tecnologias. Agora, a NSF a levaria adiante a uma comunidade maior.

Funcionários da NSF estavam interessados em criar uma rede para a comunidade acadêmica de ciência da computação há algum tempo. Em um relatório de 1974, um comitê consultivo da NSF concluiu que esse serviço "criaria um ambiente avançado que ofereceria comunicação avançada, colaboração e compartilhamento de recursos entre pesquisadores geograficamente separados ou isolados." Nesse ponto, a NSF estava preocupada principalmente em estimular o desenvolvimento do que ainda era uma disciplina incipiente. Talvez porque a ciência da computação ainda fosse um campo emergente na maioria dos campi, nada cresceu da ideia.

No final da década de 1970, os departamentos de ciência da computação haviam crescido rapidamente. As vantagens da ARPANET estavam claras agora. A rápida comunicação eletrônica com os colegas e o fácil compartilhamento de recursos significavam que as tarefas que geralmente levavam semanas agora podiam ser concluídas em horas. O correio eletrônico criou um novo mundo de compartilhamento rápido, substituindo os lentos serviços postais e as conferências pouco frequentes. A rede se tornou tão essencial para a pesquisa em ciência da computação quanto os telescópios para os astrônomos.

Mas a ARPANET estava ameaçando dividir a comunidade de pesquisadores de computadores entre ricos e pobres. Em 1979, havia cerca de 120 departamentos acadêmicos de ciência da computação em todo o país, mas apenas quinze dos sessenta e um sites da ARPANET estavam localizados em universidades. Os candidatos a professores e os alunos de pós-graduação começaram a aceitar ou recusar ofertas com base no fato de uma escola ter ou não acesso à rede, colocando as instituições de pesquisa sem um nó da ARPANET em desvantagem na corrida para conseguir os melhores acadêmicos e as bolsas de pesquisa que os seguiam.

Mais importante, um êxodo de talentos da computação da academia para a indústria havia causado um medo nacional de que os Estados Unidos não pudessem treinar sua próxima geração de cientistas da computação. A atração de salários do setor privado fazia parte do problema. Mas os cientistas não estavam apenas sendo atraídos para a indústria; eles também estavam sendo empurrados. As instalações de informática em muitas universidades eram obsoletas ou com pouca potência, dificultando que as pessoas nos campi se mantivessem a par das mudanças rápidas no campo da computação.

Pouco podia ser feito sobre as discrepâncias salariais entre a academia e a indústria. Mas o problema dos recursos era essencialmente o mesmo que a DARPA havia enfrentado uma década antes. Uma rede de cientistas da computação reduziria a necessidade de esforços duplicados. E se essa rede fosse aberta a instalações de pesquisa privadas, haveria menos pressão sobre os pesquisadores para deixar as universidades a fim de manter sua disciplina.

Por mais clara que parecesse a solução, implementá-la provou ser outra questão. Vincular os departamentos de ciência da computação à ARPANET estava fora de questão. Para terem uma instalação designada, as universidades precisavam se envolver em tipos específicos de pesquisas financiadas pelo governo, geralmente relacionadas à defesa. Mesmo assim, era caro alocar novas instalações. As conexões ARPANET eram de tamanho único: extragrande. O sistema usava linhas telefônicas de concessão caras e cada nó precisava manter duas ou mais conexões para outras instalações. Como resultado, a manutenção de uma instalação da ARPANET custava mais de US$ 100 mil por ano, independentemente do tráfego gerado.

Os cientistas da computação tiveram que inventar outra maneira. Em maio de 1979, Larry Landweber, chefe do departamento de ciência da computação da Universidade de Wisconsin, convidou representantes de seis universidades para Madison para discutir a possibilidade de construir uma nova Rede de Pesquisa em Ciência da Computação, chamada CSNET. Embora a DARPA não pudesse fornecer suporte financeiro, a agência enviou Bob Kahn para a reunião como consultor. A NSF, que havia levantado a questão da rede acadêmica cinco anos antes, enviou Kent Curtis, chefe de sua divisão de pesquisa em computadores. Após a reunião, Landweber passou o verão trabalhando com Peter Denning, da Purdue, Dave Farber, da Universidade de Delaware, e Tony Hearn, que havia deixado recentemente a Universidade de Utah para a RAND Corporation, para elaborar uma proposta detalhada para a nova rede.

Sua proposta pedia uma rede aberta para pesquisadores de ciência da computação na academia, governo e indústria. O meio subjacente seria um provedor de serviços comerciais como a TELENET. Como o CSNET usaria links mais lentos que os usados pela ARPANET e não insistia em links redundantes, o sistema ficaria muito menos caro. A rede seria administrada por um consórcio de onze universidades, a um custo estimado em cinco anos de US$ 3 milhões. Devido à política da DCA que restringe o acesso da ARPANET apenas aos prestadores de serviços do Departamento de Defesa, a proposta não continha gateway entre as duas redes. Um esboço da proposta divulgado pelo grupo recebeu elogios entusiásticos. Eles enviaram a versão final para a NSF em novembro de 1979.

Mas, após quase quatro meses de revisão por pares, a NSF rejeitou a proposta, embora continuasse entusiasmada com a ideia da CSNET. Por isso, a NSF patrocinou um workshop para superar as deficiências encontradas pelos revisores da NSF no rascunho da proposta. Landweber e companhia retornaram às suas pranchetas.

No verão de 1980, o comitê da Landweber voltou com uma maneira de adaptar a arquitetura da CSNET para fornecer acesso simplificado, mesmo para o menor laboratório. Eles propuseram uma estrutura de três camadas envolvendo a ARPANET, um sistema baseado em TELENET, e um serviço somente de e-mail chamado PhoneNet. Os gateways conectariam as camadas em um todo contínuo.

Sob a nova proposta, a NSF apoiaria a CSNET por um período de cinco anos, após o qual seria totalmente financiado pelas taxas de utilização. Os custos anuais de uma universidade, uma combinação de taxas e tarifas de conexão, variaram de alguns milhares de dólares pelo serviço PhoneNet (principalmente para conexões telefônicas de longa distância) até US$ 21 mil para um site da TELENET.

Quanto à forma como a rede seria gerenciada — uma preocupação do Conselho Nacional de Ciência, o órgão diretivo da NSF —, o plano adotou uma nova abordagem. Nos primeiros dois anos, a própria NSF desempenharia o papel de gerente do consórcio universitário. Depois disso, a responsabilidade seria transferida para a Corporação Universitária de Pesquisa Atmosférica. A UCAR estava familiarizada com o trabalho avançado de computação e tinha o conhecimento necessário para lidar com um projeto envolvendo tantas instituições acadêmicas. Mais importante, o Conselho de Ciência conhecia a UCAR e confiava em suas habilidades de gerenciamento. O Conselho concordou em fornecer quase US$ 5 milhões para o projeto CSNET.

Em junho de 1983, mais de setenta instalações estavam on-line, obtendo serviços completos e pagando taxas anuais. No final do período de cinco anos de apoio da NSF em 1986, quase todos os departamentos de ciência da computação do país, bem como um grande número de sites privados de pesquisa em computadores, estavam conectados. A rede era financeiramente estável e financeiramente autossuficiente.

A experiência adquirida pela NSF no processo de inicialização do CSNET abriu caminho para mais empreendimentos da NSF em redes de computadores.

Em meados da década de 1980, logo após o sucesso da CSNET, mais redes começaram a surgir. Uma delas, chamada BITNET (Because It's Time Network), era uma rede cooperativa entre os sistemas IBM sem restrições de associação. Outra, chamada UUCP, foi construída no Bell Labs para transferência de arquivos e execução de comandos remotos. A USENET, que começou em 1980 como um meio de comunicação entre duas máquinas (uma na Universidade da Carolina do Norte e outra na Duke University), floresceu em uma rede de notícias distribuída usando UUCP. A NASA tinha sua própria rede chamada SPAN[26]. Como esse crescente conglomerado de redes conseguiu se comunicar usando os protocolos TCP/IP, a coleção de redes passou a ser chamada de "Internet", emprestando uma das palavras de "Protocolo de Internet".

Até agora, havia surgido uma distinção entre "internet" com "i" minúsculo e "Internet" com "I" maiúsculo. Oficialmente, a distinção era simples: "internet" significava qualquer rede que usasse TCP/IP enquanto "Internet" significava a rede subsidiada federalmente e pública composta por muitas redes vinculadas, todas executando os protocolos TCP/IP. Grosso modo, uma "internet" é uma rede privada e a "Internet" é uma rede pública. A distinção realmente não importava até meados da década de 1980, quando os fornecedores de roteadores começaram a vender equipamentos para construir internets privadas. Mas a distinção rapidamente ficou nítida quando as internets privadas construíram gateways para a Internet pública.

Na mesma época, empresas privadas e instituições de pesquisa estavam construindo redes que usavam TCP/IP. O mercado se abriu para roteadores. Gateways eram a variação de internetworking dos IMPs, enquanto os roteadores eram a versão produzida em massa dos gateways, conectando as redes locais à ARPANET. Em algum momento do início dos anos 80, um vice-presidente de marketing da BBN foi procurado por Alex McKenzie e outro engenheiro da BBN que achavam que a empresa deveria entrar no negócio de construir roteadores. Isso fazia sentido. A BBN construiu os IMPs e os TIPs e até o primeiro gateway para a Internet como parte do programa de pacotes por rádio. Mas o profissional de marketing, depois de fazer alguns cálculos rápidos, decidiu que não havia muita promessa nos roteadores. Ele estava errado.

Também em meados da década de 1980, várias redes de pesquisa acadêmica na Europa surgiram. No Canadá, havia CDNet. Gradualmente, no entanto, cada rede construiu um gateway para a Internet patrocinada pelo governo dos EUA e as fronteiras

---

[26] Sigla em inglês para Space Physics Analysis Network

começaram a se dissolver. E gradualmente a Internet passou a significar a matriz de redes TCP/IP interconectadas em todo o mundo.

Até agora, todos os cientistas com apoio da NSF — não apenas cientistas da computação, mas oceanógrafos, astrônomos, químicos e outros — passaram a acreditar que estavam em desvantagem competitiva, a menos que tivessem acesso à rede. E o CSNET, que deveria ser usado apenas pelos departamentos acadêmicos de ciência da computação, não era a resposta. Mas o CSNET foi o trampolim para a maior conquista da NSF, a NSFNET.

O modelo da CSNET convenceu a NSF da importância da criação de redes para a comunidade científica. As vantagens profissionais a serem obtidas com a capacidade de se comunicar com os colegas eram incalculáveis. E como a agência trabalhava tão de perto com os cientistas da computação, havia várias pessoas internamente que entendiam a rede e eram capazes de ajudar a gerenciar programas. Mas a NSF não tinha os meios para construir uma rede nacional. Só a manutenção da ARPANET custava milhões de dólares por ano. A criação em 1985 de cinco centros de supercomputadores espalhados pelos Estados Unidos ofereceu uma solução. Físicos e outros estavam clamando por um "backbone" (ou "espinha dorsal") para interconectar os centros de supercomputadores. A NSF concordou em construir a rede de backbone, chamada NSFNET. Ao mesmo tempo, a NSF ofereceu que, se as instituições acadêmicas de uma região geográfica montassem uma rede comunitária, a agência daria à rede comunitária acesso à rede de backbone. A ideia não era apenas oferecer acesso, mas também dar acesso entre as redes regionais. Com esse arranjo, qualquer computador pode se comunicar com qualquer outro através de uma série de conexões.

Em resposta, uma dúzia de redes regionais foi formada em todo o país. Cada uma tinha a franquia exclusiva naquela região para se conectar ao backbone da NSFNET. No norte de Nova York, foi formada a NYSERNET (para a Rede de Pesquisa Educacional do Estado de Nova York). Em San Diego, havia a California Educational Research Network, ou CERFnet (embora Vint Cerf não tivesse relação com a rede, os fundadores da CERFnet o convidaram para sua inauguração). O financiamento para as redes regionais viria das próprias empresas membros. A NSF forneceu o backbone como essencialmente um "bem grátis" para a comunidade acadêmica, no sentido de que as redes regionais não pagaram para usá-lo. Por outro lado, as bolsas da NSF para as universidades para conectar seus campi à rede regional eram sempre bolsas de dois anos, estritamente não renováveis. Isso significava que, depois de dois anos, as universidades estavam pagando o custo da conexão regional do próprio bolso. As cobranças típicas variavam entre US$ 20 mil e US$ 50 mil por ano para uma conexão de alta velocidade.

TCP/IP versus OSI

Em 1982, Vint Cerf anunciou que deixaria a ARPA para conseguir um emprego no MCI. No início daquele ano, ele conheceu um executivo do MCI cujo trabalho era colocar o MCI no negócio de dados. "Sua ideia era construir uma agência postal digital", lembra Cerf. "Fui imediatamente conquistado pela ideia." A reação à saída de Cerf foi chocante. Um colega chorou. "Vint era o mais próximo a um general que nós tínhamos", disse outro.

Cerf estava saindo em um momento crítico para a rede. A ARPANET estava prestes a fazer sua transição oficial para o TCP/IP, mas ninguém sabia ao certo se o governo dos EUA estava falando sério sobre adotá-lo. O Departamento de Defesa endossou o TCP/IP, mas o ramo civil do governo não. E havia uma preocupação crescente de que o Bureau Nacional de Padrões decidisse apoiar um padrão rival emergente para interconexão de rede chamado Modelo de Referência OSI.

Vários anos antes, a Organização Internacional de Padronização (ISO) começou a desenvolver seu próprio modelo de "referência" para interconexão de redes, chamado OSI, ou interconexão de sistemas abertos (open-systems interconnection). Desde a década de 1940, a ISO havia especificado padrões mundiais para coisas que variam de copos para degustação de vinhos a cartões de crédito, filmes fotográficos e computadores. Eles esperavam que o modelo OSI se tornasse tão onipresente para os computadores quanto as baterias AA dos rádios portáteis.

Uma batalha se formava, recordando o confronto entre a AT&T e os inventores da comutação de pacotes durante o nascimento da ARPANET. Do lado da OSI, havia uma burocracia arraigada, com uma forte atitude metida, paternalista e ocasionalmente desdenhosa. "Havia um certo comportamento entre algumas partes da comunidade OSI cuja mensagem era: 'Hora de recolher sua rede acadêmica de brinquedo'", lembrou um fervoroso devoto de TCP/IP. "Eles achavam que TCP/IP e Internet eram apenas isso — um brinquedo acadêmico." Alguém havia escrito a primeira RFC no banheiro, pelo amor de Deus. Não apenas a série RFC nunca foi oficialmente encomendada pela ARPA, mas algumas das RFCs foram, literalmente, piadas.

Mas a comunidade da Internet — pessoas como Cerf, Kahn e Postel, que passaram anos trabalhando no TCP/IP — se opôs ao modelo OSI desde o início. Primeiro, houve as diferenças técnicas, entre as quais a OSI tinha um design mais complicado e compartimentado. E era um projeto nunca testado. No que diz respeito ao volume na Internet, eles realmente implementaram o TCP/IP várias vezes, enquanto o modelo OSI nunca havia sido posto à prova do uso diário, de suas tentativas e erros.

De fato, no que diz respeito à comunidade da Internet, o modelo OSI não passava de uma coleção de abstrações. "Tudo sobre a OSI foi descrito de uma maneira muito abstrata e acadêmica", disse Cerf. "A linguagem que eles usavam era muito entediante. Você não conseguiria ler um documento inteiro OSI, nem se sua vida dependesse disso."

O TCP/IP, por outro lado, refletia a experiência. Ele estava em funcionamento em uma rede real. "Nós poderíamos tentar as coisas", disse Cerf. "De fato, nos sentimos compelidos a experimentar, porque no final não havia sentido em especificar algo se você não iria construí-lo. Tivemos um retorno pragmático constante sobre se as coisas funcionavam ou não."

Cerf e outros argumentaram que o TCP/IP não poderia ter sido inventado em nenhum outro lugar, exceto no mundo da pesquisa colaborativa, que foi exatamente o que o tornou tão bem-sucedido, enquanto um camelo como OSI não poderia ter sido inventado em nenhum outro lugar, exceto em mil comitês. Talvez o mais importante: o Departamento de Defesa já havia anunciado sua escolha de TCP e IP como os protocolos que rodariam em computadores militares.

As reuniões da ISO, que costumavam ser realizadas no exterior na década de 1980, eram ocasionalmente experiências dolorosas para pessoas como Cerf e Postel. Eles as assistiam apenas para sentir a arrogância de alguém tentando controlar a maré. "Eu era o cara que estava sempre escrevendo o contra-artigo", lembra Cerf.

Se alguém poderia reivindicar crédito por ter trabalhado incansavelmente para promover o TCP/IP, era Cerf. A mágica da Internet era que seus computadores usavam um protocolo de comunicação muito simples. E a mágica de Vint Cerf, um colega comentou certa vez, foi que ele persuadiu e negociou e instou as comunidades de usuários a adotá-lo.

Enquanto esteve no MCI em 1983, e construiu o que viria a se tornar MCI Mail, Cerf tentou fazer com que a IBM, Digital, e Hewlett-Packard apoiassem o TCP/IP, mas eles se recusaram e adotaram a OSI. A Digital, em particular, havia investido muito dinheiro em sua rede DECNET, baseada na OSI. Eles argumentaram que o TCP/IP era "uma coisa de pesquisa". Cerf ficou desapontado e um pouco irritado. "Eles disseram que não produziriam produtos com ele. Então eu tive que construir MCI Mail com protocolos que mais pareciam ração de cachorro." Cerf remendou o MCI Mail a partir de protocolos existentes que estavam sendo usados internamente pela Digital e IBM, e desenvolveu outros mais especificamente para o MCI Mail. "Entendi por que eles escolheram o caminho que escolheram, mas isso ainda me incomodou."

A troca

Em 1º de janeiro de 1983, a ARPANET faria sua transição oficial para o TCP/IP. Todo usuário da ARPANET deveria ter mudado do Protocolo de Controle de Rede para o TCP/IP. Naquele dia, o protocolo que governava a ARPANET seria aposentado, para que apenas as máquinas que executassem os novos protocolos pudessem se comunicar pela rede. Alguns locais que ainda não haviam feito a transição pediram uma extensão a Postel ou seu colega Dan Lynch, ou ainda a Bob Kahn, que estava supervisionando a transição, e geralmente conseguiam um período de carência. Mas na primavera de 1983, ou você fazia a conversão ou sua máquina ficava de fora da rede.

Como marco, a transição para o TCP/IP foi talvez o evento mais importante que ocorreria no desenvolvimento da Internet pelos próximos anos. Após a instalação do TCP/IP, a rede pôde se ramificar em qualquer lugar; os protocolos tornaram a transmissão de dados de uma rede para outra uma tarefa trivial. "Agora ela poderia ir aonde nenhuma rede jamais esteve", disse Cerf. Um conjunto impressionante de redes já existia — da ARPANET à TELENET e a Cyclades. De fato, havia tantas que, na tentativa de impor alguma ordem, Jon Postel emitiu uma RFC atribuindo números às redes.

Em 1983, a Agência de Comunicações da Defesa decidiu que a ARPANET havia crescido o suficiente para que a segurança agora fosse uma preocupação. A agência dividiu a rede em duas partes: o MILNET, para instalações com informações militares não classificadas, e a ARPANET, para a comunidade de pesquisa em computadores. Antes da divisão, havia 113 nós na rede combinada. Posteriormente, 45 nós permaneceram na ARPANET e o restante foi para MILNET. Administrativa e operacionalmente, havia duas redes diferentes, mas com gateways conectando elas que os usuários não conseguiriam distinguir. A antiga ARPANET havia se tornado uma Internet de fato.

Em 1988, cinco anos após a transição da ARPANET de 1983 para o TCP/IP, a ISO finalmente produziu padrões para a

Interconexão de Sistemas Abertos, e o governo dos EUA adotou imediatamente o protocolo rival OSI como seu padrão oficial. Parecia que o OSI poderia prevalecer sobre o TCP/IP. Na Europa, onde os governos nacionais decretavam os padrões, parecia certo que o OSI era a solução.

Por outro lado, uma cultura americana da Internet estava crescendo exponencialmente e sua base era o TCP/IP. E enquanto governos em toda a Europa estavam adotando o OSI, surgiu um tipo de movimento clandestino nas universidades europeias para implementar o TCP/IP.

Um desenvolvimento importante na determinação do resultado da disputa entre TCP/IP e OSI acabou sendo a popularidade do sistema operacional UNIX, que havia sido desenvolvido no Bell Labs da AT&T em 1969.

Os programadores gostavam do UNIX por dois motivos principais: sua flexibilidade permitia adaptá-lo ao programa em que estavam trabalhando, e era "portátil", o que significa que ele poderia funcionar em muitos computadores diferentes. No final da década de 1970, os programadores de Berkeley desenvolveram sua própria versão do UNIX e a semearam pela comunidade de ciência da computação. O Berkeley UNIX acabou se tornando uma constante em universidades e instituições de pesquisa em todo o mundo. Por volta de 1981, Bill Joy, um hacker do UNIX em Berkeley, conseguiu financiamento da ARPA para programar o TCP/IP em uma versão do Berkeley UNIX. A BBN já havia escrito uma versão do UNIX com TCP/IP, mas Joy não gostou e decidiu fazer do seu jeito.

Então, em 1982, Joy juntou-se a dois graduados da Stanford Business School que estavam iniciando uma nova empresa para construir e vender "estações de trabalho" poderosas, computadores que eram de uma ordem de magnitude mais potentes que os computadores pessoais. Joy foi incorporado como especialista em UNIX. Eles chamaram sua empresa de Sun (Stanford University Network) Microsystems. As primeiras máquinas Sun foram fornecidas com a versão Berkeley do UNIX, completa com TCP/IP. O Berkeley UNIX com TCP/IP seria crucial para o crescimento da

Internet. Quando a Sun incluiu o software de rede como parte de todas as máquinas vendidas e não cobrou um adicional por isso, a rede explodiu. E aumentou ainda mais por causa da Ethernet.

Embora pacotes via rádio e a SATNET tenham despertado o pensamento sobre uma estrutura conceitual para interconectividade, eles foram largamente experimentais. A Ethernet — a rede local projetada por Bob Metcalfe e seus colegas no Xerox PARC em 1973 — era uma solução prática para o problema de como conectar computadores, em um campus ou em uma empresa. A Xerox começou a vender a Ethernet como um produto comercial em 1980. Ao mesmo tempo, a divisão de Bob Taylor no Xerox PARC concedeu um auxílio às principais universidades de pesquisa na forma de equipamentos Ethernet, computadores poderosos e impressoras a laser. Isso equivalia a milhões de dólares em hardware. Então, uma pequena empresa de rede chamada Ungermann-Bass vendeu a Ethernet como uma conexão entre terminais e computadores host. E Metcalfe fundou sua própria empresa, a 3Com, para vender Ethernet para computadores comerciais, incluindo máquinas Sun.

Durante o início dos anos 80, as redes locais estavam na moda. Todas as universidades conectavam suas estações de trabalho às redes locais. Em vez de se conectar a um único computador grande, as universidades queriam conectar toda a sua rede local — ou LAN — à ARPANET.

A Ethernet tornou isso possível. As ethernets eram simples e, comparadas às linhas de 50 kilobits da ARPANET, eram tremendamente poderosas. Seu rápido crescimento na comunidade universitária e de pesquisa impulsionou a demanda por interconexão de redes. Se toda a sua universidade não estivesse conectada à ARPANET, o CSNET oferecia uma maneira de conectar um único computador na sua universidade a ela. Mas foi a Ethernet que criou uma enorme comunidade em rede.

Nas principais universidades de pesquisa, haveria uma rede de centenas de computadores que poderiam conversar entre si por uma rede Ethernet. Para transmitir dados de uma Ethernet, digamos, de San Diego, para outra Ethernet em Buffalo, você os enviaria através do hub ARPANET. Dessa forma, a ARPANET foi a peça central do que foi chamado de Internet ARPA. E, durante a primeira metade da década de 1980, a Internet da ARPA parecia uma estrela, com várias redes em torno da ARPANET no centro.

Talvez o que o TCP/IP tivesse de mais recomendável fosse o fato de ser "aberto". Todo o seu design era um processo transparente, seguindo um caminho traçado pela primeira vez por Steve Crocker e pelo Grupo de Trabalho da Rede e continuando na Internet. A ARPANET e, mais tarde, a Internet, cresceram enormemente com a disponibilidade gratuita de software e documentação. (Por outro lado, o DECNET da Digital Equipment era uma rede proprietária.) A Internet também suportava uma ampla gama de tecnologias de rede. Embora as redes por satélite e pacotes por rádio tivessem tido uma vida útil curta, elas ajudaram a abrir os olhos dos desenvolvedores para a necessidade de lidar com uma infinidade de redes diferentes.

Reformando o e-mail

Os padrões TCP e IP não foram a única grande renovação da rede no início dos anos 80. Durante anos, todos os programas de e-mail escritos para a ARPANET dependiam do protocolo original de transferência de arquivos para servir como um veículo para coordenar o envio de e-mails. Pode ter sido um truque simples anexar os comandos de e-mail ao protocolo de transferência de arquivos a princípio, mas o processamento de e-mail se tornou mais complicado. Em uma mensagem para seus colegas na lista de discussão MsgGroup, em um dia no final de agosto de 1982, Postel disse: "Se você realmente olhar as especificações do FTP, verá que os comandos de correio são realmente uma espécie de verruga." Postel e um muitos outros acharam que era hora de criar um mecanismo de transferência completamente separado para o correio.

Como a rede estava sofrendo um rearranjo maciço em virtude da mudança para TCP/IP, parecia um momento apropriado para lançar o novo padrão. Postel e seus colegas o chamaram de SMTP (Simple Mail Transfer Protocol). O protocolo esclarecia as práticas existentes, além de adicionar alguns novos recursos de controle.

Ao mesmo tempo, o crescimento da rede deu origem a um novo problema. "Quando chegamos a cerca de dois mil hosts, foi quando as coisas realmente começaram a desmoronar", disse Craig Partridge, programador da BBN. "Em vez de ter um grande mainframe com vinte mil pessoas, de repente estávamos sendo inundados por máquinas individuais." Cada máquina host tinha um nome, "e todos queriam se chamar Frodo", lembrou Partridge.

Classificar os Frodos da Internet não era diferente de classificar os Joneses de Cleveland ou os Smiths de Smithville. Precisamente onde se vivia que era importante diferenciar quem era quem. Durante anos, resolver essa questão estava entre os problemas mais complicados da Internet, até que finalmente um grupo elaborou um esquema viável, chamado de sistema de nome de domínio ou DNS (Domain Naming System).

O núcleo da equipe de DNS era Jon Postel e Paul Mockapetris, da ISI, e Craig Partridge, da BBN. Eles passaram três meses trabalhando nos detalhes do novo esquema de endereçamento e, em novembro de 1983, apresentaram duas RFCs que descreviam o sistema de nomes de domínio. "O DNS foi uma mudança muito significativa na maneira como pensamos sobre a organização do sistema", disse Postel. "Galho de árvore" era a metáfora norteadora. Cada endereço teria uma estrutura hierárquica. Do tronco aos galhos, e até as folhas, todos os endereços incluíam níveis de informações que representavam, em progressão, uma parte menor e mais específica do endereço de rede.

Mas isso provocou um debate sobre a sequência da hierarquia; o que deve vir primeiro ou por último. Postel e outros finalmente decidiram um esquema de endereçamento específico para geral. A comunidade da Internet também discutiu sobre o nome dos domínios, adiando qualquer implementação por cerca de um ano. Alguns afirmaram, de maneira não convincente, que nomes de domínio devem refletir fontes de financiamento específicas — MIT,

DARPA, por exemplo. Eventualmente, um comitê concordou em sete domínios de "nível superior": edu, com, gov, mil, net, org e int. Agora, poderia haver sete Frodos: um computador chamado Frodo em uma universidade (edu), um em um site do governo (gov), uma empresa (com), um site militar (mil), uma organização sem fins lucrativos (org), um provedor de internet (net) ou uma entidade de tratado internacional (int). A DARPA começou a pressionar as pessoas a adotarem endereços DNS em 1985. Em janeiro de 1986, aconteceu um grande encontro na Costa Oeste, reunindo representantes de todas as principais redes. Quando a cúpula terminou, todos concordaram que sim, eles realmente acreditavam no conceito de DNS. "E sim, era assim que íamos fazê-lo funcionar", lembra Partridge, "e sim, temos a tecnologia para fazer tudo voar."

Desligando os aparelhos

A primeira vez que Cerf percebeu de que a Internet seria adotada pelo um mundo fora das comunidades científica e acadêmica surgiu em 1989, quando ele caminhou pela exposição Interop, uma feira comercial iniciada por Dan Lynch em 1986 para promover a interconectividade por meio de TCP/IP. Nos primeiros dois anos, a Interop teve a participação de algumas centenas de pessoas que trabalhavam em rede. Em 1989, o show estava repleto de homens e mulheres em trajes formais. "Foi uma epifania entrar na Interop e ver o dinheiro grande sendo gasto em exposições com enormes demos instaladas", disse Cerf. "Percebi, oh meu Deus, as pessoas estão gastando muito dinheiro com isso." Os expositores tinham nomes como Novell, Synoptics e Network General. "Começamos a analisar as estatísticas da rede e percebemos que tínhamos um foguete em nossas mãos." Durante anos, Cerf via a Internet como um experimento satisfatório e bem-sucedido. Ocasionalmente, ele esperava que a Internet chegasse a um mundo mais amplo de usuários. Agora, havia evidências de que estava acontecendo exatamente isso.

A essa altura, praticamente todo mundo estava usando TCP/IP. E havia uma infraestrutura cada vez maior construída sobre o TCP/IP na Europa. O TCP/IP era tão difundido e tantas pessoas dependiam dele, que derrubá-lo e recomeçar do zero parecia impensável. Graças a sua importância silenciosa, o TCP/IP prevaleceu sobre o padrão OSI oficial. Seu sucesso proporcionou uma lição objetiva sobre tecnologia e como ela avança. "Os padrões devem ser descobertos, não decretados", disse um cientista da computação da facção TCP/IP. Raramente funcionou de outra maneira.

No final dos anos 80, a Internet não era mais uma estrela, com a ARPANET em seu centro; era uma malha, muito parecida com a própria ARPANET. O programa NSFNET democratizou as redes, como nem o CSNET havia conseguido. Agora, qualquer pessoa em um campus universitário com conexão à Internet poderia se tornar um usuário da Internet. A NSFNET estava rapidamente se tornando a coluna da Internet, rodando em linhas que eram mais de vinte e cinco vezes mais rápidas que as linhas da ARPANET. Os usuários agora podiam escolher entre conectar-se à ARPANET ou ao backbone da NSFNET. Muitos escolheram o último, não apenas por sua velocidade, mas porque era muito mais fácil de se conectar.

À medida que a década de 1990 se aproximava, o número de computadores no mundo que estavam conectados um ao outro via NSFNET ultrapassava em muito o número de computadores conectados um ao outro via ARPANET. A ARPANET agora era apenas uma das centenas de redes da Internet ARPA e um dinossauro, incapaz de evoluir tão rapidamente quanto o resto da Internet.

Bob Kahn, o único bastião remanescente de redes da DARPA, havia deixado a agência em 1985 para formar a Corporação para Iniciativas Nacionais de Pesquisa, uma empresa sem fins lucrativos cujo objetivo era promover pesquisa e desenvolvimento para uma "infraestrutura nacional de informação". As pessoas que agora administravam a DARPA não estavam particularmente interessadas em redes. Na opinião deles, todos os problemas interessantes haviam sido resolvidos. Além disso, a agência estava ocupada com programa Guerra nas Estrelas do presidente Ronald Reagan.

A própria ARPANET, que custava à ARPA US$ 14 milhões por ano, parecia um idoso com artrite ao lado da NSFNET de alta velocidade. A administração da DARPA decidiu que a ARPANET havia perdido sua utilidade. Estava na hora de desligá-la.

Mark Pullen, gerente de programa da DARPA que agora executava o projeto de rede, recebeu a tarefa de descomissionar a ARPANET. Nunca foi esclarecido quem exatamente deu a ordem de dentro dos níveis mais altos da DARPA. "Ninguém queria ser o vampiro que desligou a ARPANET", disse Pullen, "então me tornei a origem dessa diretriz." O plano de Pullen era remover instalações da ARPANET e colocá-las no backbone da NSFNET.

Foi difícil contar a Bob Kahn sobre o plano de desativação da rede. Kahn havia contratado Pullen, e agora Pullen era o carrasco. "Eu tinha a sensação de que ele poderia sentir que eu estava desativando sua maior conquista", disse Pullen. "O que parecia machucá-lo ainda mais foi quando eu desliguei o antigo SATNET." O SATNET era lento, caro e antiquado. "Sem dúvida, ele deve ter sentido que era seu próprio filho, por razões válidas. Mas depois que ele pensou a respeito, ele concordou que eu estava fazendo a coisa certa." (Como se viu, o dinheiro que a DARPA economizou ao desativar a ARPANET ajudou a financiar o novo projeto de Kahn.)

Um por um, Pullen desativou os IMPs e DIPs que ainda estavam no coração da rede original. Havia uma certa tristeza em sua morte que lembrou a cena de 2001 de Arthur C. Clarke: A Space Odyssey, onde o computador de quinta geração fictício HAL está ameaçando sua missão e precisa ser desmontado, circuito por circuito. À medida que a HAL perde gradualmente sua "mente", faz apelos patéticos por sua "vida" a Dave, o astronauta, que o está desmontando.

No caso da ARPANET, a rede morreu, mas suas peças continuaram. "Não foi tão diferente do rompimento do monopólio de Ma Bell", lembrou Pullen. "Envolveu a localização de clusters de instalações da ARPANET e a busca de alguém para assumi-los." Na maioria dos casos, Pullen transferiu cada instalação da ARPANET para uma das redes regionais e facilitou a transição subsidiando o custo por um tempo. Com exceção de dois locais que acessavam o MILNET, todos os outros foram para uma ou outra das redes regionais. "Eu nunca encontrei alguém se opondo muito", disse Pullen. "Acho que todos sabiam que chegara a hora." Uma instalação de cada vez, Pullen encontrou novos lares para elas. Onde não havia casa, a DARPA e a NSF ajudaram a criar uma. Vários sites da ARPANET no sul da Califórnia rapidamente formaram sua própria rede regional e a chamaram de Los Nettos; foi dirigido por Danny Cohen e Jon Postel. Os próprios IMPs foram desligados, sem cabos e enviados. A maioria era simplesmente descartada. Outros entraram em serviço no MILNET. O Computer Museum, em Boston, ganhou um, e Len Kleinrock colocou o IMP Number One em exibição para os visitantes da UCLA. O último IMP a ser desligado foi o da Universidade de Maryland. Por coincidência, a Trusted Information Systems, uma empresa em Maryland onde Steve Crocker trabalhava agora, estava conectada a esse IMP. Crocker estava lá no nascimento e ele estava lá na morte.

No final de 1989, a ARPANET havia desaparecido. A NSFNET e as redes regionais que gerou se tornaram o principal backbone. Naquele ano, para marcar o vigésimo aniversário da ARPANET e seu falecimento, a UCLA patrocinou um simpósio e o chamou de "Ato Um."

Em seu discurso, Danny Cohen estava inspirado, e disse o seguinte:

"No começo, a ARPA criou a ARPANET.

E a ARPANET estava sem forma e era vazia. E havia trevas sobre a face do abismo.

E o espírito da ARPA mudou-se sobre a face da rede e a ARPA disse: 'Que haja um protocolo' e houve um protocolo. E a ARPA viu que era bom.

E a ARPA disse: 'Que haja mais protocolos', e assim se fez. E a ARPA viu que era bom.

E a ARPA disse: 'Que haja mais redes', e assim foi."

_Epílogo

>Setembro de 1994

A festa foi ideia da BBN: reunir algumas dezenas de participantes importantes em Boston e comemorar o vigésimo quinto aniversário da instalação do primeiro nó da ARPANET na UCLA. Até agora, a Internet havia chegado muito além de um simples experimento de pesquisa. À medida em que mais pessoas descobriam sua utilidade, ela se tornava uma palavra cada vez mais comum. A Internet prometeu ser, no século XXI, o que o telefone havia sido no século XX. Sua existência já estava atingindo quase todos os aspectos da cultura americana — da indústria editorial à socialização das pessoas. Para muitos, o e-mail se tornou uma parte indispensável da vida cotidiana. Os idosos que não podiam mais sair de casa a usavam para encontrar companhia; para algumas famílias distantes a Internet era a cola que os mantinham unidos. A cada dia, mais pessoas entravam na rede para fazer negócios ou encontrar entretenimento. Analistas consideravam a Internet a próxima grande oportunidade de marketing.

E a decolagem estava apenas começando. Em 1990, a World Wide Web, um ramo multimídia da Internet, foi criada por pesquisadores do CERN, o Laboratório Europeu de Física de Partículas, perto de Genebra. Usando o protocolo HTTP de Tim Berners-Lee, cientistas da computação em todo o mundo começaram a facilitar a navegação na Internet com programas do tipo "apontar e clicar"[27]. Esses navegadores foram modelados a partir do original de Berners-Lee e, muitos deles recorreram à biblioteca de códigos CERN. Um navegador em particular, chamado Mosaic, criado em 1993 por alguns estudantes da Universidade de Illinois, ajudaria a popularizar a Web e, portanto, a Internet, como nenhuma ferramenta de software havia feito antes.

A rede da década de 1970 já havia sido suplantada por algo ao mesmo tempo mais sofisticado e rígido. No entanto, de vários modos, a rede de 1994 ainda refletia as personalidades e as inclinações daqueles que a construíram. Larry Roberts continuou trabalhando nos blocos da fundação do que viria a ser a Internet. A atitude pragmática de Frank Heart em relação à invenção técnica — construa-a, jogue-a na rede e conserte-a se quebrar — permearia a sensibilidade da rede nos anos seguintes. A transparência do processo de protocolo começou com a primeira RFC de Steve Crocker para o Grupo de Trabalho da Rede e continuou na Internet. Enquanto estava na DARPA, Bob Kahn fez uma escolha ostensiva para manter essa transparência. Vint Cerf deu à rede sua civilidade. E os criadores da rede ainda administravam a Internet Society e participavam de reuniões da Internet Engineering Task Force.

Assim que os planos da festa começaram, um novo diretor executivo entrou na BBN. George Conrades, um veterano em marketing da IBM, havia sido recrutado pelo presidente da BBN, Steve Levy, para reformular os negócios da empresa. Conrades adorou a ideia da festa. Ele a considerou um veículo de marketing perfeito. Conrades ficou impressionado com o papel pioneiro da BBN. A BBN era a empresa de Internet original, ele decidiu, e já era hora de ser reconhecida com tal. Façam a festa grande e generosa. Aluguem o Copley Plaza Hotel. Celebrem os pioneiros da rede como se tivessem sido os primeiros a pisar na superfície da lua.

---

[27] "point-and-click"

Convidem luminares da indústria de computadores. E convidem a imprensa.

A BBN precisava do impulso. Ao longo dos anos 80, a sorte da empresa havia minguado. À medida que a Internet se tornava mais popular, a BBN, que repetidamente falhou em tirar proveito comercial dos seus esforços de pesquisa, caiu em relativa obscuridade. Em 1993, a empresa teve um prejuízo de US$ 32 milhões sobre US$ 233 milhões em vendas. O ano seguinte não foi muito melhor, com um prejuízo de US$ 8 milhões sobre vendas ainda mais baixas.

A empresa perdeu a maior oportunidade quando não entrou no mercado de roteadores — dos quais os IMPs foram os progenitores. A BBN não viu o potencial dos roteadores, assim como a AT&T se recusou a reconhecer a comutação de pacotes. Qualquer pessoa que quisesse conectar uma rede local — que agora existiam em centenas de milhares — à Internet, precisaria de um roteador. Em 1994, o negócio de roteadores era uma indústria multibilionária. Mais de uma década antes, alguns funcionários da própria BBN tentaram empurrar a empresa para os negócios de roteadores e seus esforços foram rejeitados por um vice-presidente de marketing.

Os problemas da BBN foram além das oportunidades de mercado fracassadas. Em 1980, o governo federal acusou a empresa de conspirar para superfaturar o governo em seus contratos durante o período de 1972 a 1978, e de alterar as datas em registros para ocultar o superfaturamento. A prática foi descoberta quando, durante uma auditoria de rotina no final dos anos 70, os funcionários da BBN foram não foram de todo honestos com um auditor do governo. ("A BBN ficou muito arrogante", disse um funcionário de longa data.) Uma investigação federal durou mais de dois anos. Os auditores foram para a sede da empresa em Cambridge. Os funcionários seniores da BBN foram convocados perante um grande júri. Nenhum dos Caras do IMP estava envolvido. Mas, em 1980, dois dos executivos financeiros de alto escalão da empresa negociaram uma saída para mais de cem acusações. As sentenças foram suspensas e eles foram multados em US$ 20.000 cada. A empresa concordou em pagar uma multa de US$ 700.000.

Na época, a BBN dependia de contratos governamentais em quase 80% de sua receita. Dada a certeza de que todos contratos do governo com a BBN seriam suspensos ao longo de uma longa batalha legal, arruinando a empresa, o acordo foi feito. As pessoas da empresa sentiram que o governo havia exagerado na reação às práticas contábeis incorretas. Segundo eles, a BBN sempre devolveu ao governo federal muito mais do que seu investimento em P&D contratado.

O grupo de redes da BBN, envolvido apenas minimamente na investigação do governo, ofereceu ao mesmo tempo provas positivas de que a ciência financiada pelo governo pode dar frutos esplêndidos. A ARPANET foi a primeira prova. Financiada inteiramente pela ARPA, seus criadores receberam carta branca. A rede era evidência de uma confiança norte-americana generalizada na ciência e foi construída em uma época em que Washington dava poucas orientações e muita confiança.

Em 1994, o imbróglio da BBN com os auditores do governo foi esquecido. Infelizmente, também foi esquecido o papel da empresa na construção da ARPANET. Somente aqueles que estavam familiarizados com a história associaram a empresa à recentemente popular Internet. Quando Conrades chegou, ele decidiu que era hora de melhorar a imagem da BBN. E uma festa de bodas prata para a ARPANET foi a oportunidade perfeita.

A lista de convidados para a festa era tão minuciosa quanto uma lista de convites para um jantar na Casa Branca. Alguns nomes eram óbvios, é claro; mas dezenas de pessoas haviam ajudado na construção da ARPANET, e ainda mais pessoas de todo o mundo estavam envolvidas com a Internet. Heart, Walden e outros enviaram sugestões. O vice-presidente Al Gore, um defensor da "superhighway" da informação, foi convidado. O mesmo aconteceu com Ed Markey, um congressista democrata de Massachusetts que também colocou a Internet em sua agenda política; ele aceitou o convite. Bill Gates foi convidado, embora o presidente da Microsoft ainda não reconhecesse a Internet como uma ferramenta útil. Ele recusou. Paul Baran, cujo papel foi minimizado na BBN, quase não foi convidado. Com o tempo, a lista aumentou para quinhentos convidados.

Conrades queria que isso fosse um tanto um sinal para o futuro quanto uma celebração do passado. Ele estava planejando que a BBN expandisse seu papel um tanto diminuído nos negócios relacionados à Internet. A BBN já possuía e operava a NEARnet, a rede regional da Nova Inglaterra. Uma de suas primeiras ações depois de chegar na empresa foi comprar a BARRnet, a rede regional na área da baía de São Francisco. E ele estava de olho na SURAnet, a rede regional para o Sudeste.

Procurando um tema grandioso, a empresa de relações públicas que a BBN contratou para aumentar seu próprio departamento de relações públicas, encontrou um: «História do Futuro». Ele se adequava perfeitamente aos planos de Conrades para a BBN. Conrades também contratou uma empresa de produção para montar uma apresentação em vídeo elaborada que incluiria entrevistas com um grupo principal de pioneiros — Larry Roberts, Bob Kahn, Steve Crocker, Len Kleinrock, Frank Heart e Vint Cerf.

Bob Metcalfe, o inventor da Ethernet, agora era editor de um jornal do ramo da computação chamado InfoWorld. Ele escreveu um editorial sobre o evento que intitulou "Velhos brigando por crédito no 25º aniversário da Internet[28]". "Estarei lá para ver velhos amigos, renovar algumas velhas animosidades e entrar na briga pelos créditos — dos quais há muito para se disputar," escreveu Metcalfe. "Começarei garantindo que os participantes percebam que a maior parte do tráfego TCP/IP é transportada pela Ethernet, que eu inventei... À medida que a festa chegar, vou ver quanto crédito posso tomar de Vint Cerf e Bob Kahn pela invenção da interconectividade... Caso contrário, vou ver se consigo sorrir na foto de grupo dos inventores da comutação de pacotes."

Durantes as semanas e dias anteriores ao evento, a empresa de relações públicas da BBN publicou matérias em revistas e jornais. A Newsweek publicou uma longa matéria sobre os pioneiros da ARPANET, assim como o Boston Globe. A BBN montou

---

[28] "Old Fogies to Duke It Out for Credit at Internet's 25th Anniversary."

um videoclipe que foi ao ar em mais de cem noticiários locais. Ray Tomlinson, que cunhou o uso do sinal @ para endereços de e-mail, foi comemorado como um herói popular em uma história exibida na Rádio Pública Nacional na noite da festa.

Os convidados de honra começaram a chegar na sexta-feira, 9 de setembro, e se reuniram para uma recepção seguida por uma conferência de imprensa no Copley Plaza naquela tarde. Como piada, Wes Clark, agora consultor em Nova York, prendeu o crachá de Larry Roberts em seu próprio casaco esportivo. Na conferência de imprensa, vários dos pioneiros da ARPANET, que superavam em número os jornalistas, fizeram discursos. Em seu discurso, Bob Taylor observou ironicamente que as pessoas que haviam sido convidadas haviam enviado seus avós.

A ausência mais notável foi a de Licklider, que morreu em 1990, mas sua esposa, Louise, aceitou o convite. Bernie Cosell, o principal responsável por debug da equipe de IMP, que agora morava na zona rural da Virgínia e criava ovelhas ("Muitas pessoas, poucas ovelhas", lia a assinatura de e-mail da Cosell), não pôde comparecer devido às despesas. Outros recusaram o convite. Famosamente avesso a festas, Will Crowther recusou; telefonemas repetidos de colegas do IMP não conseguiram fazê-lo mudar de ideia.

Em um buffet mexicano após a conferência de imprensa, todos se misturaram. Algumas pessoas tinham se visto alguns dias antes, ou alguns meses antes, mas outras não se viam há anos, ou mesmo décadas. Novos cônjuges, cônjuges antigos e envelhecimento prematuro foram discretamente observados. Larry Roberts, agora dirigindo uma pequena empresa que estava construindo uma nova geração de comutadores, morava em Woodside, Califórnia, uma comunidade próspera na península de São Francisco. Agora com 58 anos, Roberts estava em um regime diário de "drogas inteligentes" (Deprenyl, usado no tratamento de Parkinson, era um; melatonina era outro) para recuperar os poderes de concentração que possuía aos 28 anos. Com intensidade característica, ele mergulhou no assunto. Leu centenas de relatórios de pesquisa e até produziu uma fita de vídeo "antienvelhecimento".

Em 1983, Taylor deixou o Centro de Pesquisa Palo Alto da Xerox. Sua partida provocou uma série de demissões de pesquisadores fiéis, que o seguiram à Digital Equipment Corp., onde montou um laboratório de pesquisa a poucos quilômetros do Xerox PARC. Durante anos, ele morou na esquina da rua de Larry Roberts e nenhum deles sabia disso. Um dia, uma correspondência endereçada a Lawrence G. Roberts foi entregue por engano na casa de Taylor e os dois descobriram que moravam a algumas centenas de metros de distância.

No segundo dia da festa da BBN, na manhã de sábado, aconteceram sessões de fotos em sequência. Primeiro foi a foto oficial do grupo. O grupo era grande, cerca de vinte e cinco pessoas. Quando Len Kleinrock perdeu a primeira sessão de fotos oficial, outra teve que ser arranjada. Para outra pose, o grupo principal dos Caras do IMP foi convidado a posar com precisão, como na foto original do "IMP Guys", tirada em 1969. "Vocês poderiam perder algum peso?", gritou Cerf enquanto o fotógrafo tentava colocar todos na cena.

Depois, os cientistas foram levados a duas quadras dali ao Christian Science Center para uma sessão de fotos da revista Wired. De maneira divertida, os dezenove homens se espremeram em uma ponte curta e estreita dentro da mapoteca do Christian Science Center. Sendo engenheiros, não puderam deixar de oferecer alguns conselhos ao fotógrafo, que estava com problemas para encaixar todos eles na foto: tente um ângulo diferente. Tente uma configuração diferente. Tente uma lente diferente. Tente uma câmera diferente. Mais tarde, alguns no grupo reclamaram que alguns penetras haviam aparecido para a foto, mas na maior parte do tempo, o bom ânimo geral do fim de semana estava começando a contagiar todos eles.

As múltiplas reivindicações de paternidade na Internet (não apenas cada homem esteve presente no início, mas cada um fez uma contribuição que ele próprio considerava incomensurável) surgiram mais notadamente naquela tarde durante uma entrevista em grupo à Associated Press. A entrevista foi feita por viva-voz em uma suíte no hotel. Kahn, Heart, Engelbart e Kleinrock estavam sentados debruçados por telefone enquanto o repórter da AP fazia perguntas. Em pouco tempo, a entrevista se transformou em um estudo de gerenciamento de créditos. Taylor chegou tarde, mas não tarde demais para se envolver em uma espécie de confusão com Bob Kahn, que alertou o repórter da AP para diferenciar os primeiros dias da ARPANET e da Internet do verdadeiro início do interconectividade, marcado pela invenção do protocolo TCP/IP. Não é verdade, disse Taylor. As raízes da Internet certamente estão na ARPANET. O grupo ao redor do telefone ficou desconfortável. "E as mulheres?" Perguntou o repórter, talvez para quebrar o silêncio. "Existem pioneiras?" Mais silêncio.

O fim de semana foi tão digno de nota para quem não estava presente quanto para quem estava. Tim Berners-Lee, o inventor da World Wide Web, havia acabado de se mudar de Genebra para Boston, para ingressar no Laboratório de Ciência da Computação do MIT. Ele não foi convidado, nem Marc Andreessen, o coprogramador do Mosaic, que havia acabado de sair de Illinois para desenvolver uma versão comercial de seu navegador. É verdade que eles não participaram do nascimento da ARPANET ou da Internet (Andreessen nem havia nascido até 1972, após a instalação dos primeiros nós da ARPANET) e tecnicamente não podiam ser considerados como fundadores. Mas eles estavam por trás das duas invenções que já estavam dando à Internet seu maior alcance na vida cotidiana.

Três anos antes, a NSF havia levantado restrições contra o uso comercial da Internet, e agora você podia ficar rico não apenas inventando um gateway para a Internet, mas levando seu próprio negócio à Internet. Quando os repórteres pediram que comentassem sobre isso, alguns dos construtores da ARPANET disseram que consideravam a nova comercialização da rede lamentável. Outros foram mais receptivos.

Poucos dos pioneiros se tornaram ricos. A invenção da Ethernet por Metcalfe o tornara um multimilionário. Nos seus quase trinta anos como professor de ciências da computação na UCLA, Kleinrock havia guiado um exército de estudantes de PhD, muitos dos quais se tornaram luminares no campo das redes de computadores. Ainda lecionando na UCLA, Kleinrock dirigia à parte um negócio bem-sucedido de palestras. Mas no outro extremo do espectro estava Jon Postel, o herói desconhecido das redes. Ele se manteve em silêncio no fim de semana de comemoração, por mais que tenha trabalhado durante anos como guardião das RFCs e árbitro final em questões técnicas, quando não havia consenso. Postel acreditava que as decisões que ele tomara no decorrer de seu trabalho ao longo dos anos haviam sido para o bem da comunidade e que iniciar uma empresa para lucrar com essas atividades representaria uma violação da confiança do público.

A maioria dos Caras do IMP havia acabado na gerência sênior da BBN. Walden serviu mais tarde como chefe de Heart, e Barker passou a administrar uma das divisões da BBN. A exceção mais visível foi Crowther, que continuou sendo programador. Durante anos, Heart foi o defensor de Crowther, fazendo lobby para que a empresa deixasse Crowther ser apenas o Crowther e pensar em ideias engenhosas à sua maneira sonhadora. Nos anos seguintes ao projeto IMP, Crowther buscou algumas ideias incomuns sobre processamento de linguagem natural e trabalhou extensivamente na tecnologia de comutação de pacotes de alta velocidade.

Severo Ornstein havia deixado a BBN nos anos 70 para a Xerox PARC e, lá, ele fundou a organização Profissionais de Informática para Responsabilidade Social[29]. Quando se aposentou da Xerox, ele e sua esposa se mudaram para um dos locais mais remotos da área da baía de São Francisco. Por anos, Ornstein ficou fora da Internet e por anos ele evitou o e-mail.

De todos, Vint Cerf foi talvez o mais celebrado naquele fim de semana. Ele foi a pessoa para quem a maior parte da imprensa procurou citações sobre as origens da Internet. No início de 1994, ele havia deixado a Corporação Kahn para Iniciativas Nacionais de Pesquisa[30] para retornar à MCI como vice-presidente sênior e ajudar a construir os negócios de Internet da empresa. Sua reputação era bem conhecida em toda a empresa. Em um centro de

---

[29] Computer Professionals for Social Responsibility
[30] Kahn's Corporation for National Research Initiatives

operações da MCI na Carolina do Norte, alguém havia pendurado uma placa: "Vint Cerf é o pai da Internet, mas somos as mães que precisam fazer isso funcionar!"

À medida que o jantar de sábado se aproximava, houve uma grande correria de última hora para garantir que o roteiro da noite tivesse o tom certo. Conrades seria o apresentador do evento principal. Ninguém deve receber mais atenção às custas de outro. Foi uma tarefa quase impossível. No último minuto, o mapa de assentos foi refeito mais uma vez. Quando o jantar finalmente começou, cerca de 250 pessoas lotaram o Grand Ballroom. Fazendo lobby por um projeto de telecomunicações pendente, o congressista Markey fez um discurso bem-humorado. Cerf entregou dois prêmios e Kahn foi escolhido por sua vida de realizações. Louise Licklider, frágil e idosa, levantou-se para receber uma longa salva de palmas em nome de seu falecido marido.

A celebração teve uma pungência especial para Heart, agora com 65 anos, que havia se aposentado recentemente como presidente da Divisão de Sistemas e Tecnologia da BBN. Ele estava na BBN há 28 anos. Steve Levy, presidente da BBN, chamou Heart ao pódio, e Heart fez um discurso no qual identificou as razões pelas quais o projeto ARPANET havia sido bem-sucedido. "O projeto foi um exemplo do que pode ser realizado rapidamente, com uma liderança sofisticada realmente forte, recursos adequados e evitando muitos tipos de tolices burocráticas que podem afetar tantos projetos." Roberts havia garantido isso. Heart terminou seu discurso com chave de ouro. "Apenas uma pequena fração da população tecnicamente treinada tem chance de pilotar um foguete tecnológico e depois ver aquela revolução mudar o mundo." A revolução das redes, disse Heart, estaria entre um pequeno número das mudanças tecnológicas mais importantes do século. E naquela noite, naquele salão, parecia que ele poderia estar certo.

Na manhã seguinte, um a um, os pioneiros da ARPANET se despediram e saíram do hotel. Todo mundo ainda estava caminhando nas nuvens, ao menos um pouco. Não foram dois dias tão ruins assim.

_LISTA DE ABREVIAÇÕES E ACRÔNIMOS

Sigla	em inglês
ARPA	Advanced Research Projects Agency
AT&T	American Telephone and Telegraph Company
BBN	Bolt Beranek & Newman
CCA	Computer Corporation of America
DARPA	Defense Advanced Research Projects Agency
DCA	Defense Communications Agency
DEW	Distant Early Warning
ENIAC	Electronic Numerical Integrator and Calculator
FCC	Federal Communications Commission
FTP	File Transfer Protocol
IBM	International Business Machines Corporation
IMP	Interface Message Processors)
IP	Internet Protocol
IPTO	Information Processing Techniques Office
MIT	Massachusetts Institute of Technology
NASA	National Aeronautics and Space Administration
NCP	Network Control Protocol
NLS	oNLine System
NPL	(British) National Physical Laboratory
NWG	Network Working Group
P&G	Procter&Gamble
RAND	Research AN Development Corporation
RFNM	Request For Next Message
SAGE	Semi-Automatic Ground Environment
SDC	System Development Corporation
SRI	Stanford Research Institute
TCP	Transmission-Control Protocol
TIP	Terminal IMP
UCLA	University of California, Los Angeles

Fontes utilizadas: Antique Olive / Expo Serif Pro / Input Serif / Ariana Pro